COLLECTION FOLIO

Edmond Rostand

L'Aiglon

Édition présentée et annotée
par Patrick Besnier

Professeur à l'Université du Maine

Gallimard

PRÉFACE

Balai, cure-dent, pauvre squelette : voilà quelques descriptions de Sarah Bernhardt par ses contemporains. Impossible en lisant L'Aiglon *de faire abstraction de ce corps singulier, si loin des canons épanouis de la beauté féminine au* XIX*e siècle ; c'est pour le « squelette » qu'Edmond Rostand conçut et agença la pièce, qui, autant que la vie du fils de Napoléon, Roi de Rome et duc de Reichstadt, raconte la vie de son interprète. Lorsque Metternich au troisième acte tend au héros un miroir magique où paraissent ses ancêtres, il reproduit le geste même de Rostand faisant défiler dans la pièce les souvenirs et les attitudes d'une longue carrière théâtrale.*

Dès ses débuts, Sarah Bernhardt aima jouer les rôles de jeune homme : Zacharie dans Athalie, *Chérubin, puis, un de ses premiers triomphes, Zanetto, le page, dans* Le Passant *de François Coppée, un Pierrot, le Gringoire de Banville... Sans nul doute, ces rôles justifiaient son physique, la maigreur jugée si peu féminine. Sur la fin du siècle, parvenant à la veille de la soixantaine, elle ajouta, avant* L'Aiglon, *deux nouvelles figures à ce répertoire : Lorenzaccio et Hamlet. Cet éventail androgyne fut essentiel au mythe et à la gloire de Sarah, y apportant une note spécifique ; à l'opposé des reines frénétiques et fatales qu'elle jouait par ailleurs, en robes lourdes de pierreries — les Théodora, les Cléopâtre —, c'était l'étrange simplicité d'un costume collant sans ornement ; au lieu des femmes meurtrières, terrifiantes, — les Médée, Lady Macbeth, — la fragilité d'adolescents rêveurs. Lorsqu'il donne à l'actrice, en 1900, un rôle masculin, Rostand se plie à une véritable tradition dont* L'Aiglon *demeure l'aboutissement, le couronnement.*

D'abord, le rôle offre une synthèse de la carrière de Sarah Bernhardt, carrière variée autant qu'agitée. Elle a connu la Comédie-Française et, après bien des difficultés, triomphé dans Racine ; elle a vu Hugo venir la remercier — à genoux — après son interprétation de doña Sol dans Hernani *(avant que l'hommage ne se poursuive, plus intense, en privé) ; elle a joué de grands rôles héroïco-patriotiques comme Jeanne d'Arc, et la sensualité naissante de Chérubin ; mieux que personne, elle a fait mourir la Dame aux Camélias :* L'Aiglon *se nourrira de tout cela, le texte venant tisser une trame continue de demi-citations et de réminiscences, rappelant autour de Sarah l'aura de sa légende, en un scintillement de noms ou d'échos. Fragments d'*Andromaque, *allusions à* Hernani, *faux airs de Chérubin se succèdent, souvenirs d'un âge d'or, d'un passé déjà fabuleux. Moins affichés dans le texte que les victoires de Napoléon, les triomphes de Sarah assument à l'horizon de* L'Aiglon *la même fonction : la grandeur de l'épopée impériale et celle de l'actrice se confondent, se confortent mutuellement.*

Avec tout ce poids de gloire, c'est pourtant le duc de Reichstadt que joue Sarah, c'est-à-dire un être faible, écrasé, qui jamais n'accède à la vie. Et nous retrouvons là le corps. On a beaucoup ri, on s'est apitoyé sur cette femme vieillissante jouant le rôle d'un frêle adolescent qui grimpe à l'occasion sur les genoux de son grand-père. Impudeur, bravoure devant le ridicule ? Ce corps vieux et fatigué, Sarah ne le nie pas. On rapporte comment elle tint à recevoir, sans maquillage, dans sa loge, une jeune fille du meilleur monde tombée amoureuse de « L'Aiglon », qui l'assaillait de billets et de bouquets : « Regardez bien, ma chère, vous avez devant vous une vieille femme. L'Aiglon n'existe que sur la scène[1]*.* » *Ni impudeur, finalement, ni ridicule ; souvenons-nous que la vieille dame qui joue un jeune homme, cela porte un très beau nom : cela s'appelle le théâtre. Et dans la pièce de Rostand, l'intérêt tient précisément à ce déchirement du corps réel et du corps rêvé. Un véritable adolescent, ici, ayant le fameux « âge du rôle », serait pis que terne : un pléonasme, sans mystère et sans bonheur. Malgré le succès continu jusqu'aux années 1950, avançons que, de* L'Aiglon, *quelque chose disparut le jour où Sarah l'abandonna. Seul, peut-on supposer, Édouard de Max retrouva le génie du rôle : c'est qu'il était vieux, roumain, et ressemblait déjà, à la ville, à un travesti imitant Sarah.*

La femme, le corps paradoxal du travesti sont nécessaires au héros de L'Aiglon. *Seul ce corps dépossédé peut matérialiser le drame du fils malheureux : Napoléon a tout pris, le monde, la gloire, la virilité. « Roi de Rome » ou « Napoléon II », L'Aiglon apparaît aux yeux de l'historien comme un anachronisme ou même un contresens : enfant chargé de couronnes factices, bardé de titres pompeux, souverain sans royaume, son existence est un perpétuel déguisement, une mascarade dont le travesti théâtral offre un juste équivalent. L'Aiglon n'a pas de nom, pas d'identité, pas de nationalité, il est un enjeu que se disputent deux familles et deux empires. Lorsqu'il fut aux mains des Autrichiens, après la chute de Napoléon, il fallut le rebaptiser, effacer le nom du père interdit. De longues tractations eurent lieu entre Marie-Louise et son père, l'empereur d'Autriche, pour savoir quel nouveau titre irait à l'enfant. De ces tractations, Rostand rend parfaitement le ridicule :*

... quand le décret devait te faire comte,
J'ai dit : « Non ! comte, non ! Au moins duc ! Duc, ça
[compte ! »

1. Cornelia Otis Skinner, *Madame Sarah Bernhardt*, Fayard, 1968, p. 230.

En Autriche, il est le fils de l'Ogre ; en France certains ne voient plus en lui qu'un prince autrichien... En 1900, au moment même où Rostand fait jouer sa pièce, l'historien Frédéric Masson achève un livre qu'il nomme Napoléon et son fils *— et non* Le Roi de Rome, *car, dit-il, il n'a pas d'identité suffisante. Le duc de Reichstadt nous apparaît alors comme un enfant perdu, un frère de Kaspar Hauser, un fou qui se prend pour le fils de Napoléon. Comment mieux rendre ce défaut de réalité qu'en le privant de corps authentique ? La mutilation sur quoi se fonde le rôle définit d'emblée le personnage dans sa destinée personnelle et historique.*

On notera aussi que, pour des raisons de convenances théâtrales, le travesti condamne le personnage à la chasteté : c'est le hors sexe. Rostand ne peut recourir à la sentimentalité des idylles imaginaires dont la tradition, parfois, para la vie de l'Aiglon, lui attribuant cent conquêtes, baronnes ou danseuses. Pas de scène d'amour, donc ! Le faux corps du héros les interdit (comme son faux nez en privait Cyrano), et ce n'est pas sans jubilation que Rostand lui fait jeter à la poubelle tout le courrier du cœur dans la scène des « Je déchire » au deuxième acte. Ce détachement si dandy est hélas un peu compromis par la coupable indulgence que l'Aiglon manifeste pour la larmoyante Thérèse de Lorget.

Ni homme, ni femme, le travesti nous révèle la véritable nature du héros : un monstre, créé par Metternich dans la cage dorée de Schönbrunn — comme le ferait un savant fou dans son laboratoire. On dirait, en termes d'horticulture, un bonsaï ; en termes d'opéra, la ressemblance, Farinelli ou Porporino, de quelque castrat napolitain du XVIIIe siècle dont, après tout, Sarah Bernhardt était plus proche que du blond prisonnier de Schönbrunn.

Il y avait en somme chez Rostand comme chez son interprète autant de défi que de cruauté masochiste à présenter ce corps torturé, plus martyrisé que glorieux, exhibé dans la nudité chaste de l'uniforme blanc collant, d'un port toujours difficile. Ce fameux uniforme, nous pouvons le comprendre aujourd'hui, ne représente pas autre chose que les bandelettes autour d'un corps : L'Aiglon *met en scène la momification de Sarah, son entrée dans l'éternité, son installation dans le mausolée, la grande pyramide, ce théâtre de la place du Châtelet dont elle venait de prendre la direction en lui donnant son nom :* théâtre Sarah-Bernhardt, *sa dernière salle, et comme son hypogée.*

L'Aiglon *n'est pas une pièce du répertoire — il n'a pu s'y maintenir, contrairement à* Cyrano, *il lui échappe. Il figure plutôt une cérémonie funèbre, une grande fête à la manière de la Renaissance ou de l'âge baroque ; il est moins théâtre que théâtralisation du monde, célébrant l'entrée d'un être vivant dans le mythe : Sarah est l'Aiglon comme aux fêtes de Versailles Louis XIV était Apollon.*

On voit donc à quel point le héros de la pièce se nourrit de l'image et du mythe de l'actrice ; L'Aiglon *n'est pourtant pas seulement un portrait de Sarah. Rostand y trouve ample matière à un autoportrait discret : il s'identifie sur plus d'un point au duc de Reichstadt.*

Qu'il fût un être inquiet et tourmenté, il l'a lui-même confié à Jules Huret, qui l'interrogeait en 1901 — soit un an après L'Aiglon *— sur le succès : « On n'est jamais heureux. Je suis inquiet [...] Au repos, je doute de tout*[2]*. » Cette inquiétude se marie en Rostand à une puissante fascination pour l'échec, manifeste dès son premier livre, puisque* Les Musardises, *de 1890, sont dédiées aux « ratés ». Par la place qu'il conféra brutalement à Rostand, le triomphe de* Cyrano *ne put qu'aviver la hantise de l'échec en un auteur jeune et inquiet, soumis à un véritable chantage collectif : sacré poète national, réconciliateur d'une France encore déchirée de l'Affaire Dreyfus et humiliée par Fachoda, Rostand, impérativement, devait réussir encore ; la suite, c'est-à-dire* L'Aiglon, *ne relevait plus à vrai dire du théâtre : l'honneur du pays était*

2. Interview du *Figaro*, 10 juin 1901.

en jeu ! D'où le choix — inéluctable — d'un sujet patriotique, que Rostand devait à la fois magnifier (ce qu'on attendait de lui) et détourner, pour rester fidèle à lui-même. Car sa vocation, son goût naturel le portaient à une tradition de préciosité, à un art mineur, en parfait héritier qu'il était de Théodore de Banville.

L'Aiglon, *face au grand sujet patriotique, va donc être constamment sur la défensive. Rostand n'est pas suicidaire et donne quelques gages à ceux qui veulent du tricolore ; mais c'est pour le désamorcer bientôt. Ainsi, au premier acte figure un vers patriotique, sonnant haut et suscitant les applaudissements :*

Je n'aime pas beaucoup que la France soit neutre,

mais c'est d'abord un jeu de mots, où neutre *s'entend au sens grammatical... Flambeau, grognard modèle, incarnation populaire, vient délivrer des tirades de ferveur napoléonienne : mais est-il jamais plus qu'un fantôme hantant le prisonnier de Schönbrunn ? Le cinquième acte, enfin, l'acte de Wagram, malgré son exaltation, n'a rien d'un délire belliciste. Les passages triomphants n'y sont atteints qu'au terme d'une longue traversée de l'horreur, à travers les cris des mourants, des blessés dans la boue sanglante du champ de bataille.*

Rostand n'a rien, en un mot, de l'auteur nationaliste et cocardier, même s'il feint parfois, par jeu, de l'être. Il choisit le camp de l'Aiglon, la victime, et non celui de l'Aigle victorieux. Pendant l' « *Affaire* », *il fut dreyfusard, et Jules Renard note qu'en 1909 encore, à la création de* Chantecler, *les nationalistes ne lui ont point pardonné ; pendant la guerre de 1914, sa correspondance avec l'auteur du* Feu, *Henri Barbusse, montre que, de la vision de Wagram à celle de Verdun, il demeure fidèle à lui-même, sans complaisance devant l'horreur.*

L'Aiglon *est en fait un long* lamento, *une méditation sur l'échec et la mort. Aux premiers actes, le brillant du spectacle et l'abondance des* mots *atténuent un peu ce caractère funèbre, qui se dégage ensuite nettement jusqu'à occuper seul les deux derniers actes. Le thème central est l'impuissance et, parlant de lui-même, Rostand le résume parfaitement dans l'interview déjà citée de Jules Huret : « Je voudrais avoir fait une infinité de choses qui sont passées dans mon cerveau et que j'ai admirées. J'envie certaines natures vigoureuses et abondantes ; j'envie la faculté de travail énorme qui me permettrait de donner la vie à tous les personnages qui me tentent, et dont il faudra bien que beaucoup meurent en moi*[3]*. » C'est exactement le ton de l'Aiglon évoquant sa vie impossible.*

Les années suivantes confirmeront chez Rostand ce diagnostic d'impuissance créatrice, avec le long blocage qui l'empêchera de faire jouer Chantecler, *depuis longtemps fini, avant 1909, — puis son évidente incapacité à achever quoi que ce fût, tant il se noie en de multiples projets. Le personnage du duc de Reichstadt permet ici de mieux comprendre le drame personnel de Rostand. Avancer que celui-ci s'identifie à son héros ne relève pas d'une simplification facile. En 1894, il écrivit* Un rêve, *poème laissé inachevé, mais repris dans* L'Aiglon, *où le rêveur anonyme, l'auteur, devient le héros.* Un rêve *commente l'impuissance du poète devant l'horreur d'une bataille. Il est incapable d'aider les blessés — tandis qu'à côté un homme « simple », une « brute » sait secourir les victimes, car il n'est pas dévoré par les « nuances », et n'éprouve*

Aucun des raffinés et douloureux scrupules

de l'écrivain. La sensibilité, l'émotion délicate isolent qui les éprouve hors du monde, en une prison de mots et de songes dont Rostand ne se satisfait pas. Sur le champ de Wagram, l'Aiglon ne trouve d'issue que dans l'oblation, le sacrifice :

j'ai compris. Je suis expiatoire,

3. *Ibid.*

autorisant ainsi le retournement de la situation et la conversion des forces de mort — l'apaisement des blessés. Soumission absolue au Père, à la fois ogre et dieu solaire, qui domine, invisible, toute la pièce.

A qui pour se sauver semblablement pouvait se sacrifier l'esthète Rostand? Pas à Napoléon, bien qu'il se tourne lui aussi un moment vers l'empereur : la dédicace de L'Aiglon *ne montre-t-elle pas un désir de lier son nom au cortège impérial,* via *le maréchal Gérard, grand-père de Mme Rostand? Le poète se voudrait ainsi napoléonide par alliance — retrouvant une obsession de Nerval, qui alla se rêver à Vienne frère de l'Aiglon : « j'ai pleuré devant les statues, sur les rampes gazonnées de Schönbrunn, celui que j'appelais mon frère*[4]*.. » Mais Rostand ne poursuit pas l'identification jusqu'à la folie nervalienne. L'ogre auquel il va se sacrifier est l'équivalent littéraire de Napoléon : Victor Hugo.*

Lui avait-on répété que Cyrano de Bergerac *faisait revivre le quatrième acte de* Ruy Blas, *qu'il pouvait devenir un nouvel Hugo : un Victor Hugo II, en somme, comme exista un Napoléon II? A plusieurs reprises, la pièce se heurte à l'auteur d'*Hernani : *le tailleur Jeune-France du premier acte évoque doña Sol et confesse plus loin :*

> Je lis Victor Hugo. Je récite son *Ode*
> *A la Colonne.*

Le bal masqué du quatrième acte est, pour l'atmosphère et le décor, une variation sur La Fête chez Thérèse, *ce poème des* Contemplations *si cher au cœur de Rostand qu'il en fit peindre une fresque dans le grand salon de sa villa d'Arnaga.*

4. Gérard de Nerval, *Pandora,* éd. par J. Senelier, Klincksieck, 1975, p. 58 (fragment de manuscrit). — L'intérêt de Nerval pour l'Aiglon paraît aussi dans plusieurs des *Autres Chimères.*

Enfin, au cours des stances enthousiastes que lève en lui le premier vent de Wagram, le duc de Reichstadt s'écrie :

Mon père aurait voulu faire prince Corneille :
Je ferai duc Victor Hugo !

Ces allusions ne sont pas gratuites ; le sens s'en éclaire dans un poème postérieur, publié en février 1902 pour le premier centenaire hugolien, Un soir à Hernani, *qui complète et commente le cinquième acte de* L'Aiglon, *tout comme* Un rêve *l'anticipait. Rostand y raconte un voyage qu'il fit seul en Espagne vers le petit village d'Ernani que traversa avec sa famille l'enfant Hugo,*

Le petit voyageur pour qui tremble la Muse.

Il revient sur des images de l'épopée napoléonienne, évoque encore Wagram, mentionne l'Aiglon, pour souligner le rapport des deux œuvres :

Comme si l'on avait rêvé mil huit cent onze,
Paris et les portraits de Napoléon Deux.

Un soir à Hernani *contient même de précises réminiscences de* L'Aiglon *; tel vers à propos du petit Victor Hugo, fier de son père, le général :*

O joie ! avoir dix ans, être fils d'un vainqueur

reprend l'exaltation du duc de Reichstadt :

Ah ! mon Dieu ! que c'est beau d'avoir vingt ans et [d'être
Fils de Napoléon premier !

Mais au-delà de ces liens, Un soir à Hernani *explique surtout la position de Rostand face à Hugo ; c'est la fin du texte, en forme de prière adressée au grand poète :*

Souris, père d'un siècle, aux humbles fils d'une heure !
Que quelque chose, en nous, de ce grand jour [demeure !
Donne-nous le courage et donne-nous la foi
Qu'il nous faut pour oser travailler après toi...

La soumission est complète devant la figure paternelle triomphante ; et force est de constater que, pour Rostand, la foi ne fut pas suffisante pour « travailler après » Hugo. Jugea-t-il, comme l'Aiglon à Wagram, que sa fonction était « expiatoire », et, du défi de Chantecler *aux abandons ultérieurs, saborda-t-il délibérément une carrière trop brillante ? Posons au moins la question, à défaut d'y répondre.*

Nul doute qu'il ne se soit senti très proche du romantisme selon Hernani *— le plaisir de faire sonner haut les mots, de jongler avec la rime, d'émietter l'alexandrin, le goût de l'excès : toujours* un peu trop. *Seulement il vient soixante-dix ans après... Avec son héros, Rostand partage le sentiment de vivre en un constant décalage, un perpétuel anachronisme. Sa vie, comme celle de l'Aiglon, est fondée sur la citation, l'anamnèse et la nostalgie. Rostand voudrait faire* Hernani, *il ne peut écrire que* Un soir à Hernani, *écrire autour de ce qui a déjà eu lieu.*

Si le personnage a donc des accents autobiographiques, Rostand fonde bien sûr toute sa pièce sur une documentation historique rigoureuse. Il était loin d'être le premier à porter au théâtre le duc de Reichstadt. Dès les années 1820, le prisonnier de Schönbrunn, encore vivant, fut le héros de plusieurs drames[5], *dont la tradition allait se poursuivre au long du siècle : au moment même où Rostand écrit son* Aiglon[6], *le théâtre de la*

5. Voir Page (Dorothy), *Edmond Rostand et la légende napoléonienne dans « L'Aiglon »*, Champion, 1928. Voir aussi, *infra,* la notice.
6. Le terme n'est pas de l'invention de Rostand. Il apparaît à la naissance du Roi de Rome.

République joue, en 1898, un vieux Roi de Rome, *de 1850, par Desnoyer et Beauvallet. L'année suivante, tandis que le créateur de Cyrano, Coquelin, interprète Napoléon dans une vie de Joséphine (*Plus que Reine, *d'Émile Bergerat), Émile Pouvillon donne au Nouveau Théâtre* Le Roi de Rome, *avec de Max ; la pièce avait été proposée à Sarah Bernhardt, qui refusa de la jouer (mais suggéra peut-être le thème à Rostand). La pièce de Pouvillon nous apparaît aujourd'hui comme une esquisse en prose, un peu maladroite, de* L'Aiglon.

Au même moment, les historiens s'intéressent eux aussi au fils de Napoléon : avant la biographie de Frédéric Masson qui suivra de peu l'œuvre de Rostand, en 1897 Henri Welschinger publia un Roi de Rome *dont Dorothy Page a bien montré que c'était l'une des sources essentielles de Rostand. En 1899, D. Lacroix donne une nouvelle biographie au titre exhaustif :* Roi de Rome et duc de Reichstadt.

Il ne paraît pas que la nostalgie politique ait seule dicté l'intérêt porté à l'héritier de Napoléon en cette fin de siècle. Surtout au théâtre, l'Aiglon intéresse d'abord sentimentalement ; on le peint, prisonnier, malheureux en amour, raté, malade. Ce beau jeune homme qui avait « tout pour être heureux », comment ne pas le plaindre ? Il n'a rien en tout cas d'un héros positif, et il faudra la mauvaise foi d'un Jehan Rictus pour voir en Rostand un stipendié du bonapartisme.

La vogue de l'Aiglon s'explique mieux si l'on songe à la fortune qu'à la même époque connaît une autre figure historique : Louis II de Bavière, dont, en 1900, Jacques Bainville publie une biographie marquante. Entre Napoléon II et Louis II, les ressemblances sont multiples, et l'on s'étonne que Sarah n'ait pas ajouté le roi de Bavière à sa galerie de névrosés hamlétiques ! Tous deux coupés du monde réel sont enfermés en des palais dorés vite devenus prisons ; Metternich ou Bismarck, un semblable étau politique broie ces adolescents. Sur l'un pèse la personnalité de Napoléon, sur l'autre c'est Louis XIV, modèle destructeur et épuisant. Comme l'Aiglon cherche à revivre la victoire de Wagram, Louis II entreprend de reconstruire Versailles à Herrenchiemsee. Le parallèle pourrait se poursuivre, et il est difficile de ne pas penser qu'en transparence Louis II n'apparaît pas un peu dans l'image proposée par Rostand. La légende, presque l'hagiographie, du souverain de Bavière était en effet fort répandue parmi les écrivains français de l'époque décadente et post-symboliste. Dès 1881, Catulle Mendès le mettait en scène dans un extravagant roman, Le Roi vierge, *sous le nom de Frederick II, roi de Thuringe, « amer et mélancolique, farouche un peu, mais joli, — l'air d'un très jeune Hamlet à qui Shakespeare aurait donné un rôle dans une féerie intitulée* Le Songe d'une nuit d'hiver ». *N'est-ce pas déjà le héros de Rostand? Verlaine, Montesquiou, parmi d'autres, lui consacrent des poèmes : la folie, le suicide, les relations privilégiées avec Wagner conféraient à Louis II, pour cette génération, l'aura de la légende.*

Mais il est surtout, comme le duc de Reichstadt, le symbole exemplaire d'un phénomène plus vaste : le déclin et la décadence des grandes familles monarchiques. Montrant à l'acte III que l'Aiglon, étant d'abord un Habsbourg, se trouve comme tel prédisposé à la maladie mentale, Metternich reprend un lieu commun de la littérature française de la fin du XIXe siècle : depuis Le Crépuscule des dieux *(1884) d'Elémir Bourges jusqu'au* Dernier Bourbon *(1895) de Joséphin Péladan ou au très étonnant* Gog *(1896) de Catulle Mendès, en abondance drames et romans montrent la déchéance et l'effondrement des vieilles dynasties.*

Edmond Rostand traite donc un thème que l'époque entière lui propose. L'année même de L'Aiglon, *Maurice Donnay fait jouer une comédie grinçante dont le titre sardonique,* Éducation de prince, *eût parfaitement convenu à Rostand. Si entre tant d'œuvres proches,* L'Aiglon *se détache et aujourd'hui encore retient notre intérêt, c'est que l'auteur y atteint à une idéale adéquation de son art et de son sujet. Le duc de Reichstadt ne parvient jamais à prendre pied dans le monde réel. Rostand, de deux manières, va nous montrer comment celui-ci se dilue, se décompose : par une mise en crise du langage, par une théâtralité poussée jusqu'au vertige.*

Rostand fut le contemporain de quelques destructeurs appliqués du langage ; il n'a sans doute pas lu Jean-Pierre Brisset (dont la Science de Dieu *parut la même année que* L'Aiglon*) — mais dans* Chantecler *la parole donnée aux crapauds aurait plu à Brisset, décrypteur de la langue des grenouilles. Nous savons en revanche que Rostand a connu Raymond Roussel et qu'ils s'apprécièrent (dans* Chiquenaude *Roussel, en hommage, reprend le nom de Flambeau). Or on trouve dans* L'Aiglon *des séries de doublons étirés extrêmement proches du* procédé *de Roussel : ainsi de l'opposition* Gloire / Gloriette *(II,* IV*) ou du couple* Aigle / Aiglon, *qui engendre d'autres termes (la Perruche, le Phénix, la cage, etc.). Fréquemment revient l'opposition des abeilles et des violettes, les abeilles des emblèmes napoléoniens que l'on trouve dans les jardins de Schönbrunn aussi bien que les « violettes impériales ».*

*Des menaces paraissent ainsi souvent mettre en péril l'ordre du langage, comme si Rostand, ce virtuose manieur de mots, voulait en détruire le fonctionnement, lui trouver une autre logique. Tantôt, il paraît, par jeu, buter sur un mot (*lépidoptère, altesse sérénissime*), cherchant à en extraire un sens, un écho, qui ne vient pas. Tantôt, c'est l'intrusion de la lettre, isolée, nue, dans le texte :*

Si bien qu'avec un I majuscule, Il, c'est Lui !

repris avec X, N, *et un étonnant* B[7].

Ou encore : Rostand cherche à tendre au maximum son texte par un retour des listes, qui engendrent les tirades et les déballages d'objets hétéroclites : papillons du docteur, vêtements du tailleur, herbier, accessoires du culte napoléonien

7. Voir pp. 56, 161, 167.

introduits par Flambeau ; le monde vire au musée, le texte tourne au catalogue. C'est que toute la pièce est dominée par une liste des mille e tre : *non point celle des conquêtes donjuanesques, mais celle des victoires napoléoniennes, ou la litanie des maréchaux d'Empire dont le nom revient en refrain obsédant. Il y a une fièvre, un épuisement dans ces énumérations qui encombrent délibérément le texte, comme un impossible désir d'aller au bout.*

Rostand est maître dans un autre moyen de déséquilibrer ce qu'il écrit : la rime, où il s'amuse d'extravagances faciles ou périlleuses, où l'inattendu devient la norme : Metternich *rimant avec* cric *ou* hic, Beethoven *avec* cyclamen*; la langue allemande vient parfois corser la rime,* Eis Kaffee *rimant avec* étouffée, *par exemple,* die ou das *avec* hélas *! Surgissement d'une langue étrangère qui rappelle le curieux projet d'un septième acte de* L'Aiglon, *rapporté par Rosemonde Gérard : devant le cadavre du héros « toute une foule curieuse défilait, ne murmurant que des mots allemands*[8] *». Cette idée de recourir à une autre langue traduit bien un malaise latent (que renforcera* Chantecler, *en donnant la parole aux animaux).*

D'une manière générale, Rostand refuse une langue académique en glissant dans son texte de constantes ruptures : la propension au calembour (on la lui a violemment reprochée) piège *la langue, la retourne, met le sens à mal. Même l'affreux Metternich fait des* mots *— au mépris de toute cohérence psychologique.*

Le jeu de mots tend à devenir un système autonome qui gouverne le récit. Autre rupture, qui choqua lors de la création : l'argot dont use Flambeau, délibérément anachronique, argot des boulevards 1900 et non celui des grognards : « un succès bœuf », « elle est bien bonne », etc. Ce qui donnait au soldat censé représenter l'héroïsme impérial un air de famille avec

8. Gérard (Rosemonde), *Edmond Rostand,* Bibliothèque Charpentier, 1935, pp. 68-69.

Willy plutôt qu'avec le capitaine Coignet et permettait de désamorcer le pompiérisme menaçant du personnage.

A côté de cette constante mise en péril du langage et de son ordre, Rostand multiplie les effets de théâtralité destinés à montrer comment autour du héros la réalité fait défaut, s'effrite et se résout sans fin en aveux d'illusion, apparitions, déguisements. Ainsi, l'entrée de Prokesch au deuxième acte que l'archiduchesse provoque par trois coups d'ombrelle frappés sur le parquet, ou celle de Flambeau à l'acte IV : la statue de Neptune devient trappe, ou trou du souffleur.

L'utilisation des costumes est à cet égard remarquable. Que de personnages à un moment ou l'autre déguisés ! et parfois de manière complexe : voir le dédoublement de l'Aiglon autour duquel s'organise l'acte IV. Le statut de Flambeau est spécialement intéressant : lorsqu'il est déguisé (en laquais), personne ne s'en aperçoit ; lorsqu'il ne l'est plus, chacun le croit déguisé... L'Aiglon ne tourne pas seulement, comme nous l'avons vu, autour d'un corps impossible (le travesti), mais aussi autour d'un corps fantôme, idéal, espéré, mais qui ne peut apparaître que par fragments ou lambeaux, Orphée déchiré : le corps glorieux de Napoléon. Il n'a laissé que des traces, et la quête tourne au fétichisme : longue évocation du « petit habit » dans la scène du tailleur, plus longue encore rêverie de Metternich devant le « petit chapeau ». L'Aiglon est une pièce fantastique où le fantôme, Napoléon, toujours proche, ne se décide jamais à apparaître complètement, mais frôle la scène, s'y fait deviner. Quant au duc de Reichstadt, son drame est que l'habit (fût-ce le « petit habit ») ne fait pas l'empereur.

Il est évident que les décors — décors bien réels de Schönbrunn — vont eux aussi dans le sens d'une théâtralisation à outrance. Si Rostand les visita, les photographia avec soin, ce n'est pas par vain souci réaliste, mais pour en mieux décrire comme amoureusement l'ornementation rococo et les fantaisies d'orientalisme XVIIIe siècle : lire au début du deuxième acte la description du salon des Laques ou celle, au dernier tableau, du petit salon de Porcelaine. Rostand s'enchante de cet univers *frivole et fictif. Lorsqu'il construira sa villa d'Arnaga, il s'en inspirera largement et s'enfermera lui aussi en un salon des Laques.*

Plus que tout, c'est l'évocation, au quatrième acte, des ruines romaines, « naturellement aussi fausses que possible », et du bal masqué qu'elles accueillent, qui voit s'accuser la pente rococo de Rostand. Les indications scéniques tournent ici au poème en prose, se font lyriques ; l'univers du bal, des masques italiens, hérité, on l'a vu, de La Fête chez Thérèse *hugolienne (ce serait plutôt la fête chez Marie-Thérèse), Rostand s'y complaît, s'en enivre au point qu'il pourrait sembler délaisser son sujet et nous donner un divertissement autonome. Pourtant, nous sommes là au cœur du drame : car ce bal dépeint exactement le monde anachronique de la Vienne de Metternich, qui tente désespérément de reproduire les plaisirs de l'Ancien Régime, de nier la faille, Napoléon. Metternich signe ce bal comme son chef-d'œuvre :*

Mon cher, je suis moins fier du Congrès de Vérone
Que d'avoir réussi ce bal dans ces jardins...

Et ces fêtes galantes ne prennent tout leur sens qu'à l'acte suivant lorsque, échappant à sa prison rococo, l'Aiglon découvre Wagram : là, plus de description possible : « Une plaine ». *La terre retrouvée, le vent, la nature, une nuit vraie. Et c'est au cours de cette échappée que le duc s'écroule ; comme s'il ne pouvait plus vivre hors du monde irréel et factice de Schönbrunn ; l'illusion théâtrale ne subsiste pas en plein air.*

Face à la critique, face à l'histoire, Rostand fut toujours en position difficile. Pratiquant un art et une forme (le théâtre en vers) qu'il sait anachroniques, il n'est pas l'homme d'une rigueur, paraît sans exigence ; on l'a facilement condamné au nom de Mallarmé ou Valéry.

Dira-t-on qu'il est, face à ceux-là, un poète impur *? Il s'est plu aux bravades, aux contradictions, recréant par là un art* *qui, complexe et tourmenté, est certainement moins facile qu'on ne l'a cru, ou dit. Fondé sur le manque et l'impuissance,* L'Aiglon *se construit en une succession de torsions et de ruptures, s'épanouissant en variations sur des thèmes microscopiques, menant à de vraies trouvailles, tel ce « sorbet au sang de cheval mort » dont se souvient Flambeau. Cet exemple en témoigne : Rostand participe d'un maniérisme dont il n'est pas, en son temps, seul adepte : voyez Saint-Pol-Roux (comme lui Marseillais) ou Montesquiou, auteur d'un tombeau de la Castiglione,* La Divine Comtesse, *fascinant inventaire après décès, musée funèbre et minutieux que l'on aimerait rapprocher de* L'Aiglon. *Proust lui-même partage parfois cette inspiration : la rêverie sur les gares bretonnes — Vitré, Lamballe, Lannion, Bénodet (dans* Noms de Pays : le Nom*) — a tout l'humour et le brio d'une tirade de Rostand, et nous parvient comme un écho de l'art perdu des grandes conversations de salon :* Chantecler *y reviendra.*

Tout cela, pourtant, resterait lettre morte, si Rostand ne touchait son spectateur (ou son lecteur) par une émotion directe, qui est la vertu première du théâtre. Documents historiques, imagerie populaire, mythe personnel de Sarah Bernhardt sont vite dépassés, transcendés quand passe la plainte du jeune héros : Rostand est d'abord un élégiaque, son vers tend naturellement à la déploration, au soupir. Cette douleur qui déchire son personnage, le dramaturge la met en scène de façon contrastée, violente parfois, presque expressionniste : duos torturés de l'Aiglon et sa mère, confrontations brutales avec Metternich, amours proches et impossibles de Thérèse ou de l'archiduchesse. Cette variété d'émotions, échappant au sentimentalisme ou au mélodrame, permet à Rostand, le rideau une fois levé, ou le livre ouvert, de nous tenir en haleine, non pas avec le drame historique à costumes chamarrés qu'on attendait, mais avec le plus simple et le plus universel des sujets, ce qu'il nomme lui-même « l'histoire d'un pauvre enfant ».

Patrick Besnier.

L'Aiglon

DRAME EN SIX ACTES, EN VERS

On ne peut se figurer l'impression produite... par la mort du jeune Napoléon... J'ai même vu pleurer de jeunes républicains.

HENRI HEINE[1].

À MON FILS MAURICE,
ET À LA MÉMOIRE
DE SON HÉROÏQUE ARRIÈRE-GRAND-PÈRE
MAURICE, COMTE GÉRARD,
MARÉCHAL DE FRANCE[2].

Grand Dieu ! ce n'est pas une cause
Que j'attaque ou que je défends...
Et ceci n'est pas autre chose
Que l'histoire d'un pauvre enfant[3].

PERSONNAGES[4]

FRANZ, DUC DE REICHSTADT[5]

SÉRAPHIN FLAMBEAU[6]
LE PRINCE DE METTERNICH[7]
L'EMPEREUR FRANZ[8]
LE MARÉCHAL MARMONT[9]
LE TAILLEUR
FRÉDÉRIC DE GENTZ[10]
L'ATTACHÉ FRANÇAIS
LE CHEVALIER DE PROKESCH-OSTEN[11]
TIBURCE DE LORGET
LE COMTE DE DIETRICHSTEIN[12], *précepteur du duc.*
LE BARON D'OBENAUS
LE COMTE DE BOMBELLES[13]
LE GÉNÉRAL HARTMANN
LE DOCTEUR[14]
LE COMTE DE SEDLINSKY[15], *Directeur de la Police*
UN GARDE-NOBLE
LORD COWLEY, *ambassadeur d'Angleterre*
THALBERG[16]
FURSTENBERG
MONTENEGRO
UN SERGENT DU RÉGIMENT DU DUC
LE CAPITAINE FORESTI

UN VIEUX PAYSAN
LE VICOMTE D'OTRANTE [17]
PIONNET
GOUBEAUX
MORCHAIN
BOROKOWSKI
LE VALET DE CHAMBRE DU DUC
L'HUISSIER
UN MONTAGNARD
UN TYROLIEN
UN FERMIER
LE PRÉLAT

MARIE-LOUISE, *Duchesse de Parme* [18]
LA COMTESSE CAMERATA [19]
THÉRÈSE DE LORGET, *sœur de Tiburce*
L'ARCHIDUCHESSE [20]
FANNY ELSSLER [21]
LA GRANDE MAÎTRESSE
PRINCESSE GRAZALCOWITCH
QUELQUES BELLES DAMES DE LA COUR
LADY COWLEY
LES DEMOISELLES D'HONNEUR DE MARIE-LOUISE
UNE VIEILLE PAYSANNE

La famille impériale
La Maison militaire du duc
Gardes de l'Empereur : Arcières, Gardes-nobles, Trabans, etc.
Masques et Dominos : Polichinelles, Mezzetins, Bergères, etc.
Paysans et paysannes
Le Régiment du Duc.

1830 1832 [22]

PREMIER ACTE

LES AILES QUI POUSSENT

A Baden[23]*, près de Vienne, en 1830.*

Le salon de la villa qu'occupe Marie-Louise. Vaste pièce au milieu de laquelle s'élève la montgolfière de cristal d'un lustre Empire. Boiseries claires, murs peints à fresque, d'un vert pompéien. Frise de sphinx courant autour du plafond.

A gauche, deux portes. Celle du premier plan est celle de la chambre de Marie-Louise. Celle du second plan ouvre sur les appartements des dames d'honneur. — A droite, au premier plan, une autre porte : au second plan, dans une niche, un énorme poêle de faïence, lourdement historié. — Au fond, entre deux fenêtres, une large porte-fenêtre, par laquelle on aperçoit les balustres d'un perron formant balcon, qui descend dans le jardin. Vue sur le parc de Baden : tilleuls et sapins, profondes allées, lanternes suspendues à des potences en arceaux. Magnifique journée des premiers jours de septembre.

On a apporté dans cette banale villa de location un précieux mobilier. A gauche, près de la fenêtre, une belle psyché en citronnier chargée de bronzes ; au premier plan une vaste table d'acajou, couverte de papiers ; contre le mur, une table étagère à dessus de laque, garnie de livres. — A droite, vers le fond, un petit piano Érard de l'époque, une harpe ; plus bas, une chaise longue Récamier auprès d'un grand guéridon. Fauteuils et tabourets en X. Beaucoup de fleurs dans des vases. Au mur, gravures encadrées représentant les membres de la famille impériale d'Autriche ; portraits de l'Empereur François, du duc de Reichstadt enfant, etc.

Au lever du rideau, au fond du salon, un groupe de femmes très élégantes. Deux d'entre elles, assises au piano, dos au public, jouent à quatre mains. — Une autre est à la harpe. On déchiffre. Rires ; interruptions.

Un laquais introduit, par le perron, une jeune fille de mine modeste, qu'accompagne un officier de cavalerie autrichienne, un merveilleux hussard bleu et argent. Les deux nouveaux venus, voyant qu'on ne les remarque pas, restent un moment debout dans un coin du salon. — A ce moment, par la porte de droite, entre le comte de Bombelles, attiré par la musique. Il se dirige vers le piano, en battant la mesure. Mais il aperçoit la jeune fille, s'arrête, sourit, va vivement à elle.

SCÈNE PREMIÈRE

THÉRÈSE, TIBURCE, BOMBELLES,
MARIE-LOUISE, LES DAMES D'HONNEUR.

LES DAMES,
au clavecin, parlant toutes à la fois,
et riant comme des folles.

Elle manque tous les bémols. — C'est un scandale !
— Je prends la basse. — Un, deux ! — Harpe ! —
[La... la !... — Pédale !

BOMBELLES, *à Thérèse.*

C'est vous ?

THÉRÈSE

Bonjour, Monsieur de Bombelles.

UNE DAME, *au clavecin.*

Mi... sol...

THÉRÈSE

J'entre comme lectrice aujourd'hui.

UNE AUTRE DAME, *au clavecin.*

Le bémol !

THÉRÈSE

Et grâce à vous. Merci.

BOMBELLES

C'est tout simple, Thérèse :
Vous êtes ma parente et vous êtes Française.

THÉRÈSE, *lui présentant l'officier.*

Tiburce.

BOMBELLES

Ah ! votre frère !

Il lui tend la main, et montrant un fauteuil à Thérèse.

Asseyez-vous un peu.

THÉRÈSE

Oh ! — je suis très émue !

BOMBELLES, *souriant.*

Et de quoi donc, mon Dieu ?

THÉRÈSE

Mais d'approcher tout ce qui reste sur la terre
De l'Empereur !

BOMBELLES, *s'asseyant auprès d'elle.*

Vraiment? C'est de cela, ma chère?

TIBURCE, *d'un ton agacé.*

Les nôtres détestaient Bonaparte jadis!

THÉRÈSE

Je sais... Mais voir...

TIBURCE, *un peu dédaigneux.*

Sa veuve!...

THÉRÈSE, *à Bombelles.*

Et peut-être... son fils?

BOMBELLES

Sûrement.

THÉRÈSE

Ce serait n'avoir pas plus, je pense,
D'âme... que de lecture, et n'être pas de France,
Et n'avoir pas mon âge, enfin, que de pouvoir
Ne pas trembler, Monsieur, au moment de les voir.
Est-elle belle?

BOMBELLES

Qui?

THÉRÈSE

La duchesse de Parme!

BOMBELLES, *surpris.*

Mais...

THÉRÈSE, *vivement.*

Elle est malheureuse, et c'est un bien grand
[charme!

BOMBELLES

Mais je ne comprends pas ! Vous l'avez vue ?

THÉRÈSE

Oh ! non !

TIBURCE

Non ! on nous introduit à peine en ce salon.

BOMBELLES, *souriant.*

Oui, mais...

TIBURCE, *lorgnant du côté des musiciennes.*

Nous avons craint de déranger ces dames,
Dont le rire ajoutait au clavecin des gammes !

THÉRÈSE

J'attends Sa Majesté, là, dans mon coin.

BOMBELLES, *se levant.*

Comment ?
Mais c'est elle qui fait la basse en ce moment !

THÉRÈSE, *se levant, saisie.*

L'Imp...

BOMBELLES

Je vais l'avertir.

Il va vers le piano et parle bas à une des dames qui jouent.

MARIE-LOUISE, *se retournant.*

Ah ! c'est cette petite ?
Histoire très touchante... oui... vous me l'avez dite...
Un frère qui...

BOMBELLES

Fils d'émigré, reste émigré.

TIBURCE, *s'avançant, d'un ton dégagé.*

L'uniforme autrichien est assez de mon gré :
Puis, il y a la chasse au renard, que j'adore.

MARIE-LOUISE, *à Thérèse.*

Le voilà, ce mauvais garnement qui dévore
Tout le peu qui vous reste !

THÉRÈSE, *voulant excuser Tiburce.*

Oh ! mon frère...

MARIE-LOUISE

Un vaurien,
Qui vous ruina ! Mais vous l'excusez, c'est très bien.
Thérèse de Lorget, je vous trouve charmante.

Elle lui prend les mains et la fait asseoir près d'elle sur la chaise longue. Bombelles et Tiburce se retirent, en causant, vers le fond.

Vous voilà donc parmi ces dames. Je me vante
D'être assez agréable... un peu triste depuis...
— Hélas !

Silence.

THÉRÈSE, *émue.*

Je suis troublée au point que je ne puis
Exprimer...

MARIE-LOUISE, *s'essuyant les yeux.*

Oui, ce fut une bien grande perte !
On a trop peu connu cette belle âme !

THÉRÈSE, *frémissante.*

Oh ! certes !

MARIE-LOUISE, *se retournant, à Bombelles.*

Je viens d'écrire pour qu'on garde son cheval !

A Thérèse.

Depuis la mort du général...

THÉRÈSE, *étonnée.*

Du général ?

MARIE-LOUISE, *s'essuyant les yeux.*

Il conservait ce titre.

THÉRÈSE

Ah ! je comprends !

MARIE-LOUISE

... Je pleure !

THÉRÈSE, *avec sentiment.*

Ce titre n'est-il pas sa gloire la meilleure ?

MARIE-LOUISE

On ne peut pas savoir d'abord tout ce qu'on perd :
J'ai tout perdu, perdant le général Neipperg !

THÉRÈSE, *stupéfaite.*

Neipperg ?

MARIE-LOUISE

Je suis venue à Baden me distraire.
C'est bien. Tout près de Vienne. Une heure. — Ah !
[Dieu ! ma chère,
J'ai les nerfs !... On prétend, depuis que j'ai maigri,
Que je ressemble à la duchesse de Berry.

Vitrolles m'a dit ça [24]. Maintenant je me frise
Comme elle. — Pourquoi Dieu ne m'a-t-il pas
[reprise ?
Regardant autour d'elle.
C'est petit, mais ce n'est pas mal, cette villa.
— Metternich est notre hôte en passant. — Il est là.
Il part ce soir. — La vie à Baden n'est pas triste.
Nous avons les Sandor, et Thalberg, le pianiste.
On fait chanter, en espagnol, Montenegro ;
Puis Fontana nous hurle un air de *Figaro* ;
L'archiduchesse vient avec l'ambassadrice
D'Angleterre ; et l'on sort en landau... Mais tout glisse
Sur mon chagrin ! — Ah ! si ce pauvre général !...
— Est-ce que vous comptez ce soir venir au bal ?

THÉRÈSE,
qui la regarde avec une stupéfaction croissante.

Mais...

MARIE-LOUISE, *impétueusement.*

Chez les Meyendorf, Strauss arrive de Vienne.
— Bombelles, n'est-ce pas, il faudra qu'elle vienne ?

THÉRÈSE

Pourrai-je demander à Votre Majesté
Des nouvelles du duc de Reichstadt ?

MARIE-LOUISE

Sa santé
Est bonne. Il tousse un peu... Mais l'air est si suave
A Baden !... Un jeune homme ! Il touche à l'heure
[grave :
Les débuts dans le monde [25] ! — Et quand je pense, ô
Que le voilà déjà lieutenant-colonel ! [ciel !
Mais croiriez-vous — pour moi c'est un chagrin
[énorme ! —

Que je n'ai jamais pu le voir en uniforme !

Entrent deux Messieurs portant des boîtes vitrées. Avec un cri de joie.

Ah ! c'est pour lui, tenez !

SCÈNE II

LES MÊMES, LE DOCTEUR *et son fils, portant de longues boîtes vitrées, puis* METTERNICH

LE DOCTEUR, *saluant.*

Oui. Les collections.

MARIE-LOUISE

Déposez-les, docteur !

BOMBELLES

Qu'est-ce ?

MARIE-LOUISE

Des papillons

THÉRÈSE

Des papillons ?

MARIE-LOUISE

J'étais chez ce vieillard aimable,
Le medecin des eaux. Ayant sur une table,
Vu ces collections que son fils achevait,
J'ai soupiré tout haut : « Ah ! si le mien pouvait
S'intéresser à ça, lui que rien n'intéresse !... »

LE DOCTEUR

Alors, j'ai dit à Sa Majesté la Duchesse :
« Mais on ne sait jamais. Pourquoi pas ? Essayons ! »
Et j'apporte mes papillons[26].

THÉRÈSE, *à part.*

Des papillons !

MARIE-LOUISE, *soupirant, au docteur.*

S'il s'arrachait à ses tristesses solitaires
Pour s'occuper un peu de vos...

LE DOCTEUR

Lépidoptères.

MARIE-LOUISE

Laissez-les-nous, et revenez. Il est sorti.

Le docteur et son fils sortent après avoir disposé les collections sur la table. Marie-Louise se retournant vers Thérèse.

Vous, venez, que je vous présente à Scarampi.
C'est la grande maîtresse.

Apercevant Metternich qui entre à droite.

Ah ! Metternich !... Cher prince.
Le salon est à vous.

METTERNICH

Il fallait que j'y vinsse,
Ayant à recevoir cet envoyé...

MARIE-LOUISE

Je sais.

METTERNICH

... Du général Belliard[27], l'ambassadeur français,
Et le conseiller Gentz, et quelques estafettes.

A un laquais qu'il vient de sonner, et qui paraît au fond sur le perron.

Monsieur de Gentz, d'abord.

A Marie-Louise.

Vous me permettez ?

MARIE-LOUISE

Faites !

Elle sort avec Thérèse. Tiburce et Bombelles les suivent. — Gentz paraît au fond, introduit par le laquais. Très élégant. Figure de vieux viveur fatigué. Les poches pleines de bonbonnières et de flacons, il est toujours en train de mâchonner un bonbon ou de respirer un parfum.

SCÈNE III

METTERNICH, GENTZ, *puis un officier français attaché à l'ambassade de France.*

METTERNICH

Bonjour, Gentz.

Il s'assied devant le guéridon à droite et se met à signer, tout en causant, les papiers que Gentz tire d'un grand portefeuille.

Vous savez que je rentre aujourd'hui.
L'empereur me rappelle à Vienne.

GENTZ

Ah ?

METTERNICH

Quel ennui !
Vienne en cette saison !

GENTZ

Vide comme ma poche !

METTERNICH

Oh ! ça, ce n'est pas vrai, car, soit dit sans reproche,
Le gouvernement russe a dû...

Il fait, du bout des doigts, le geste de glisser de l'argent.

GENTZ, *avec une indignation comique.*

Moi ?

METTERNICH

Soyez franc :
Vous venez de vous vendre encore.

GENTZ,
très tranquillement, croquant un bonbon.

Au plus offrant.

METTERNICH

Mais pourquoi cet argent ?

GENTZ, *respirant un flacon de parfum.*

Pour faire la débauche.

METTERNICH

Et vous passez pour mon bras droit !

GENTZ

Votre main gauche
Doit ignorer ce que votre droite reçoit.

METTERNICH,
apercevant les bonbonnières et les flacons.

Des bonbons ! des parfums ! Oh !

GENTZ

Cela va de soi.
J'ai de l'argent : bonbons, parfums. Je les adore.
Je suis un vieil enfant faisandé.

METTERNICH, *haussant les épaules.*

Pose encore,
Fanfaron du mépris de soi-même !

Brusquement.

Et Fanny ?

GENTZ

Elssler ?... Ne m'aime pas. Oh ! je n'ai pas fini
D'être grotesque.

Montrant un portrait du duc de Reichstadt.

C'est le duc dont elle est folle.
Je suis un paravent qui souffre, — et se console
En songeant qu'après tout il vaut mieux, pour l'État,
Que le duc soit distrait. Je fais donc le bêta :
J'escorte la danseuse en ville, à la campagne.
Elle veut que, ce soir, ici, je l'accompagne
Pour surprendre le duc.

METTERNICH, *qui pendant ce temps continue à donner des signatures.*

Vous me scandalisez !

GENTZ

Ce soir la mère sort. Il y a bal.

Il lui tend une lettre prise dans son portefeuille.

Lisez.
C'est du fils de Fouché.

METTERNICH, *lisant.*

Vingt août, mil huit cent trente...

GENTZ

Il s'offre à transformer...

METTERNICH, *souriant.*

Bon vicomte d'Otrante !

GENTZ

... Notre duc de Reichstadt en Napoléon Deux.

METTERNICH, *parcourant la lettre.*

Des noms de partisans...

GENTZ

Oui.

METTERNICH

Se souvenir d'eux.

Il lui rend la lettre.

Notez !

GENTZ

Nous refusons ?

METTERNICH

Sans tuer l'espérance !
Ah ! mais c'est qu'il me sert à diriger la France,
Mon petit colonel ! Car de sa boîte — cric ! —
Je le sors aussitôt qu'oubliant Metternich
On penche à gauche, et — crac ! — dès qu'on revient [à droite,
Je rentre mon petit colonel dans sa boîte.

GENTZ, *amusé.*

Quand peut-on voir jouer le ressort ?

METTERNICH

Pas plus tard
Qu'à l'instant.

Il sonne, un laquais paraît.

L'envoyé du général Belliard !

Le laquais introduit un officier français en grande tenue.

Bonjour, Monsieur. Voici les papiers.

Il lui tend des documents.

En principe,
Nous avons reconnu le roi Louis-Philippe.
Mais ne donnez pas trop dans le quatre-vingt-neuf,
Ou bien nous briserions la coquille d'un œuf...

L'ATTACHÉ, *immédiatement effrayé.*

Est-ce une allusion au prince François-Charle ?

METTERNICH

Duc de Reichstadt ?... Je n'admets pas, moi qui vous
Que son père ait jamais régné ! [parle,

L'ATTACHÉ, *avec une générosité ironique.*

Moi, je l'admets.

METTERNICH

Je ne ferai donc rien pour le duc. Mais... mais...

L'ATTACHÉ

Mais ?

METTERNICH, *se renversant dans son fauteuil.*

Mais si la liberté chez vous devient trop grande,
Si vous vous permettez la moindre propagande,
Mais si vous laissez trop Monsieur Royer-Collard [28]
Venir devant le roi déplier son foulard ;

Si votre royauté fait trop la République :
Nous pourrons — n'étant pas d'une humeur angéli-
[que ! —
Nous souvenir que Franz est notre petit-fils[29]...

L'ATTACHÉ, *vivement.*

Nous ne laisserons pas rougir nos lys.

METTERNICH, *gracieux.*

Vos lys,
S'ils savent rester blancs, ignoreront l'abeille.

L'ATTACHÉ, *se rapprochant et baissant la voix.*

On craint que malgré vous l'espoir du duc s'éveille.

METTERNICH

Non.

L'ATTACHÉ

Les événements ?

METTERNICH

Je les lui filtre.

L'ATTACHÉ

Quoi ?
Ignore-t-il qu'en France on a changé de roi ?

METTERNICH

Oh ! non ! Mais le détail qu'il ne sait pas encore,
C'est qu'on a rétabli le drapeau tricolore.
Il sera toujours temps...

L'ATTACHÉ

Cela pourrait, c'est vrai,
L'enivrer !

METTERNICH

Oh ! le duc n'est jamais enivré.

L'ATTACHÉ, *un peu inquiet.*

Je trouve qu'à Baden sa garde est moins sévère.

METTERNICH, *très tranquille.*

Oh ! ici, rien à craindre : il est avec sa mère.

L'ATTACHÉ

Comment ?

METTERNICH

Quel policier aurait plus d'intérêt
Qu'elle à le surveiller ? Tout complot troublerait
Son beau calme.

L'ATTACHÉ

Ce calme est peut-être une embûche !
Elle ne doit penser qu'à l'aiglon !...

La porte des appartements de Marie-Louise s'ouvre.

MARIE-LOUISE,
entrant en coup de vent, avec un cri de désespoir.

Ma perruche !

SCÈNE IV

LES MÊMES, MARIE-LOUISE, *un instant,*
et LES DAMES D'HONNEUR *qui la suivent affolées,*
puis BOMBELLES *et* TIBURCE.

L'ATTACHÉ

Hein ?

MARIE-LOUISE, *à Metternich.*

Margharitina, prince, qui s'envola !

METTERNICH, *désolé.*

Oh !

MARIE-LOUISE

Margharitina ! Ma perruche !

Elle remonte vers le perron. Les dames d'honneur se dispersent dans le parc à la poursuite de l'oiseau.

METTERNICH, *froidement, à l'attaché qui le regarde avec stupeur.*

Voilà.

L'ATTACHÉ, *remontant vers Marie-Louise et faisant l'empressé.*

Si Son Altesse veut que je cherche ?

MARIE-LOUISE *s'arrête, le toise, et sèchement.*

Non !

Elle rentre dans son appartement après l'avoir foudroyé du regard. La porte claque.

L'ATTACHÉ, *de plus en plus ahuri, à Metternich.*

Qu'est-ce ?

METTERNICH, *réprimant un sourire.*

On dit « Sa Majesté » ; vous dites « Son Altesse » !

L'ATTACHÉ

L'empereur n'ayant pas régné, « Sa Majesté »
Ne peut rester à la Duchesse !

METTERNICH

C'est resté.

L'ATTACHÉ

Alors, voilà pourquoi ce regard de colère ?

METTERNICH

C'est une question toute... protocolaire !

L'ATTACHÉ *salue pour prendre congé ; puis, avant de sortir, demande :*

Est-ce que l'ambassade, à partir d'aujourd'hui,
Peut prendre la cocarde aux trois couleurs ?

METTERNICH, *avec un soupir.*

Mais oui...
Puisqu'on est d'accord...

Aussitôt l'attaché jette sans rien dire la cocarde blanche de son chapeau et la remplace par une tricolore qu'il sort de sa poche. Metternich se lève en disant :

Oh !... sans perdre une seconde !

Bruits de grelots au dehors.

Qu'est-ce ?

GENTZ, *qui est sur le balcon.*

L'archiduchesse arrive avec du monde :
Les Meyendorf, Cowley, Thalberg !...

Bombelles, qui, au bruit des grelots, est vivement entré par la gauche, suivi de Tiburce.

Recevons-les !

Au moment où il se précipite vers la porte, l'archiduchesse paraît sur le perron, entourée d'un flot d'élégants et d'élégantes en costume de ville d'eau. — Des Grévedon [30] *et des Deveria. —*

Robes claires. Ombrelles. Grands chapeaux. — Un petit archiduc, de cinq à six ans, en uniforme de hussard, une minuscule pelisse sur l'épaule ; deux petites archiduchesses dans ces extraordinaires robes de petites filles de l'époque. — Tumulte de voix et de rires. — Tourbillon de frivolités.

SCÈNE V

LES MÊMES, L'ARCHIDUCHESSE, DES BELLES DAMES. DES BEAUX MESSIEURS, LORD *et* LADY COWLEY, THALBERG, SANDOR, MONTENEGRO, *etc.* ; *puis* THÉRÈSE, SCARAMPI, UNE DAME D'HONNEUR.

L'ARCHIDUCHESSE,
à Bombelles, Metternich, Gentz, Tiburce qui s'avancent cérémonieusement.

Non ! c'est une villa, ce n'est pas un palais !
Pas de façons !

Le salon est envahi. A un jeune homme.

Thalberg ! vite, ma tarentelle !

Thalberg se met au piano et joue. A Metternich, gaiement.

Sa Majesté ma belle-sœur, où donc est-elle ?

UNE DAME

Nous venions l'enlever en passant !

UNE AUTRE

Nous allons
Courir en char à bancs à travers les vallons ;
C'est Sandor qui conduit !

UNE VOIX D'HOMME,
continuant une conversation commencée.

Il faut, dans son cratère,
Lui renfoncer sa lave !

L'ARCHIDUCHESSE,
se tournant vers le groupe des causeurs.

Oh ! voulez-vous vous taire !
A Metternich, en riant.
Ces Messieurs ont parlé tout le temps de volcan !

BOMBELLES

Ce volcan, quel est-il ?

UNE DAME, *à une autre, parlant chiffons.*

Cet hiver, l'astrakan ?
Elles chuchotent.

SANDOR, *répondant à Bombelles.*

Mais le libéralisme !

BOMBELLES

Ah !...

LORD COWLEY

Ou plutôt la France !

METTERNICH, *à l'attaché français, d'un air sévère.*

Vous l'entendez ?

UNE DAME, *à un jeune homme qu'elle entraîne par le bras vers le clavecin.*

Montenegro, votre romance !
Tout bas, rien que pour moi !...

MONTENEGRO,
que Thalberg accompagne, chantant tout bas.

...Corazon...
Il continue très doucement.

UNE AUTRE DAME, *à Gentz.*

Gentz, bonjour!
Elle fouille dans son réticule.
J'ai des bonbons pour vous.
Elle lui donne une petite boîte

GENTZ

Vous êtes un amour!

UNE AUTRE, *même jeu.*

Un parfum de Paris!
Elle tire un petit flacon et le lui donne.

METTERNICH, *qui a vu le flacon, vivement à Gentz.*

Arrachez l'étiquette!
Eau du duc de Reichstadt!

GENTZ, *respirant le parfum.*

Ça sent la violette!
Metternich, lui arrachant le flacon et le grattant avec des ciseaux pris sur la table.
Si le duc survenait, il verrait qu'à Paris...

UNE VOIX, *dans le groupe d'hommes au fond.*

Elle redresse encor la tête!

LADY COWLEY

Nos maris
Parlent de l'hydre!

LORD COWLEY

Il faut qu'elle soit étouffée !

L'ARCHIDUCHESSE, *riant.*

C'est un volcan... ou bien c'est une hydre !

UNE DAME D'HONNEUR DE MARIE-LOUISE,
suivie par un domestique qui porte
sur un plateau de grands verres
de café au lait glacé.

Eis Kaffee ?

Un autre domestique a posé sur la table un plateau de rafraîchissements : bière, champagne, etc.

L'ARCHIDUCHESSE, *assise, à une jeune femme.*

Dis-nous des vers, Olga.

GENTZ

Si vous lui demandiez
De l'Henri Heine ?

TOUTES LES FEMMES

Oui ! oui !

OLGA, *se levant pour déclamer.*

Quoi ? — Les Deux Grenadiers [31] ?

METTERNICH, *vivement.*

Oh ! non !

SCARAMPI,
sortant de l'appartement de Marie-Louise.

Sa Majesté vient dans une minute.

PLUSIEURS VOIX

Scarampi !

Salutations. Rires. Conversations et frou-frous.

LA VOIX DE SANDOR, *au fond, dans un groupe.*

Nous irons jusqu'à la Krainerhütte,
Et ces dames prendront sur l'herbe leurs ébats !

METTERNICH, *à Gentz qui parcourt un journal pris sur la table.*

Gentz, qu'est-ce que tu lis, dans ton coin ?

GENTZ

Les *Débats*.

LORD COWLEY, *nonchalamment.*

La politique ?

GENTZ

Les théâtres.

L'ARCHIDUCHESSE

Bien futile !

GENTZ

Savez-vous ce qu'on va jouer au Vaudeville ?

METTERNICH

Non.

GENTZ

Bonaparte.

METTERNICH, *avec indifférence.*

Ah ! ah !

GENTZ

Aux Nouveautés ?

METTERNICH

Mais non !

GENTZ

Bonaparte. — Aux Variétés ?... — *Napoléon.*
Le Luxembourg promet : *Quatorze ans de sa vie.*
Le Gymnase reprend : *Le Retour de Russie.*
Qu'est-ce que la Gaîté jouera cette saison ?
Le Cocher de Napoléon. — *La Malmaison.*
Un jeune auteur vient de terminer : *Sainte-Hélène.*
La Porte-Saint-Martin commence à mettre en scène :
Napoléon [32].

LORD COWLEY, *vexoté.*

C'est une mode !

TIBURCE, *haussant les épaules.*

Une fureur !

GENTZ

A l'Ambigu : *Murat ;* au Cirque : l'*Empereur.*

SANDOR, *pincé.*

Une mode !

BOMBELLES, *dédaigneux.*

Une mode !

GENTZ

Une mode, je pense,
Qu'on verra revenir de temps en temps en France.

UNE DAME,
lisant le journal par-dessus l'épaule de Gentz avec son face-à-main.

On veut faire rentrer les cendres !

METTERNICH, *sec.*

Le phénix
Peut en renaître, — mais pas l'aigle !

TIBURCE

Quel grand X
Que l'avenir de cette France !

METTERNICH, *supérieur.*

Non, jeune homme.
Moi, je sais.

UNE DAME

Parlez donc, prophète qu'on renomme !

L'ARCHIDUCHESSE,
faisant le geste de l'encenser.

Ses arrêts sont coulés en bronze !

GENTZ, *entre ses dents.*

Ou bien en zinc !

LORD COWLEY

Qui sera le sauveur de la France ?

METTERNICH

Henri V.
Avec un geste de pitié.
Le reste, mode !

THÉRÈSE, *debout, dans un coin, doucement.*

C'est un nom qu'il est commode
De donner quelquefois, à la gloire, la mode !

METTERNICH,
se versant un verre de champagne.

Tant que l'on ne criera d'ailleurs qu'à l'Odéon,
Je crois qu'il n'y a pas...

UN GRAND CRI, *au dehors.*

Vive Napoléon !

Tout le monde se lève. — Panique. — Lord Cowley s'étrangle dans son café glacé. — Les femmes, affolées, courent dans tous les sens.

TOUT LE MONDE, *prêt à fuir.*

Hein ? — A Baden ! — Comment ? — Ici ?

METTERNICH

C'est ridicule !
N'ayez pas peur !

LORD COWLEY, *furieux.*

Si tout le monde se bouscule
Parce qu'on crie un nom !

GENTZ, *criant gravement.*

Il est mort !

On se rassure.

TIBURCE *qui était sur le balcon, redescendant.*

Ce n'est rien

METTERNICH

Mais quoi ?

TIBURCE

C'est un soldat autrichien.

METTERNICH, *stupéfait.*

Autrichien ?

TIBURCE

Même deux. J'étais là. J'ai tout vu.

METTERNICH

Regrettable !

A ce moment, la porte de gauche s'ouvre. Marie-Louise apparaît, toute pâle.

SCÈNE VI

LES MÊMES, MARIE-LOUISE, *puis un soldat autrichien.*

MARIE-LOUISE, *d'une voix entrecoupée.*

Avez-vous entendu ? Ho ! c'est épouvantable !
Ça me rappelle — un jour — la foule s'amassa
Autour de ma voiture — à Parme —

Elle tombe défaillante sur la chaise longue.

en criant ça !
On veut troubler ma vie !

METTERNICH, *nerveux, à Tiburce.*

Enfin, ce cri, qu'était-ce ?

TIBURCE

Servant tous deux au régiment de Son Altesse,
Deux hommes en congé, marchaient d'un pas distrait,
Quand ils ont vu le duc de Reichstadt qui rentrait ;
Vous savez qu'un fossé profond longe la rue ;

Le duc veut le franchir ; son cheval pointe, rue,
Se dérobe ; le duc le ramène... et, hop là !
Alors, pour l'applaudir, ils ont crié. Voilà.

METTERNICH

Faites-m'en monter un, vite !

Tiburce, du perron, fait un signe au dehors.

MARIE-LOUISE, *à qui on fait respirer des sels.*

On veut que je meure !

Entre un sergent du régiment du duc. Il salue gauchement, intimidé par tout ce beau monde.

METTERNICH, *avec indignation.*

Un sergent ! — Pourquoi donc avez-vous, tout à [l'heure,
Poussé ce cri ?

LE SERGENT

Je ne sais pas.

METTERNICH

Tu ne sais pas ?

LE SERGENT

Le caporal non plus, avec lequel, en bas,
J'ai crié, ne sait pas. Ça nous a pris. Le prince
Était si jeune sur son cheval, et si mince !...
Et puis on est flatté d'avoir pour colonel
Le fils de...

METTERNICH, *vivement.*

Bien, c'est bien !

LE SERGENT

Ce calme avec lequel
Il a franchi l'obstacle ! Et blond comme un saint [George !...

Alors, ça nous a pris, tous les deux, à la gorge,
Un attendrissement... une admiration.
Et nous avons crié : « Vive... »

METTERNICH, *précipitamment.*

C'est bon ! c'est bon !
Et : « Vive le duc de Reichstadt ! », triple imbécile,
C'est donc plus difficile à crier ?

LE SERGENT, *naïvement.*

Moins facile.

METTERNICH

Hein ?

LE SERGENT, *essayant*

« Vive le duc de Reichstadt ! » Ça fait moins
Que : « Vive... » [bien

METTERNICH,
hors de lui, le congédiant du geste.

Allons, c'est bon, va-t'en ! ne criez rien !

TIBURCE
au soldat quand il passe près de lui pour sortir.

Idiot !

SCÈNE VII

LES MÊMES, *moins* LE SERGENT, DIETRICHSTEIN
entré depuis un moment.

MARIE-LOUISE,
aux dames qui l'entourent.

Je vais mieux. Merci !

THÉRÈSE, *la regardant, tristement.*

L'Impératrice !

MARIE-LOUISE,
à Dietrichstein, lui désignant Thérèse.

Monsieur de Dietrichstein, — ma nouvelle lectrice.
A Thérèse, lui présentant Dietrichstein.
Le précepteur du duc ! — Mais j'y pense, pardon !
Lisez-vous bien ?

TIBURCE, *répondant pour elle.*

Très bien !

THÉRÈSE, *modestement.*

Je ne sais...

MARIE-LOUISE

Prenez donc
Un des livres de Franz... sur la table de laque.
Ouvrez, et lisez-nous, au hasard !

THÉRÈSE, *prenant un livre.*

Andromaque [33].
Grand silence. Tout le monde s'installe pour écouter. Elle lit.
Et quelle est cette peur dont leur cœur est frappé,
Seigneur ? Quelque Troyen vous est-il échappé ?
Leur haine pour Hector n'est pas encore éteinte ;
Ils redoutent son fils.
Tout le monde se regarde. Froid.
Digne objet de leur crainte !
Un enfant malheureux, qui ne sait pas encor
Que Pyrrhus est son maître et qu'il est fils d'Hector !
Murmure et embarras général.

TOUT LE MONDE

Hum !... Heu...

GENTZ

Charmante voix !

MARIE-LOUISE,
s'éventant nerveusement, à Thérèse.

Prenez une autre page.

THÉRÈSE,
ouvrant le livre à un autre endroit.

Hélas ! je m'en souviens, le jour que son courage
Lui fit chercher Achille, ou plutôt le trépas,
Il demanda son fils,

Les visages se rembrunissent.

et le prit dans ses bras :
Chère épouse, dit-il en essuyant mes larmes,
J'ignore quel succès le sort garde à mes armes ;
Je te laisse mon fils...

Murmure et embarras général

TOUT LE MONDE

Hum !... Oui !

MARIE-LOUISE, *de plus en plus gênée.*

Si nous passions
A quelque autre... Prenez...

THÉRÈSE,
prenant un autre livre sur la table.

Les Méditations.

MARIE-LOUISE, *rassurée.*

Ah ! je connais l'auteur ! — Ce sera moins
[maussade ! —

Il a dîné chez nous.

A Scarampi, avec ravissement.

L'attaché d'ambassade !

THÉRÈSE, *lisant.*

Jamais des séraphins les chants mélodieux
De plus divins accords n'avaient ravi les cieux :
Courage, enfant déchu d'une race divine[34]...

Au moment où elle dit ce vers, le Duc paraît dans la porte du fond. Thérèse sent que quelqu'un entre, quitte le livre des yeux, voit le duc pâle et immobile sur le seuil, et, bouleversée, se lève. Au mouvement qu'elle fait, tout le monde se retourne et se lève.

SCÈNE VIII

LES MÊMES, LE DUC.

LE DUC

Je demande pardon, ma mère, à Lamartine.

MARIE-LOUISE

Franz, bonne promenade ?

LE DUC, *descendant.*

Il est en costume de cheval, la cravache à la main, très élégant, la fleur à la boutonnière, et ne sourit jamais.

Exquise. Un temps très doux.

Se tournant vers Thérèse.

— Mais à quel vers, Mademoiselle, en étiez-vous ?

THÉRÈSE *hésite une seconde à répéter le vers ;*
puis, regardant le Duc
avec une émotion profonde :

Courage, enfant déchu d'une race divine,
Tu portes sur ton front ta superbe origine :
Tout homme en te voyant...

MARIE-LOUISE, *sèchement, se levant.*

C'est bien. Cela suffit !

L'ARCHIDUCHESSE, *aux enfants, leur montrant le duc.*

Allez dire bonjour à votre cousin.

Les enfants se rapprochent du Duc qui s'est assis, l'entourent. Une petite fille et un petit garçon grimpent sur ses genoux.

SCARAMPI, *bas, avec colère, à Thérèse.*

Fi !

THÉRÈSE

Quoi donc ?

UNE DAME, *regardant le Duc.*

Comme il est pâle !

UNE AUTRE, *de même.*

Il n'a pas l'air de vivre !

SCARAMPI, *à Thérèse.*

Quels passages toujours choisissez-vous ?

THÉRÈSE

Le livre
S'ouvrait toujours tout seul... jamais je ne voulus...

Scarampi s'éloigne en haussant les épaules

GENTZ, *qui a entendu, hochant la tête.*

Le livre s'ouvre seul aux feuillets souvent lus !

THÉRÈSE, *à part,*
regardant mélancoliquement le Duc.

Des archiducs sur ses genoux !...

L'ARCHIDUCHESSE, *au Duc,*
se penchant au dossier de son fauteuil.

Je suis contente
De te voir. Je suis ton amie.

Elle lui tend la main.

LE DUC, *lui baisant la main.*

Oui, toi, ma tante.

GENTZ, *à Thérèse,*
qui ne quitte pas le prince des yeux.

Comment le trouvez-vous, avec son petit air
De Chérubin qui lit en cachette *Werther ?*

Les enfants, autour du Duc, admirent l'élégance de leur grand cousin, jouent avec sa chaîne, ses breloques, contemplent sa haute cravate.

LA PETITE FILLE, *qui est sur ses genoux, éblouie.*

Tes cols sont toujours beaux !

LE DUC, *saluant.*

Votre Altesse est bien bonne

THÉRÈSE, *à part, avec un petit sourire douloureux.*

Ses cols !...

UN PETIT GARÇON,
qui a pris la cravache du prince
et en fouette l'air.

Personne n'a des sticks pareils !

LE DUC, *gravement.*

Personne.

THÉRÈSE, *à part, de même.*

Ses sticks !...

UN AUTRE PETIT GARÇON,
touchant les gants que le Duc vient de retirer et de jeter sur une table.

Oh ! et tes gants !...

LE DUC

Superbes, mon chéri.

LA PETITE FILLE,
le doigt sur l'étoffe de son gilet.

C'est en quoi, ton gilet ?

LE DUC

C'est en Pondichéry.

THÉRÈSE,
prise d'une envie de pleurer.

Oh !

L'ARCHIDUCHESSE,
caressant du bout des doigts la rose qui fleurit la redingote du prince.

Tu portes ta fleur à la mode dernière !

LE DUC, *se levant,*
avec une frivolité amère et forcée.

Vous remarquez ? Dans la troisième boutonnière !

A ce moment, Thérèse éclate en sanglots.

DES DAMES, *autour d'elle.*

Hein ? Qu'a-t-elle ?

THÉRÈSE

Pardon !... je ne sais pas... c'est fou !
Seule ici... loin des miens... brusquement...

MARIE-LOUISE, *qui s'est approchée, avec un attendrissement bruyant.*

Pauvre chou !

THÉRÈSE

Mon cœur s'est si longtemps contenu...

MARIE-LOUISE, *l'embrassant.*

Qu'il s'épanche !

LE DUC, *qui a fait quelques pas, sans avoir l'air de remarquer ces larmes, s'arrête, poussant du pied quelque chose sur le tapis.*

Tiens ! qu'est-ce que j'écrase ? Une cocarde blanche ?
Il se penche et la ramasse.

METTERNICH, *s'avançant avec embarras.*

Heu !...

LE DUC, *cherche un instant des yeux et voyant l'attaché français.*

Ce doit être à vous, Monsieur ! Votre chapeau ?
L'attaché lui montre son chapeau. Le Duc aperçoit la cocarde tricolore.

Ah !
A Metternich.
Je ne savais pas. Mais alors... le drapeau ?

METTERNICH

Altesse...

LE DUC

Il l'est aussi ?

METTERNICH

Oui... c'est sans importance...

LE DUC, *flegmatiquement.*

Aucune.

METTERNICH

Question de couleur...

LE DUC

De nuance.

Il a pris le chapeau de l'attaché, et, sur le feutre noir, rapproche les deux cocardes ; il les compare, en artiste, éloignant le chapeau, la tête penchée...

Je crois — voyez vous-même, hein ? en clignant les
Que c'est décidément... [yeux —

Il montre la tricolore.

celle-ci qui fait mieux.

Il jette la blanche, et passe nonchalamment. Sa mère le prend sous le bras et le mène devant les boîtes de papillons que le docteur, rentré depuis un instant, vient d'étaler sur la grande table.

LE DUC

Des papillons ?

MARIE-LOUISE, *cherchant à l'intéresser.*

C'est ce grand noir que tu préfères ?

LE DUC

Il est gentil.

LE DOCTEUR

Il naît sur les ombellifères !

LE DUC

Il me regarde avec ses ailes.

LE DOCTEUR, *souriant.*

Tous ces yeux?
Nous appelons cela des lunules.

LE DUC

Tant mieux.

LE DOCTEUR

Vous regardez ce gris qui de bleu se ponctue?

LE DUC

Non.

LE DOCTEUR

Que regardez-vous?

LE DUC

L'épingle qui le tue.

Il s'éloigne.

LE DOCTEUR, *désespéré, à Marie-Louise.*

Tout l'ennuie!

MARIE-LOUISE, *à Scarampi.*

Attendons... je compte sur l'effet...

SCARAMPI, *mystérieusement.*

Oui, de notre surprise.

GENTZ, *qui s'est approché du Duc, lui présentant une bonbonnière.*

Un bonbon?

LE DUC, *prenant un bonbon et le goûtant.*

Oh ! parfait !
Un goût tout à la fois de poire et de verveine.
Et puis... attendez... de...

GENTZ

Non, ce n'est pas la peine.

LE DUC

Pas la peine de quoi ?

GENTZ

D'avoir l'air d'être là.
J'y vois plus clair que Metternich. — Un chocolat ?

LE DUC, *avec hauteur.*

Que voyez-vous ?

GENTZ

Quelqu'un qui souffre, au lieu de prendre
Le doux parti de vivre en prince jeune et tendre.
Votre âme bouge encore : on va dans cette cour
l'endormir de musique et l'engourdir d'amour.
J'avais une âme aussi, moi, comme tout le monde...
Mais pfft !... et je vieillis, doucettement immonde,
Jusqu'au jour où, vengeant sur moi la Liberté,
Un de ces jeunes fous de l'Université,
Dans mes bonbons, dans mes parfums, et dans ma
Me tuera... comme Sand a tué Kotzebue[35] ! [boue,
Oui, j'ai peur — voulez-vous quelques raisins
D'être tué par l'un d'entre eux ! [sucrés ? —

LE DUC, *tranquillement, prenant un raisin.*

Vous le serez.

GENTZ

Hein ? Comment ?

LE DUC

Vous serez tué par un jeune homme.

GENTZ

Mais...

LE DUC

Que vous connaissez.

GENTZ, *stupéfait.*

Monseigneur...

LE DUC

Il se nomme
Frédéric : c'est celui que vous avez été.
Puisqu'en vous maintenant il est ressuscité,
Puisque comme un remords, il vous parle à voix
C'est fini : celui-là ne vous fera pas grâce. [basse,

GENTZ, *pâlissant.*

C'est vrai que ma jeunesse, en moi, lève un poignard !
— Ah ! je ne m'étais pas trompé sur ce regard :
C'est celui de quelqu'un qui s'exerce à l'Empire !

LE DUC

Monsieur, je ne sais pas ce que vous voulez dire.

Il s'éloigne. Metternich rejoint Gentz.

METTERNICH, *à Gentz, en souriant.*

Tu causais avec...

GENTZ

Oui.

METTERNICH

Très gentil.

GENTZ

En effet.

METTERNICH

Je le tiens tout à fait dans ma main.

GENTZ

Tout à fait.

LE DUC *est arrivé devant Thérèse qui, assise, dans un coin, devant un guéridon, feuillette un livre. Il la regarde un instant : puis à mi-voix :*

Pourquoi donc pleuriez-vous ?

THÉRÈSE, *qui ne l'a pas vu venir, tressaillant, et se levant toute troublée.*

Parce que...

LE DUC

Non.

THÉRÈSE, *interdite.*

Altesse !

LE DUC

Je sais pourquoi. — Ne pleurez pas.

Il s'éloigne rapidement, et se trouve devant Metternich qui vient de prendre son chapeau et ses gants pour sortir.

METTERNICH, *saluant le Duc.*

Duc, je vous laisse.

Le Duc répond par une inclinaison de tête.
Metternich sort, emmenant l'attaché.

LE DUC, *à Marie-Louise et à Dietrichstein qui regardent des papiers sur la table.*

Vous lisez mon dernier travail ?

DIETRICHSTEIN

Il est charmant.
Mais pourquoi faire exprès des fautes d'allemand ?
C'est une espièglerie !

MARIE-LOUISE, *choquée.*

A votre âge, être espiègle,
Mon fils !

LE DUC

Que voulez-vous ? je ne suis pas un aigle !

DIETRICHSTEIN,
soulignant de l'ongle une faute.

Vous mettez encor « France » au féminin !

LE DUC

Hélas !
Moi je ne sais jamais si c'est *der, die* ou *das* !

DIETRICHSTEIN

Le neutre seul, ici, serait correct !

LE DUC

Mais pleutre.
Je n'aime pas beaucoup que la France soit neutre.

MARIE-LOUISE,
interrompant Thalberg qui pianote.

Mon fils a la musique en horreur !

LE DUC

En horreur.

LORD COWLEY, *s'avançant vers le Duc.*

Altesse...

DIETRICHSTEIN, *bas au Duc.*

Un mot aimable !

LE DUC

Hein ?

DIETRICHSTEIN, *bas au Duc.*

C'est l'ambassadeur
D'Angleterre.

LORD COWLEY

Tantôt galopant, hors d'haleine,
D'où reveniez-vous donc, prince ?

LE DUC

De Sainte-Hélène.

LORD COWLEY, *interloqué.*

Plaît-il ?

LE DUC

C'est un coin vert, gai, sain, — et beau, le soir !
On y est à ravir. Je voudrais vous y voir.

Il salue, et passe.

GENTZ, *vivement à l'ambassadeur d'Angleterre, tandis que le Duc s'éloigne.*

Sainte-Hélène est le nom du principal village
D'Helenenthal[36], ce site exquis du voisinage.

L'AMBASSADEUR

Ah ! oui ! — Je crois, soit dit sans le lui reprocher,
Que c'est, dans mon jardin, une pierre.

GENTZ

Un rocher !

DES VOIX, *au fond.*

On part !

L'ARCHIDUCHESSE, *à Marie-Louise.*

Viens-tu, Louise ?

MARIE-LOUISE

Oh ! moi, non !

CRIS

En voiture !

L'ARCHIDUCHESSE, *au Duc.*

Et toi, Franz ?

MARIE-LOUISE

Non ! mon fils déteste la nature !

Avec pitié

Il galope lorsqu'il traverse Helenenthal !

LE DUC, *sombre.*

Oui, je galope.

MARIE-LOUISE

Ah ! tu n'es pas sentimental !

Brouhaha. — Saluts. — Toute la compagnie sort dans un tumulte de voix.

MONTENEGRO, *déjà sur le perron.*

Je connais un endroit pour goûter, où le cidre...

Sa voix se perd.

CRIS, *au dehors.*

Au revoir ! au revoir !

GENTZ, *sur le balcon criant.*

Ne parlez pas de l'hydre !

Éclats de rires. — Grelots des voitures qui s'éloignent.

THÉRÈSE, *à Tiburce, qui prend congé.*

Adieu, mon frère.

TIBURCE, *l'embrassant au front.*

Adieu !

Il s'incline devant Marie-Louise, et sort avec Bombelles.

MARIE-LOUISE,
aux dames d'honneur, leur confiant Thérèse.

Menez-la maintenant

Chez elle...

Thérèse sort, emmenée par les dames. — Le Duc s'est assis, remuant distraitement des livres sur une table. — Marie-Louise fait signe en souriant à Scarampi, qui est restée, puis s'avance vers le Duc.

SCÈNE IX

LE DUC, MARIE-LOUISE, SCARAMPI, *puis* UN TAILLEUR *et* UNE ESSAYEUSE.

MARIE-LOUISE, *au Duc.*

Franz...

Il se retourne...

Je vais vous égayer !

LE DUC

Vraiment ?

Scarampi ferme soigneusement toutes les portes.

MARIE-LOUISE

Chut ! — J'ai fait un complot !...

LE DUC, *dont l'œil s'allume.*

Vous ! un complot ?

MARIE-LOUISE

Immense ;
Chut ! — On nous interdit tout ce qui vient de [France ;
Mais moi, j'ai fait venir, en secret, de Paris,
De chez deux grands faiseurs...

Elle lui donne une petite tape sur la joue.

Allons, coquet, souris !
Chut !... pour vous, un tailleur...

Montrant Scarampi.

Pour nous une essayeuse !
Je crois que mon idée est vraiment...

LE DUC, *glacial.*

Merveilleuse.

SCARAMPI, *allant ouvrir la porte de l'appartement de Marie-Louise.*

Entrez !

Entrent une demoiselle — élégance de mannequin — qui porte de grands cartons à robes et à chapeaux ; puis un jeune homme habillé comme une gravure de mode 1830, les bras chargés de vêtements pliés et de boîtes. Le tailleur descend vers le Duc, tandis qu'au fond l'essayeuse déballe les robes sur un canapé. Après un profond salut, il s'agenouille vivement, ouvrant les boîtes, défaisant les paquets, faisant bouffer des cravates, dépliant des vêtements.

LE TAILLEUR

Si Monseigneur daigne jeter les yeux...
J'ai là des nouveautés charmantes ! Ces messieurs
Ont assez confiance en mon goût. Je les guide.
Les cravates d'abord. Un violet languide.
Un marron sérieux. On porte le foulard.
Regardant la cravate du Duc.
Je vois avec plaisir que Son Altesse a l'art
De nouer son écharpe.
Lui présentant un autre modèle.
Un dessin en quinconce !
Regardant de nouveau la cravate du Duc.
Oui, le nœud est parfait, il est noble, il engonce.
Et comment Monseigneur trouve-t-il ce gilet
Sur lequel des bouquets s'effeuillèrent ?

LE DUC, *impassible.*

Très laid.

LE TAILLEUR,
continuant à faire un étalage sur le tapis.

Ceux-ci laisseront-ils Son Altesse de marbre ?
Poil de chèvre, pourtant ! Tissu d'écorce d'arbre !
Redingote vert nuit. Les poignets très étroits.
Est-ce hautain ? Gilet à six boutons, dont trois
Restent déboutonnés en haut (grande élégance !)
Est-ce spirituel, cette petite ganse ?
Et ce frac par nos soins artistement râpé,
Bleu, sur un pantalon de fin coutil jaspé :
C'est tout à fait coquet, léger, garde-française !
Laissons cette jaunâtre et lourde polonaise
(Hamlet peut-il porter le pourpoint de Falstaff?)
Et venons aux manteaux, prince. Grand plaid en staff,
Demi-collet figurant manches par derrière.
Trop excentrique ? Soit. Cet autre, dit : Roulière [37],
Sobre, a je ne sais quoi de large et d'espagnol,
Bon pour rendre visite à quelque doña Sol [38] !

Il le jette sur ses épaules, et marche superbement.

Travail soigné, chaînette en argent, col en martre ;
Fait dans nos ateliers du boulevard Montmartre.
Simple, mais d'une coupe !... Et la coupe, c'est tout !

MARIE-LOUISE,
qui est restée debout près du Duc,
le voyant plus pâle, et les yeux fixes,
comme s'il n'écoutait plus, au tailleur.

Vous fatiguez le duc avec votre bagout !

LE DUC, *se réveillant.*

Non, laissez, je rêvais... car je n'ai pas coutume,
Quand mon tailleur viennois vient m'offrir un costume,
D'entendre tous ces mots pittoresques et vifs...
Tout cela... tout ce choix amusant d'adjectifs,

Tout cela, qui pour vous n'est qu'un bagout vulgaire,
Cela me... cela m'a...

Ses yeux se sont remplis de larmes, et brusquement :

Non, rien, laissez, ma mère.

MARIE-LOUISE,
remontant vers Scarampi et l'essayeuse.

Regardons nos chiffons !... Des manches à gigot ?

L'ESSAYEUSE

Toujours !

LE TAILLEUR, *au Duc,*
lui montrant des échantillons collés sur une feuille.

Drap... Casimir... Marengo...

LE DUC

Marengo ?

LE TAILLEUR,
froissant l'échantillon entre ses doigts.

C'est un bon cuir de laine et défiant l'usure.

LE DUC

Je suis de votre avis : Marengo, cela dure.

LE TAILLEUR

Que nous commandez-vous ?

LE DUC

Je n'ai besoin de rien.

LE TAILLEUR

On a toujours besoin d'un habit allant bien !

LE DUC

J'aimerais combiner...

LE TAILLEUR

A votre fantaisie ?
Que toujours ta pensée, ô client, soit saisie !
Dites ! nous saisirons ; c'est l'art de ce métier !
Nous habillons Monsieur Théophile Gautier.

LE DUC, *ayant l'air de chercher.*

Voyons...

L'ESSAYEUSE, *au fond,*
exhibant d'énormes chapeaux,
que Marie-Louise essaye, devant la psyché.

Paille de riz recouverte de blonde.
Ce n'est pas le chapeau, dame, de tout le monde !

LE DUC, *rêvant.*

Pouvez-vous faire ?...

LE TAILLEUR, *précipitamment.*

Tout !...

LE DUC

... un...

LE TAILLEUR

Tout ce que voudra
Son Altesse !

LE DUC

... un habit...

LE TAILLEUR

Parfaitement !

LE DUC

... d'un drap...
Ah ! au fait, de quel drap ?... uni, tout simple !...

LE TAILLEUR

Certe !

LE DUC

Et la couleur, voyons, que diriez-vous de... verte ?

LE TAILLEUR

L'idée est excellente !

LE DUC, *rêveusement.*

Un petit habit vert...
Laissant peut-être voir le gilet...

LE TAILLEUR, *prenant des notes.*

Très ouvert !

LE DUC

Pour animer la basque, un peu, quand elle bouge,
Si la patte avait un... liséré rouge ?

LE TAILLEUR, *étonné un instant.*

Rouge ?
— Ce sera ravissant.

LE DUC

Eh bien ! et le gilet ?
Comment est le gilet à votre avis ?

LE TAILLEUR, *cherchant.*

Il est...

LE DUC

Il est blanc.

LE TAILLEUR

Son Altesse a du goût.

LE DUC

Puis je pense
Qu'une culotte courte...

LE TAILLEUR

Ah ?

LE DUC

Oui.

LE TAILLEUR

Quelle nuance ?

LE DUC

Je la vois assez blanche, en casimir soyeux.

LE TAILLEUR

Oh ! le blanc, c'est toujours ce qu'il y a de mieux !

LE DUC

Boutons gravés...

LE TAILLEUR

Gravés ?... ce n'est pas dans les règles !

LE DUC

Si... quelque chose... un rien, dessus !... des petits [aigles.

LE TAILLEUR, *comprenant tout d'un coup quel est le petit habit vert que se commande le prince, tressaille, et d'une voix étouffée :*

Des petits ?...

LE DUC, *changeant de ton, brusquement.*

Eh bien ! Quoi ? qu'est-ce qui te fait peur ?
Et pourquoi donc ta main tremble-t-elle, tailleur ?
Qu'est-ce que cet habit a d'extraordinaire ?
Tu ne te vantes plus de pouvoir me le faire ?

L'ESSAYEUSE, *au fond.*

Chapeau cabriolet, garniture pavots !

LE DUC, *se levant.*

Remporte donc, tailleur, tes modèles nouveaux,
Et tes échantillons grotesques sur leur feuille,
Car ce petit habit, c'est le seul que je veuille !

LE TAILLEUR, *se rapprochant.*

Mais je...

LE DUC

C'est bon ! Va-t'en ! Ne sois pas indiscret.

LE TAILLEUR

Mais...

LE DUC, *avec un geste mélancolique.*

Il ne m'irait pas, d'ailleurs !

LE TAILLEUR,
quittant brusquement son ton de fournisseur.

Il vous irait.

LE DUC, *se retournant, avec hauteur.*

Tu dis ?

LE TAILLEUR, *tranquillement.*

Il vous irait très bien.

LE DUC

L'audace est grande.

LE TAILLEUR, *s'inclinant.*

Et j'ai les pleins pouvoirs pour prendre la commande.

LE DUC

Ah ?

Silence. Ils se regardent dans les yeux.

LE TAILLEUR

Oui !

L'ESSAYEUSE, *au fond,*
passant un manteau à Marie-Louise
qui se regarde dans la psyché.

Manteau de gros de la Chine, bouffant :
Revers brodé, manche en oreille d'éléphant.

LE DUC, *un peu ironique.*

Ah ? ah ?

LE TAILLEUR

Oui, Monseigneur.

LE DUC

Très bien. Monsieur conspire.
Je ne m'étonne plus que vous citiez Shakespeare.

LE TAILLEUR, *bas et vite,*
lui désignant un des vêtements étalés.

La redingote olive a des noms sous son shall :
Écoles... Députés... Un pair... Un maréchal.

L'ESSAYEUSE, *au fond.*

Spencer en jaconas ; jupe en caroléide.

LE TAILLEUR

On peut vous faire fuir...

LE DUC, *froidement.*

Pour que je me décide,
Il faut qu'auparavant j'aille, voilà le hic,
Consulter mon ami Monsieur de Metternich.

LE TAILLEUR, *souriant.*

Vous vous méfierez moins quand vous saurez, Altesse,
Que c'est une cousine à vous...

LE DUC

Hein ?

LE TAILLEUR

La comtesse
Camerata, la fille...

LE DUC

Ah ! je sais... d'Élisa !

LE TAILLEUR

Oui, celle qui toujours se singularisa,
Qui toujours, dans la vie, Amazone sans casque,
Portant avec orgueil sa race sur son masque,
Brave un péril, tient un fleuret, dompte un pur sang !

L'ESSAYEUSE, *au fond.*

Un petit canezou d'organdi, ravissant !

LE TAILLEUR

Quand vous saurez que c'est cette Penthésilée [39]...

L'ESSAYEUSE

Le col n'est qu'épinglé, la manche faufilée !

LE TAILLEUR

... Qui mène le complot dont je vous parle...

LE DUC, *hésitant encore à se livrer.*

Dieu !

— La preuve de cela ?

LE TAILLEUR

Tournez la tête un peu.
Regardez, sans en avoir l'air, la demoiselle
Qui déballe, à genoux, des toilettes...

LE DUC *a tourné la tête.*
Ses yeux rencontrent ceux de l'essayeuse,
qui le regarde à la dérobée.

C'est elle !
A Vienne, un soir déjà, brusque, sur mon chemin,
Elle sortit d'un grand manteau, baisa ma main,
Et s'enfuit en criant : « J'ai bien le droit, peut-être,
De saluer le fils de l'Empereur mon maître[40] !... »

Il la regarde encore.

C'est une Bonaparte... et nous nous ressemblons.
— Oui, mais elle n'a pas, elle, les cheveux blonds !

MARIE-LOUISE,
se dirigeant vers son appartement,
à l'essayeuse.

Nous allons essayer par là. Venez ma fille.

A son fils, avec enthousiasme.

— Ah ! Franz, c'est à Paris seulement qu'on habille !

LE DUC

Oui, ma mère.

MARIE-LOUISE,
avant de sortir, toute frémissante.

Aimez-vous le goût parisien ?

LE DUC,
très gravement.

A Paris, en effet, on vous habillait bien.

Marie-Louise, Scarampi et la demoiselle entrent dans l'appartement de Marie-Louise emportant les robes à essayer.

SCÈNE X

LE DUC, LE JEUNE HOMME, *puis, un instant,* LA COMTESSE CAMERATA.

LE DUC, *dès que la porte s'est refermée, se tournant vers le jeune homme, avidement.*

Vous, qui donc êtes-vous ?

LE JEUNE HOMME, *très romantique.*

Qu'importe ? un anonyme,
Las de vivre en un temps qui n'a rien de sublime
Et de fumer sa pipe en parlant d'idéal.
Ce que je suis ? Je ne sais pas. Voilà mon mal.
Suis-je ? Je voudrais être, — et ce n'est pas commode,
Je lis Victor Hugo. Je récite son *Ode*
A la Colonne[41]. Je vous conte tout cela
Parce que tout cela, mon Dieu, c'est toute la
Jeunesse ! Je m'ennuie avec extravagance ;
Et je suis, Monseigneur, artiste et Jeune-France.
De plus, carbonaro, pour vous servir. L'ennui
Ne me laissant jamais deux minutes sans lui,
J'ai porté des gilets plus ou moins écarlates,
Et je me suis distrait avec ça : les cravates[42].
J'y fus très compétent. Voilà pourquoi d'ailleurs
On me charge aujourd'hui de jouer les tailleurs.

J'ajoute, pour poser en pied mon personnage,
Que je suis libéral et basiléophage[43].
— Ma vie et mon poignard, Altesse, sont à vous.

LE DUC, *un peu surpris.*

Monsieur, vous me plaisez, mais vos propos sont fous.

LE JEUNE HOMME, *après un sourire, plus simple.*

Ne me jugez pas trop sur ce qu'ils ont d'étrange ;
Un besoin d'étonner, malgré moi, me démange ;
Mais sincère est le mal dont je me sens ronger,
Et qui me fait chercher cet oubli : le danger !

LE DUC, *rêveur.*

Un mal ?

LE JEUNE HOMME

Un grand dégoût frémissant...

LE DUC

L'âme lourde...

LE JEUNE HOMME

Des élans retombants...

LE DUC

L'inquiétude sourde...
La mauvaise fierté de ce que nous souffrons...
L'orgueil de promener le plus pâle des fronts...

LE JEUNE HOMME

Monseigneur !

LE DUC

Le dédain de ceux qui peuvent vivre
Satisfaits...

LE JEUNE HOMME

Monseigneur !

LE DUC

Le doute...

LE JEUNE HOMME

Dans quel livre,
Vous si jeune, avez-vous appris le cœur humain ?
C'est là ce que je sens !

LE DUC

Donne-moi donc la main.
Puisque comme un jeune arbre, ami, que l'on trans-
Emporte sa forêt dans sa sève ignorante, [plante,
Et, quand souffrent au loin ses frères, souffre aussi,
Sans rien savoir de vous, moi, j'ai tout seul, ici,
Senti monter du fond de mon sang le malaise
Dont souffre en ce moment la jeunesse française !

LE JEUNE HOMME

Je crois que notre mal est le vôtre plutôt ;
Car d'où tombe sur vous ce trop pesant manteau ?
Enfant à qui d'avance on confisqua la gloire,
Prince pâle, si pâle en la cravate noire,
De quoi donc êtes-vous pâle ?

LE DUC

D'être son fils !

LE JEUNE HOMME

Eh bien ! faibles, fiévreux, tourmentés par jadis,
Murmurant comme vous : « Que reste-t-il à faire ? »
Nous sommes tous un peu les fils de votre père.

LE DUC, *lui mettant la main sur l'épaule.*

Vous êtes ceux de ses soldats : c'est aussi beau !
Et ce n'est pas un moins redoutable fardeau.
Mais cela m'enhardit. Je peux parfois me dire :
Ils ne sont que les fils des héros de l'Empire,
Ils se contenteront du fils de l'Empereur.

A ce moment, la porte de l'appartement de Marie-Louise s'ouvre, et la comtesse Camerata entre, feignant de chercher quelque chose.

LA COMTESSE, *à voix très haute.*

Pardon ! L'écharpe ?...

Bas.

Chut ! Je vends avec fureur !

LE DUC, *à mi-voix, rapidement.*

Merci !

LA COMTESSE, *de même.*

Mais j'aimerais mieux vendre des épées !
C'est vexant de parler la langue des poupées !

LE DUC

Belliqueuse, je sais !

LA VOIX DE MARIE-LOUISE, *dehors.*

Cette écharpe ?

LA COMTESSE, *haussant la voix.*

Je la
Cherche !

LE DUC, *lui prenant la main, bas.*

Il paraît que dans cette fine main-là
La cravache...

LA COMTESSE, *de même, riant.*

J'adore un cheval qui se cabre !

LE DUC

Vous faites du fleuret, paraît-il ?

LA COMTESSE

Et du sabre !

LE DUC

Prête à tout ?

LA COMTESSE, *criant,*
vers la porte restée entr'ouverte.

Mais vraiment je la cherche partout !

Bas, au Duc.

Prête, pour Ton Altesse Impériale, à tout !

LE DUC

Cousine, vous avez le cœur d'une lionne !

LA COMTESSE

Et je porte un beau nom.

LE DUC

Lequel ?

LA COMTESSE

Napoléone !

LA VOIX DE SCARAMPI, *dehors.*

Vous ne la trouvez pas ?

LA COMTESSE, *haut.*

Non !

LA VOIX DE MARIE-LOUISE, *impatientée.*

Sur le clavecin !

LA COMTESSE, *vite, bas, s'éloignant du Duc.*

Je me sauve ! Causez de notre grand dessein !

Poussant un cri comme si elle trouvait l'écharpe, qu'elle tire de son corsage où elle l'avait cachée.

Ah ! enfin !

LA VOIX DE SCARAMPI

Vous l'avez ?

LA COMTESSE

Elle était sur la harpe !

Elle entre dans la chambre, en disant :

Alors, vous comprenez, on fronce cette écharpe...

La porte se ferme.

LE JEUNE HOMME, *ardemment, au Duc.*

Eh bien ! acceptez-vous ?

LE DUC, *calme.*

Ce que je comprends mal,
C'est ce bonapartisme aigu d'un libéral.

LE JEUNE HOMME, *riant.*

C'est vrai, républicain...

LE DUC

Vous m'arrivez, en somme,
Par un détour !

LE JEUNE HOMME

Tout chemin mène au Roi de Rome !
Mon rouge, que j'ai cru solidement vermeil,
A déteint...

LE DUC, *ironique.*

Ce fut un déjeuner de soleil.

LE JEUNE HOMME

D'Austerlitz ! — Oui, l'histoire à la tête nous monte.
Les batailles qu'on ne fait plus, on les raconte ;
Et le sang disparaît, la gloire seule luit !
Si bien qu'avec un I majuscule, Il, c'est Lui !
C'est maintenant qu'il fait ses plus belles conquêtes :
Il n'a plus de soldats, mais il a les poètes !

LE DUC

Bref?

LE JEUNE HOMME

Bref, — les temps bourgeois... ce dieu qu'on [exila...
Vous... votre sort touchant... notre ennui... tout cela...
Je me suis dit...

LE DUC

Vous vous êtes dit, en artiste,
Que ce serait joli d'être bonapartiste.

LE JEUNE HOMME, *démonté.*

Hein ? — Mais... vous acceptez ?

LE DUC

Non.

LE JEUNE HOMME

Quoi ?

LE DUC

J'écoutais bien,
Et vous étiez charmant quand vous parliez, mais rien

Ne fut dans votre voix la France toute pure :
Il y avait la mode et la littérature !

LE JEUNE HOMME, *se désolant.*

J'ai maladroitement rempli ma mission !
Si la comtesse, là, pouvait vous parler...

LE DUC

Non !
J'aime dans son regard cette audace qui brille,
Mais ce n'est pas la France, elle, — c'est ma famille.
Quand vous me revoudrez... plus tard... une autre [fois...
Que votre appel soit fait par une de ces voix
Où l'âme populaire, avec rudesse, tremble !
Mais, jeune byronien, — âme qui me ressemble ! —
Rien ne m'eût décidé, ce soir ; sois sans regret :
Car, pour être empereur, je ne me sens pas prêt !

SCÈNE XI

LES MÊMES, LA COMTESSE, *puis* DIETRICHSTEIN.

LA COMTESSE, *qui sort de chez Marie-Louise et entend ces derniers mots, saisie.*

Vous, pas prêt ?

Elle se retourne et, vivement, parlant par la porte entre-bâillée à Marie-Louise et Scarampi invisibles.

C'est compris !... non ! restez !... Je me sauve...
Pour le bal de ce soir, la blanche, pas la mauve !

Fermant la porte et descendant vers le Duc.

Pas prêt ! Que vous faut-il ?

LE DUC

Un an de rêve obscur,
De travail.

LA COMTESSE, *farouche.*

Viens régner !

LE DUC

Non ! mon front n'est pas mûr !

LA COMTESSE

La couronne suffit pour mûrir une tempe !

LE DUC, *montrant sa table de travail.*

Oui, la couronne d'or qui tombe d'une lampe !

LE JEUNE HOMME

C'est que l'occasion...

LE DUC, *se retournant, avec hauteur.*

Plaît-il, l'occasion ?
Serait-ce le tailleur qui reparaît ?

LA COMTESSE

Mais...

LE DUC, *fermement.*

Non !
J'aurai la conscience à défaut de génie :
Je vous demande encor trois cents nuits d'insomnie !

LE JEUNE HOMME, *désespéré.*

Mais il va confirmer tous les bruits, ce refus !

LA COMTESSE

On prétend que jamais avec nous tu ne fus !

LE JEUNE HOMME

Vous êtes Jeune-France, on vous croit Vieille-
[Autriche.

LA COMTESSE

On dit qu'on affaiblit ton esprit !

LE JEUNE HOMME

Qu'on vous triche
Sur ce qu'on vous apprend !

LA COMTESSE

Et que tu ne sais pas
L'histoire de ton père !...

LE DUC, *sursautant.*

On dit cela, là-bas ?

LE JEUNE HOMME

Que leur répondrons-nous ?

LE DUC, *violemment.*

Répondez-leur...

A ce moment une porte s'ouvre. Dietrichstein paraît. Le Duc, se retournant vers lui très naturellement :

Cher comte ?

DIETRICHSTEIN

C'est d'Obenaus.

LE DUC

Pour mon cours d'histoire ? — Qu'il monte.

Dietrichstein sort. Le Duc montrant au jeune homme et à la comtesse les vêtements épars.

Mettez le plus de temps possible à tout plier,
Et tâchez dans ce coin de vous faire oublier !

Voyant Dietrichstein rentrer avec d'Obenaus, à d'Obenaus :

Bonjour, mon cher baron.

Négligemment, à la comtesse et au jeune homme, en leur montrant un paravent.

Achevez, là derrière,
Vos paquets !...

A d'Obenaus.

Mon tailleur...

D'OBENAUS

Ah !

LE DUC

Et la couturière
De la duchesse...

D'OBENAUS

Ah ! ah !

LE DUC

Vous gênent-ils ?

D'OBENAUS, *qui s'est assis derrière la table avec Dietrichstein.*

Non, non.

SCÈNE XII

LE DUC, DIETRICHSTEIN, D'OBENAUS, *et, derrière le paravent,* LA COMTESSE *et le* JEUNE HOMME, *qui, tout en refaisant silencieusement leurs paquets, écoutent.*

LE DUC, *s'asseyant en face des professeurs.*

Messieurs, je suis à vous. Je taille mon crayon
Pour noter quelque date ou bien quelque pensée.

D'OBENAUS

Reprenons la leçon où nous l'avons laissée.
Nous étions en mil huit cent cinq.

LE DUC, *taillant son crayon.*

Parfaitement.

D'OBENAUS

Donc, en mil huit cent six...

LE DUC

Aucun événement
N'avait marqué l'année, alors ?

D'OBENAUS

Hein ? quelle année ?

LE DUC, *soufflant la poudre de mine de plomb tombée sur son papier.*

Mil huit cent cinq.

D'OBENAUS

Pardon... J'ai cru... La Destinée
Fut cruelle au bon droit. Sur ces heures de deuil
Nous ne jetterons donc qu'un rapide coup d'œil.

Se lançant vite dans une grande phrase.

Quand le penseur s'élève aux sommets de l'Histoire...

LE DUC

Donc, en mil huit cent cinq, Monsieur, rien de [notoire ?

D'OBENAUS

Un grand fait, Monseigneur, que j'allais oublier :
La restauration du vieux calendrier.

— Un peu plus tard, ayant provoqué l'Angleterre,
L'Espagne...

LE DUC, *doucement.*

Et l'Empereur, Monsieur ?

D'OBENAUS

Lequel ?

LE DUC

Mon père.

D'OBENAUS, *évasif.*

Il...

LE DUC

Il n'avait donc pas quitté Boulogne ?

D'OBENAUS

Oh ! si !

LE DUC

Où donc était-il ?

D'OBENAUS

Mais... justement... par ici.

LE DUC, *l'air étonné.*

Tiens !

DIETRICHSTEIN, *vivement.*

Il s'intéressait beaucoup à la Bavière...

D'OBENAUS, *voulant continuer.*

Au traité de Presbourg, le vœu de votre père
Fut en cela conforme à celui des Habsbourg...

LE DUC

Qu'est-ce que c'est que ça, le traité de Presbourg ?

D'OBENAUS, *doctoralement vague.*

C'est l'accord, Monseigneur, par lequel se termine
Toute une période...

LE DUC

Ah !

Regardant son crayon.

J'ai cassé ma mine !

D'OBENAUS

En l'an mil huit cent sept...

LE DUC

Déjà ?

Il a retaillé tranquillement son crayon.

Là, ça va bien.
— Quelle drôle d'époque !... il ne se passe rien.

D'OBENAUS

Si, Monseigneur ! Prenons la maison de Bragance :
Le roi...

LE DUC, *de plus en plus doux.*

Mais l'Empereur, Monsieur ?

D'OBENAUS

Lequel ?

LE DUC

De France.

D'OBENAUS

Rien de très important jusqu'en mil huit cent huit ;
Signalons en passant le traité de Tilsitt...

LE DUC, *ingénument.*

Mais on ne faisait donc que des traités ?

D'OBENAUS, *voulant continuer.*

L'Europe...

LE DUC

Ah ! oui, vous résumez !

D'OBENAUS

Oh ! je ne développe
Que lorsque...

LE DUC

Il y eut donc autre chose ?

D'OBENAUS

Mais...

LE DUC

Quoi ?

D'OBENAUS

Je...

LE DUC

Quoi ? Qu'arriva-t-il d'autre ? dites-le-moi !

D'OBENAUS, *balbutiant.*

Mais je... je ne sais pas... Votre Altesse veut rire...

LE DUC

Vous ne le savez pas ? Moi, je vais vous le dire.

Il se lève.

Le six octobre mil huit cent cinq...

DIETRICHSTEIN *et* D'OBENAUS, *se levant.*

Hein ? Comment ?

LE DUC

... Quand nul ne s'attendait à le voir, au moment
Où, regardant planer un aigle prêt à fondre,
Vienne se rassurait en disant : « C'est sur
[Londre !... »
Ayant quitté Strasbourg, franchi le Rhin à Kehl,
L'Empereur...

D'OBENAUS

L'Empereur ?...

LE DUC

Et vous savez lequel !
Gagne le Wurtemberg, le grand-duché de Bade...

DIETRICHSTEIN, *épouvanté.*

Ah ! mon Dieu !

LE DUC

Fait donner à l'Autriche une aubade
De clairons par Murat, et, par Soult, de tambour ;
Laisse ses maréchaux à Wertingen, Augsbourg,
Remporter deux ou trois victoires, — les hors-
[d'œuvre !...

D'OBENAUS

Mais, Monseigneur...

LE DUC

Poursuit l'admirable manœuvre,
Arrive devant Ulm sans s'être débotté,
Ordonne qu'Elchingen par Ney soit emporté,
Rédige un bulletin joyeux, terrible et sobre,

Fait préparer l'assaut... et, le dix-sept octobre,
On voit se désarmer aux pieds de ce héros
Vingt-sept mille Autrichiens et dix-huit généraux !
— Et l'Empereur repart !

DIETRICHSTEIN

Monseigneur !

LE DUC, *d'une voix de plus en plus forte.*

En novembre,
Il est à Vienne, il couche à Schœnbrünn, dans ma
[chambre

D'OBENAUS

Mais...

LE DUC

Il suit l'ennemi, sent qu'il l'a dans la main ;
Un soir, il dit au camp : « Demain ! » Le lendemain,
Il dit en galopant sur le front de bandière :
« Soldats, il faut finir par un coup de tonnerre ! »
Il va, tachant de gris l'état-major vermeil ;
L'armée est une mer ; il attend le soleil ;
Il le voit se lever du haut d'un promontoire ;
Et, d'un sourire, il met ce soleil dans l'Histoire !

D'OBENAUS,
regardant Dietrichstein avec désespoir.

Dietrichstein !

LE DUC

Et voilà !

DIETRICHSTEIN, *consterné.*

D'Obenaus !

LE DUC,
allant et venant, avec une fièvre croissante.

La terreur !
La mort ! Deux empereurs battus par l'Empereur !
Vingt mille prisonniers !

D'OBENAUS, *le suivant.*

Mais je vous en supplie !

DIETRICHSTEIN, *de même.*

Songez que si quelqu'un !...

LE DUC

La campagne finie !
Des cadavres flottant sur les glaçons d'un lac !
Mon grand-père venant voir mon père au bivouac[44] !

DIETRICHSTEIN

Monseigneur !

LE DUC, *scandant implacablement.*

Au bi-vouac !

D'OBENAUS

Voulez-vous bien vous taire !

LE DUC

Et mon père accordant la paix à mon grand-père !

DIETRICHSTEIN

Si quelqu'un entendait...

LE DUC

Et puis, les drapeaux pris
Distribués ! — Huit à la ville de Paris !

La comtesse et le jeune homme sont peu à peu sortis de derrière le paravent, pâles et frémis-

sants. Leurs paquets refaits, ils essayent sur la pointe du pied, de gagner la porte, tout en écoutant le Duc. Mais, dans leur émotion, les boîtes et les cartons, leur échappant des mains, s'écroulent avec fracas.

D'OBENAUS, *se retournant et les apercevant.*

Oh !

LE DUC, *continuant.*

Cinquante au Sénat !

D'OBENAUS

Cet homme et cette femme !...

DIETRICHSTEIN, *se précipitant vers eux.*

Voulez-vous vous sauver !

LE DUC, *d'une voix éclatante.*

Cinquante à Notre-Dame !

D'OBENAUS

Ah ! mon Dieu !

LE DUC, *hors de lui, avec un geste qui distribue des milliers d'étendards.*

Des drapeaux !

DIETRICHSTEIN, *bousculant la comtesse et le jeune homme, qui ramassent leurs paquets,*

Vos robes, vos chapeaux !

Il les pousse dehors.

Plus vite ! Allez-vous-en !

LE DUC, *tombant épuisé sur un fauteuil.*

Des drapeaux ! des drapeaux !

La comtesse et le jeune homme sont sortis.

DIETRICHSTEIN

Ils étaient encor là !

LE DUC, *dans une quinte de toux.*

Des drapeaux !

DIETRICHSTEIN

Quelle affaire !
Monseigneur...

LE DUC

Je me tais.

DIETRICHSTEIN

C'est bien tard pour se taire.
Que dira Metternich ?... Ces gens dans ce salon !...

LE DUC, *essuyant son front en sueur.*

D'ailleurs pour aujourd'hui je n'en sais pas plus long.

Il tousse encore.

Monsieur le professeur...

DIETRICHSTEIN, *lui versant un verre d'eau.*

Vous toussez ?... Vite, à boire !

LE DUC, *après avoir bu une gorgée.*

N'est-ce pas que j'ai fait des progrès en histoire ?

DIETRICHSTEIN

Nul livre n'est entré, pourtant, je le sais bien !

D'OBENAUS

Quand Metternich saura...

LE DUC, *froidement.*

Vous ne lui direz rien.
Il s'en prendrait à vous, d'ailleurs.

DIETRICHSTEIN, *bas à d'Obenaus.*

Mieux vaut nous taire.
Et faire, auprès du prince, intervenir sa mère.

Il frappe à la porte de Marie-Louise.

La duchesse?

SCARAMPI, *paraissant.*

Elle est prête. Entrez.

Dietrichstein entre chez Marie-Louise. La nuit commence à venir. Un domestique vient poser une lampe sur la table du Duc.

LE DUC, *à d'Obenaus.*

Il est fini,
J'espère, votre cours *ad usum delphini?...*

D'OBENAUS, *les bras au ciel.*

Comment avez-vous su?... Je ne peux pas
[comprendre!

SCÈNE XIII

LE DUC, MARIE-LOUISE.

MARIE-LOUISE, *entrant, très agitée,*
dans une superbe toilette de bal,
le manteau sur les épaules.
D'Obenaus et Dietrichstein s'éclipsent.

Ah! mon Dieu! Qu'est-ce encor? Que vient-on de
Vous allez m'expliquer... [m'apprendre?

LE DUC, *lui montrant,*
par la fenêtre ouverte, le crépuscule.

Ma mère, regardez !
L'heure est belle de calme et d'oiseaux attardés.
Oh ! comme avec douceur le soir perd sa dorure !
Les arbres...

MARIE-LOUISE, *s'arrêtant, étonnée.*

Comment, toi, tu comprends la nature ?

LE DUC

Peut-être.

MARIE-LOUISE, *voulant revenir à sa sévérité.*

Vous allez m'expliquer !...

LE DUC

Respirez,
Ma mère, ce parfum ! Tous les bois sont entrés
Avec lui, dans la chambre...

MARIE-LOUISE, *se fâchant.*

Expliquez-moi, vous dis-je !

LE DUC, *continuant, avec douceur.*

Chaque bouffée apporte une branche, et, prodige
Bien plus beau que celui dont Macbeth s'effarait,
Ce n'est plus seulement, ma mère, la forêt
Qui marche, la forêt qui marche comme folle [45] :
Ce parfum dans le soir, c'est la forêt qui vole.

MARIE-LOUISE, *le regardant avec stupeur.*

Comment, toi, maintenant, poétique ?

LE DUC

Il paraît.

On entend la musique lointaine d'un bal.

Écoutez !... une valse !... et banale, on dirait !
Mais elle s'ennoblit en voyageant... Peut-être
Qu'en traversant ces bois que fréquenta le Maître,
Autour d'une fougère ou près d'un cyclamen,
Elle aura rencontré l'âme de Beethoven !

MARIE-LOUISE, *qui n'en croit pas ses oreilles.*

Quoi ! la musique aussi ?

LE DUC

Quand je veux. Mais, ma mère,
Je ne veux pas. Je hais les sons et leur mystère ;
Et devant un beau soir je sens avec effroi
Quelque chose de blond qui s'attendrit en moi.

MARIE-LOUISE

Ce quelque chose en toi, mon enfant, c'est moi-même !

LE DUC

Je ne l'aurais pas dit.

MARIE-LOUISE

Tu le hais ?

LE DUC

Je vous aime.

MARIE-LOUISE, *avec humeur.*

Alors... songe un peu plus au tort que tu me fais !
Mon père et Metternich pour nous furent parfaits !
Ainsi, quand le décret devait te faire comte,
J'ai dit : « Non ! Comte, non ! Au moins duc ! Duc, ça
Tu es duc de Reichstadt. [compte ! »

LE DUC, *récitant.*

Seigneur de Gross-Bohen,
Buchtierad, Tirnovan, Schwaben, Kron-Pornitz...
[chen

Il affecte de prononcer difficilement, comme un Français.

Si je prononce mal, pardon!

MARIE-LOUISE, *avec humeur.*

Encore était-ce
Malaisé de régler le rang de Votre Altesse,
D'être, dans un décret, courtois, prudent, exact.
Rappelez-vous combien ces gens ont eu de tact!
Tout s'est passé de la façon la plus légère :
On n'a pas prononcé le nom de votre père.

LE DUC

Pourquoi n'a-t-on pas mis : né de père inconnu?

MARIE-LOUISE

Tu peux être le prince — avec ton revenu —
Le plus aimable de l'Autriche — et le plus riche!

LE DUC

Le plus riche...

MARIE-LOUISE

Et le plus aimable...

LE DUC

De l'Autriche!

MARIE-LOUISE

Goûtez votre bonheur!

LE DUC

J'en exprime les sucs !

MARIE-LOUISE

Vous êtes le premier après les archiducs !
Et vous épouserez un jour quelque princesse
Ou quelque archiduchesse, ou bien quelque...

LE DUC, *d'une voix tout à coup profonde.*

Sans cesse
Je revois, tel qu'enfant je l'entrevis un jour,
Son petit trône au dossier rond comme un tambour,
Et, d'un or qu'a rendu plus divin Sainte-Hélène,
Au milieu du dossier, petite et simple, l'N,
— La lettre qui dit : « Non ! » au temps !

MARIE-LOUISE, *interdite.*

Mais...

LE DUC, *farouchement.*

Je revois
L'N dont il marquait à l'épaule les rois !

MARIE-LOUISE, *se redressant.*

Les rois dont vous avez du sang par votre mère !

LE DUC

Je n'en ai pas besoin de leur sang ! Pourquoi faire ?

MARIE-LOUISE

Ce fameux héritage ?...

LE DUC

Il me semble mesquin !

MARIE-LOUISE, *indignée.*

Quoi ! vous n'êtes pas fier du sang de Charles-Quint ?

LE DUC

Non ! car d'autres que moi le portent dans leurs
[veines ;
Mais lorsque je me dis que j'ai là, dans les miennes,
Celui d'un lieutenant qui de Corse venait...
Je pleure en regardant le bleu de mon poignet !

MARIE-LOUISE

Franz !

LE DUC, *s'exaltant de plus en plus.*

A ce jeune sang le vieux ne peut que nuire.
Si j'ai du sang des rois, il faut qu'on me le tire !

MARIE-LOUISE

Taisez-vous !

LE DUC

Et d'ailleurs, que dis-je ?... Si j'en eus,
Je suis sûr que depuis longtemps je n'en ai plus !
Les deux sangs ont en moi dû se battre, et le vôtre
Aura, comme toujours, été chassé par l'autre !

MARIE-LOUISE, *hors d'elle.*

Tais-toi, duc de Reichstadt !

LE DUC, *ricanant.*

Oui, Metternich, ce fat,
Croit avoir sur ma vie écrit : « Duc de Reichstadt ! »
Mais haussez au soleil la page diaphane :
Le mot « Napoléon » est dans le filigrane !

MARIE-LOUISE, *reculant épouvantée.*

Mon fils !

LE DUC, *marchant sur elle.*

Duc de Reichstadt, avez-vous dit ? Non, non !
Et savez-vous quel est mon véritable nom ?
C'est celui qu'au Prater la foule qui s'écarte
Murmure autour de moi : « Le petit Bonaparte ! »

Il l'a saisie par les poignets, et il la secoue.

Je suis son fils ! rien que son fils !

MARIE-LOUISE

Tu me fais mal !

LE DUC, *lui lâchant les poignets,*
et la serrant dans ses bras.

Ah ! ma mère ! pardon, ma mère...

Avec la plus tendre et la plus douloureuse pitié.

Allez au bal !

On entend l'orchestre, au loin, jouer légèrement.

Oubliez ce que j'ai dit là ! C'est du délire !
Vous n'avez pas besoin même de le redire,
Ma mère, à Metternich...

MARIE-LOUISE, *déjà un peu rassurée.*

Non, je n'ai pas besoin ?...

LE DUC

La valse avec douceur vient de reprendre au loin.
Non ! ne lui dites rien. Et cela vous évite
Des ennuis. Oubliez ! Vous oubliez si vite !

MARIE-LOUISE

Mais je...

LE DUC, *lui parlant comme à une enfant,*
et la poussant insensiblement vers la porte.

Pensez à Parme ! au palais de Sala [46] !
A votre vie heureuse ! Est-ce que ce front-là

Est fait pour qu'il y passe une ombre d'aile noire ?
— Ah ! je vous aime plus que vous n'osez le croire ! —
Et ne vous occupez de rien ! pas même, ô dieux !
D'être fidèle ! Allez, je le serai pour deux !
Souffrez que vers ce bal, tendrement, je vous pousse.
Bonsoir. Ne mouillez pas vos souliers dans la mousse.

Il la baise au front.

Voici, par des baisers, les soucis enlevés,
— Et vous êtes coiffée à ravir !

MARIE-LOUISE, *vivement.*

Vous trouvez ?

LE DUC

La voiture est en bas. Il fait beau. L'ombre est claire.
Bonsoir, maman. Amusez-vous !

Marie-Louise sort. Il descend en chancelant et tombant assis devant sa table, la tête dans ses mains.

Ma pauvre mère !

Changeant de ton et attirant à lui des livres et des papiers, sous la lampe.

Travaillons !

On entend le roulement d'une voiture qui s'éloigne. La porte du fond se rouvre mystérieusement et l'on aperçoit Gentz introduisant une femme emmitouflée.

SCÈNE XIV

LE DUC, *puis*
FANNY ELSSLER *et* GENTZ *un instant.*

GENTZ, *à mi-voix, après avoir écouté.*

La voiture est loin.

Il appelle le Duc.

Prince !

LE DUC, *se retournant et apercevant la femme.*

Fanny !

FANNY ELSSLER, *rejetant le manteau qu'elle a jeté hâtivement sur son costume de théâtre apparaît, splendide et rose, en danseuse, et dressée sur les pointes, ouvrant les bras.*

Franz !

GENTZ, *à part, en se retirant.*

Tout rêve d'Empire est pour l'instant banni !

FANNY, *dans les bras du Duc.*

Franz !

GENTZ, *sortant.*

C'est parfait !

FANNY, *amoureusement.*

Mon Franz !

La porte s'est refermée sur Gentz. Fanny

s'éloigne vivement du Duc et, respectueusement, après une révérence :

Monseigneur

LE DUC, *s'assurant du départ de Gentz.*

Parti

A Fanny.

Vite !

FANNY, *d'un bond léger de danseuse, tombant, après une pirouette, assise sur la table de travail du prince.*

J'en ai beaucoup appris pour aujourd'hui.

LE DUC, *s'asseyant devant la table, et avec impatience.*

La suite !

FANNY, *pose sa main sur les cheveux du Duc, et lentement, fronçant ses jolis sourcils pour se rappeler les choses difficiles, elle commence, du ton de quelqu'un qui continue un récit.*

... Alors, pendant que Ney, toute la nuit, marchait,
Les généraux Gazan...

LE DUC, *répétant passionnément, pour se graver ces noms dans l'âme.*

Gazan !

FANNY

Suchet...

LE DUC

Suchet !

FANNY

... Faisaient remplir, par leurs canons, chaque inter-
Et dès le petit jour, la garde impériale... [valle,

Le rideau tombe.

DEUXIÈME ACTE

LES AILES QUI BATTENT

Un an après, au palais de Schœnbrünn[47].

Le Salon des Laques.

Tous les murs sont couverts de laques anciens dont les luisants panneaux noirs illustrés de petits paysages, de kiosques, d'oiseaux et de menus personnages d'or, s'encadrent de bois sculptés et dorés, d'un lourd et somptueux rococo allemand. La corniche du plafond est faite de petits morceaux de laque. Les portes sont en laque, — et les trumeaux se composent d'un morceau de laque plus précieux.

Au fond, entre deux panneaux de laque, une haute fenêtre à profonde embrasure de laque. Ouverte, elle laisse voir son balcon qui découpe, sur la clarté du parc, l'aigle noir à deux têtes, en fer forgé.

On voit largement le parc de Schœnbrünn :

Entre les deux murailles de feuillage taillé où s'enchâssent des statues, s'étalent les dessins fleuris du jardin à la française ; et loin, tout au bout des parterres, plus loin que le groupe de marbre de la pièce d'eau, au sommet d'une éminence gazonnée, silhouettant sur le bleu ses arcades blanches, la Gloriette *monte dans le ciel.*

Deux portes à droite ; deux portes à gauche.

Entre les portes, deux lourdes consoles se faisant vis-à-vis. Et, au-dessus des consoles, dans des boiseries dorées que surmonte la couronne impériale, deux orgueilleux portraits d'ancêtres autrichiens.

Cette pièce sert de salon à l'appartement qu'habite le Duc de Reichstadt dans une aile du château. Les deux portes de gauche ouvrent sur sa chambre, qui est celle-là même où Napoléon Ier coucha lorsque — deux fois — il habita Schœnbrünn. Les deux portes de droite ouvrent sur l'enfilade des salons que l'on traverse lorsqu'on vient du dehors.

Le prince s'est installé là pour travailler : grande table couverte de livres, de papiers et de plans ; une immense carte de l'Europe à moitié déroulée. Autour de la table, plusieurs fauteuils empruntés à la Gobelinzimmer *voisine, médiocres bois dorés recouverts d'admirables tapisseries.*

Au premier plan, à gauche, un peu en biais, une psyché dont on ne voit que le dos de laque noire.

Sur la console de gauche, pieusement rangés : un bonnet de grenadier français, des épaulettes rouges, un sabre, une giberne, etc., et, appuyé au mur, contre la console, un vieux fusil à bandoulière blanche, la baïonnette au canon. Sur l'autre console, rien.

Dans un coin, sur un meuble, une énorme boîte. Un peu partout, des livres, des armes de luxe, des cravaches, des fouets de chasse, etc.

Au lever du rideau, une dizaine de domestiques sont rangés sur une seule ligne devant le comte de Sedlinsky. Il les interroge. Un huissier est debout près de lui.

SCÈNE I

SEDLINSKY, LES LAQUAIS, L'HUISSIER.

SEDLINSKY, *assis dans un fauteuil.*

C'est tout ?

PREMIER LAQUAIS

C'est tout.

SEDLINSKY

Rien d'anormal ?

DEUXIÈME LAQUAIS

Rien d'anormal.

TROISIÈME LAQUAIS

Il mange à peine.

QUATRIÈME LAQUAIS

Il lit beaucoup.

CINQUIÈME LAQUAIS

Il dort très mal.

SEDLINSKY, *à l'huissier.*

Es-tu sûr des valets de chambre de service ?

L'HUISSIER

Oh ! ces messieurs, Monsieur le préfet de police,
Sont tous des policiers de carrière.

SEDLINSKY

Merci.

Il se lève pour sortir.

Mais j'ai peur que le duc ne me surprenne ici.

PREMIER LAQUAIS

Non. Le duc est sorti.

DEUXIÈME LAQUAIS

Comme à son ordinaire.

TROISIÈME LAQUAIS

En uniforme.

QUATRIÈME LAQUAIS

Avec sa maison militaire.

L'HUISSIER

On doit manœuvrer.

SEDLINSKY

Donc... du flair, du tact. — Enfin,
Surveillez-le sans qu'il s'en doute.

L'HUISSIER, *souriant.*

Je suis fin.

SEDLINSKY

Pas de zèle. Quand on fait du zèle, je tremble.
Surtout, n'écoutez pas aux portes tous ensemble.

L'HUISSIER

C'est un soin dont je n'ai chargé qu'un seul agent.

SEDLINSKY

Lequel ?

L'HUISSIER

Le Piémontais.

SEDLINSKY

Oui, très intelligent.

L'HUISSIER

C'est lui que chaque soir je mets dans cette pièce
Sitôt que dans sa chambre a passé Son Altesse.

Il désigne à gauche, la porte de la chambre du Duc.

SEDLINSKY

Il est là ?

L'HUISSIER

Non. La nuit ne pouvant fermer l'œil,
Le jour, quand le duc sort, il dort dans un fauteuil.
Il sera là sitôt le duc rentré.

SEDLINSKY

Qu'il veille !

L'HUISSIER

C'est compris.

SEDLINSKY, *jetant un regard sur la table.*

Les papiers ?

L'HUISSIER, *souriant.*

Explorés.

SEDLINSKY,
se penchant pour regarder sous la table.

La corbeille ?

Il s'agenouille vivement en voyant des petits bouts de papier sur le tapis, autour de la corbeille.

Des morceaux ?...

Il cherche à les réunir.

C'est peut-être une lettre... De qui ?

Entraîné par la curiosité professionnelle, il est tout à fait sous la table, ramassant, cherchant à lire. A ce moment une porte, à droite, s'ouvre, et le Duc entre, suivi de sa maison militaire[48] *: général Hartmann, capitaine Foresti, etc. Les laquais se rangent précipitamment. Le Duc est en* *uniforme : l'habit blanc boutonné à collet vert, les pattes d'ours en argent sur les manches, un grand manteau blanc sur les épaules. Bicorne noir au retroussis duquel est piquée une verte feuille de chêne. Sur la poitrine, les deux plaques de Marie-Thérèse et de Saint-Étienne. Se mêlant au ceinturon du sabre, la ceinture de soie, jaune et noire, à gros glands. Bottes.*

SCÈNE II

LE DUC, SEDLINSKY, L'ARCHIDUCHESSE
LE DOCTEUR, FORESTI, DIETRICHSTEIN.

LE DUC,
très naturellement, en jetant un coup d'œil sur les deux jambes qui, seules, sortent de sous la table.

Tiens! comment allez-vous, monsieur de Sedlinsky?

SEDLINSKY,
apparaissant stupéfait, à quatre pattes.

Altesse!...

LE DUC

Un accident. Excusez-moi. Je rentre.

SEDLINSKY, *debout.*

Vous m'avez reconnu, mais j'étais...

LE DUC

A plat ventre.
Je vous ai reconnu tout de suite.

Il voit l'archiduchesse qui entre vivement. Elle est en costume de jardin : grand chapeau de paille ; sous le bras, un album somptueusement relié, qu'elle pose sur la table avec son ombrelle. Elle a l'air inquiet. Le Duc, en la voyant entrer, énervé :

Allons, bien !
On vous a dérangée...

L'ARCHIDUCHESSE

On m'a dit...

LE DUC

Ce n'est rien !

L'ARCHIDUCHESSE, *lui prenant la main.*

Cependant...

LE DUC,
voyant Dietrichstein qui entre aussi, rapidement, l'air préoccupé amenant le docteur Malfatti.

Le docteur !... je ne suis pas malade !
A l'archiduchesse.
Rien. Un étouffement. J'ai quitté la parade :
J'ai trop crié, voilà !
Au docteur, qui, pendant qu'il parle, lui tâte le pouls.
Docteur, vous m'ennuyez !
A Sedlinsky, qui profite de l'émotion générale pour gagner la porte.
C'est très gentil à vous, de ranger mes papiers.
Vous me gâtez. Déjà vous m'aviez par tendresse,
Donné tous vos amis pour laquais.

SEDLINSKY, *interdit.*

Votre Altesse
Se figure ?...

LE DUC, *nonchalamment.*

Et vraiment j'en serais très heureux,
Si le service était un peu mieux fait par eux.
Mais on m'habille mal, ma cravate remonte.
Enfin, je vous ferai remarquer, mon cher comte,
— Puisque c'est vous ici que regardent ces soins, —
Que depuis quelques jours mes bottes brillent moins.

Il s'est assis, se dégantant, après avoir donné son sabre et son chapeau à son ordonnance qui les emporte. — Un laquais a posé un plateau de rafraîchissements sur la table.

L'ARCHIDUCHESSE, *voulant servir le Duc.*

Franz...

LE DUC,
à Sedlinsky qui de nouveau gagnait la porte.

Vous ne prenez rien ?

SEDLINSKY

J'ai pris...

LE DOCTEUR

Une couleuvre.

LE DUC, *à un des officiers de sa maison.*

Aux ordres, Foresti !

LE CAPITAINE FORESTI, *s'avançant et saluant.*

Mon colonel ?

LE DUC

Manœuvre
Après-demain. Qu'on soit aux premiers feux du ciel
A Grosshofen. Compris ? Va !

FORESTI

Bien, mon colonel.

LE DUC, *aux autres officiers.*

Vous pouvez me laisser, Messieurs. Je vous salue.

La maison militaire se retire. Sedlinsky va pour sortir avec les officiers. Le Duc le rappelle.

Mon cher comte?...

Sedlinsky revient. Le Duc lui tend du bout des doigts une lettre qu'il tire de son frac.

Une encor que vous n'avez pas lue!

Sedlinsky remet, d'un air piqué, la lettre sur la table, et sort.

DIETRICHSTEIN, *au duc.*

Je vous trouve, avec lui, d'une sévérité!

L'ARCHIDUCHESSE, *à Dietrichstein.*

Le duc n'a-t-il donc pas toute sa liberté?

DIETRICHSTEIN

Oh! le prince n'est pas prisonnier, mais [49]...

LE DUC

J'admire
Ce *mais*! Sentez-vous tout ce que ce *mais* veut dire?
Mon Dieu, je ne suis pas prisonnier, *mais*... Voilà.
Mais... Pas prisonnier, *mais*... C'est le terme. C'est la
Formule. Prisonnier?... Oh! pas une seconde!
Mais... il y a toujours autour de moi du monde.
Prisonnier!... croyez bien que je ne le suis pas!
Mais... s'il me plaît risquer, au fond du parc, un pas,
Il fleurit tout de suite un œil sous chaque feuille.
Je ne suis certes pas prisonnier, *mais*... qu'on veuille
Me parler privément, sur le bois de l'huis

Pousse ce champignon : l'oreille ! — Je ne suis
Vraiment pas prisonnier, *mais*... qu'à cheval je sorte,
Je sens le doux honneur d'une invisible escorte.
Je ne suis pas le moins du monde prisonnier !
Mais... je suis le second à lire mon courrier.
Pas prisonnier du tout ! *mais*... chaque nuit on place
A ma porte un laquais, —

Montrant un grand gaillard grisonnant qui est venu reprendre le plateau, et traverse le salon pour l'emporter.

tenez, celui qui passe !
Moi, le duc de Reichstadt, un prisonnier ?... Jamais !
Un prisonnier !... Je suis un *pas-prisonnier-mais*.

DIETRICHSTEIN, *un peu pincé.*

J'approuve une gaieté... bien rare.

LE DUC

Rarissime !

DIETRICHSTEIN, *saluant pour prendre congé.*

Votre Altesse...

LE DUC, *gravement.*

Sérénissime.

DIETRICHSTEIN

Hein ?

LE DUC

... Ré-nis-sime !
On m'a donné ce titre, il m'est particulier :
Tâchez une autre fois de ne pas l'oublier !

DIETRICHSTEIN, *saluant le Duc.*

Je vous laisse...

Il sort.

SCÈNE III

LE DUC, L'ARCHIDUCHESSE.

LE DUC, *à l'archiduchesse, amèrement.*

Sérénissime... hein ? Admirable !

Il se jette dans un fauteuil, et remarquant l'album qu'elle a repris sur la table :

Que portez-vous ?

L'ARCHIDUCHESSE

L'herbier de l'Empereur.

LE DUC

Ah ! diable !

L'herbier de mon grand-père !

Il le lui prend et l'ouvre sur ses genoux.

L'ARCHIDUCHESSE

Il me l'a, ce matin,

Prêté, Franz !

LE DUC, *regardant l'herbier.*

Il est beau.

L'ARCHIDUCHESSE, *lui montrant une page.*

Toi qui sais le latin,

Quel est ce monstre sec et noir ?

LE DUC

C'est une rose.

L'ARCHIDUCHESSE

Franz, depuis quelque temps, vous avez quelque [chose.

LE DUC, *lisant.*

Bengalensis.

L'ARCHIDUCHESSE

Ah ! oui !... du Bengale !

LE DUC, *la félicitant.*

Très bien.

L'ARCHIDUCHESSE

Je vous trouve nerveux... Qu'avez-vous ?

LE DUC

Je n'ai rien.

L'ARCHIDUCHESSE

Si ! je sais ! Votre ami Prokesch, l'enthousiaste
Confident d'un espoir que l'on trouve trop vaste,
Ils l'ont envoyé loin.

LE DUC

Mais en revanche, ils m'ont
Procuré pour ami le maréchal Marmont,
Qui, méprisé là-bas, voyage... pour se faire
Complimenter ici d'avoir trahi mon père.

L'ARCHIDUCHESSE

Chut !

LE DUC

Et cet homme-là cherche en l'esprit du fils
A jeter sur le père...

Avec un mouvement violent.

Oh ! je...

Se réprimant immédiatement, il regarde l'herbier, et dit en souriant.

Volubilis.

L'ARCHIDUCHESSE

Si je t'arrache une promesse, Ton Altesse
Est-elle résolue à tenir sa promesse ?

LE DUC, *lui baisant la main.*

Ce que tu fus pour moi de tout temps m'y résout.

L'ARCHIDUCHESSE

Puis, je t'ai fait un beau cadeau... pour le quinze [août ?

LE DUC, *se levant,*
et désignant les objets posés sur la console, à gauche.

Ces souvenirs, repris par vous dans un trophée
De l'archiduc...

Il les touche, l'un après l'autre.

... Briquet ! — Bonnet dont fut coiffée
La Garde !... — Vieux fusil !...

Mouvement d'effroi de l'archiduchesse.

Non ! il n'est pas chargé !
Et surtout...

L'ARCHIDUCHESSE, *vivement.*

Chut !

LE DUC

Surtout, cette chose que j'ai...

Mystérieusement.

Je l'ai cachée...

L'ARCHIDUCHESSE, *souriant.*

Où donc, bandit ?

LE DUC, *montrant sa chambre.*

Dans mon repaire.

L'ARCHIDUCHESSE.
(C'est elle qui, maintenant assise, feuillette l'herbier.)

Eh bien ! donc, promets-moi... — Tu connais ton
Sa douceur... [grand-père

LE DUC,
ramassant un papier tombé de l'herbier.

Qu'est-ce donc qui s'envole ?... Un
[papier ?

Il lit :

Si les étudiants s'obstinent à crier,
Que dans des régiments, tous, on les incorpore.

A l'archiduchesse.

Vous disiez : sa douceur ?...

L'ARCHIDUCHESSE, *feuilletant l'herbier.*

Oui, l'empereur t'adore.
Sa bonté...

LE DUC, *ramassant un autre papier qui est tombé de l'herbier.*

Qu'est-ce encor ?...

Il lit.

Puisqu'on s'est révolté,
Ordre à nos cuirassiers de charger...

A l'archiduchesse.

Sa bonté ?...

L'ARCHIDUCHESSE, *nerveusement.*

Il ne peut pas aimer l'esprit nouveau, le trouble !
Mais c'est un excellent vieil homme.

LE DUC

Oui, c'est vrai : double !

Refermant l'herbier.

Fleurettes d'où pourtant, sentences, vous tombiez,
Le bon empereur Franz ressemble à ses herbiers !
D'ailleurs on l'aime !... Il sait se rendre populaire.
Je l'aime bien.

L'ARCHIDUCHESSE

Il peut, pour ta cause, tout faire !

LE DUC

Ah ! s'il voulait !...

L'ARCHIDUCHESSE

Promets de ne t'enfuir jamais
Qu'après avoir tenté près de lui...

LE DUC, *lui tendant la main.*

Je promets.

L'ARCHIDUCHESSE,
après avoir topé, respirant, comme rassurée.

Ça, c'est gentil !

Et gaiement.

Il faut que je te récompense !

LE DUC, *souriant.*

Vous, ma tante ?

L'ARCHIDUCHESSE

Ah ! on a sa petite influence !
Cet étonnant Prokesch dont on vous a privé...
J'ai tant dit !... J'ai tant fait !... Bref, — il est arrivé !

Elle frappe trois fois le parquet de son ombrelle. La porte s'ouvre. Prokesch paraît.

LE DUC, *courant vers Prokesch.*

Vous ! — Enfin !...

L'archiduchesse s'esquive discrètement pendant que les deux amis s'étreignent.

SCÈNE IV

LE DUC, PROKESCH.

PROKESCH, *à mi-voix, regardant autour de lui avec méfiance.*

Chut ! on peut écouter !

LE DUC, *tranquillement, à voix haute.*

On écoute.
Mais on ne redit rien, jamais.

PROKESCH

Quoi ?

LE DUC

Dans le doute,
J'ai proféré, pour voir, des mots séditieux :
On n'a rien répété jamais.

PROKESCH

C'est curieux !

LE DUC

Je crois que l'écouteur que la police paye
Lui vole son argent et qu'il est dur d'oreille.

PROKESCH, *vivement.*

Et la Comtesse ? Rien de nouveau ?

LE DUC

Rien !

PROKESCH

Oh !

LE DUC, *avec désespoir.*

Rien !
Elle m'oublie !... ou bien, on l'a surprise !... ou bien...
— Oh ! l'an passé, n'avoir pas fui, quelle folie !
Non ! j'ai bien fait... je suis plus prêt ! — mais on [m'oublie !

PROKESCH

Chut !...

Il regarde autour de lui.

Vous travaillez là ? C'est charmant !

LE DUC

C'est chinois.
— Oh ! ces oiseaux dorés ! oh ! ces magots sournois
Tapissant tout le mur de sourires à claques !
Ils me logent ici, dans le Salon des Laques,
Pour que sur le fond noir de ce sombre décor
Mon uniforme blanc ressorte mieux encor !

PROKESCH

Prince !

LE DUC, *allant et venant, avec agitation.*

Ils ont composé de sots mon entourage [50] !

PROKESCH

Que faites-vous ici, depuis six mois ?

LE DUC

Je rage.

PROKESCH, *remonté vers le balcon.*

Je ne connaissais pas Schœnbrünn.

LE DUC

C'est un tombeau !

PROKESCH, *regardant.*

La Gloriette, au fond, sur le ciel, c'est très beau !

LE DUC

Oui, pendant que mon cœur de gloire s'inquiète
J'ai ce diminutif, là-bas : la Gloriette !

PROKESCH, *redescendant.*

Vous avez tout le parc pour monter à cheval.

LE DUC

Le parc est trop petit !

PROKESCH

Vous avez tout le val !

LE DUC

Le val est trop petit pour que l'on y galope !

PROKESCH

Et que vous faut-il donc pour galoper ?

LE DUC

L'Europe !

PROKESCH, *voulant le calmer.*

Chut !

LE DUC

Et quand je relève un front éclaboussé
De gloire par mon livre, et lorsque du passé
Je ressors ébloui, quand je ferme Plutarque,
Quand je saute, ô César, en pleurant, de ta barque,
Quand je quitte mon père, Alexandre, Annibal...

UN LAQUAIS,
paraissant à une porte de gauche.

Quel habit Monseigneur mettra-t-il pour le bal ?

LE DUC, *à Prokesch.*

Voilà !

Au laquais, violemment.

Je ne sors pas !

Le laquais disparaît.

PROKESCH,
qui feuillette des livres, sur la table.

On vous laisse tout lire ?...

LE DUC

Tout ! Il est loin le temps où Fanny, pour m'instruire,
Apprenait des récits par cœur ! Plus tard, j'obtins
Que quelqu'un me passât des livres clandestins.

PROKESCH, *souriant.*

La bonne archiduchesse ?

LE DUC

Oui. Chaque jour, un livre.
Dans ma chambre, le soir, je lisais : j'étais ivre.
Et puis, quand j'avais lu, pour cacher le délit,
Je lançais le volume en haut du ciel-de-lit !
Les livres s'entassaient dans ce creux d'ombre noire,

Si bien que je dormais sous un dôme d'Histoire[51].
Et, le jour, tout cela restait tranquille, mais
Tout cela s'éveillait dès que je m'endormais ;
De ces pages, alors, qui les pressaient entre elles,
Les batailles sortaient en s'étirant les ailes !
Des feuilles de laurier pleuvaient sur mes yeux clos ;
Austerlitz descendait tout le long des rideaux ;
Iéna se suspendait au gland qui les relève,
Pour se laisser tomber, tout d'un coup, dans mon [rêve !
Or, un jour que chez moi, Metternich gravement,
Me racontait mon père, à sa guise !... au moment
Où, très doux, j'avais l'air tout à fait de le croire,
Voilà mon baldaquin qui croule sous la gloire !
Cent livres, dans ma chambre, agitent un seul nom
En battant des feuillets !

PROKESCH

Metternich bondit ?

LE DUC

Non.
Calme, il me dit, avec son sourire d'évêque :
« Pourquoi placer si haut votre bibliothèque ? »
Et sortit... Depuis lors, je lis ce que je veux.

PROKESCH, *désignant un volume.*

Même *Le Fils de l'homme*[52] ?

LE DUC

Oui.

PROKESCH

Ce livre odieux ?

LE DUC

Oui. Ce livre français — car la haine est injuste! —
Prétend qu'on m'empoisonne, et parle de Locuste[53].
Mais, France, s'il se meurt, ton prince impérial,
Pourquoi diminuer la beauté de son mal?
Ce n'est pas d'un poison grossier de mélodrame
Que le duc de Reichstadt se meurt : c'est de son
[âme[54]!

PROKESCH

Monseigneur!

LE DUC

De mon âme et de mon nom!... ce nom
Dans lequel il y a des cloches, du canon,
Et qui tonne sans cesse, et sonne des reproches
A ma langueur, avec son canon et ses cloches!
Salves et carillons, taisez-vous! — Du poison?
Comme si j'en avais besoin dans ma prison!

Il est remonté vers la fenêtre.

Oh! vouloir à l'histoire ajouter des chapitres,
Et puis n'être qu'un front qui se colle à des vitres!

Il redescend vers Prokesch.

Je tâche d'oublier, quelquefois. Quelquefois,
Je m'élance à cheval, éperdument. Je bois
Le vent; je ne suis plus qu'un désir d'aller vite,
De crever mon cheval et mon rêve; j'évite
De regarder courir au loin les peupliers
Pareils à des bonnets penchés de grenadiers;
Je vais; je ne sais plus quel est mon nom; je hume
Avec enivrement la forte odeur d'écume,
De poussière, de cuir, de gazon écrasé;
Enfin, vainqueur du rêve, heureux, brisé, grisé,
J'arrête mon cheval au bord d'un champ de seigle,
Lève les yeux au ciel, — et vois passer un aigle!

Il tombe assis, reste un instant accoudé sur la table, la tête dans ses mains. Puis, d'une voix plus sourde :

Encor, si je pouvais en moi-même avoir foi !
Il lève sur Prokesch un regard d'angoisse.
Vous qui me connaissez, que pensez-vous de moi [55] ?
Ah ! Prokesch ! si j'étais ce qu'on dit que nous [sommes,
Que nous sommes souvent, nous, les fils de grands [hommes !
Ce doute, avec des mots, Metternich l'entretient !
Il a raison, — et c'est son devoir d'Autrichien ! —
J'ai froid quand, pour y prendre un mot de sa [manière,
Il ouvre son esprit comme une bonbonnière !
Vous, dites-moi quelle est au juste ma valeur ?
Vous qui me connaissez... puis-je être un empereur ?
Avec désespoir.
Que de ce front, mon Dieu, la couronne s'écarte,
Si sa pâleur n'est pas celle d'un Bonaparte !

PROKESCH, *ému.*

Prince...

LE DUC

Répondez-moi ! Dois-je me dédaigner ?
Parlez-moi franchement : que suis-je ? Pour régner,
Ai-je le front trop lourd et les poignets trop minces ?
Que pensez-vous de moi ?

PROKESCH, *gravement,*
lui prenant les deux mains.

Prince, si tous les princes
Connaissaient ces tourments, ces doutes, ces effrois,
Il n'y aurait jamais que d'admirables rois.

LE DUC, *avec un cri de joie, l'embrassant.*

Merci, Prokesch ! Ah ! ce seul mot me réconforte !
Travaillons, mon ami !

SCÈNE V

LE DUC, PROKESCH, *puis* THÉRÈSE.

Un laquais entre, pose sur la table un plateau avec des lettres, et sort. C'est celui que le Duc a désigné tout à l'heure comme le gardant la nuit, l'homme que l'huissier a appelé le Piémontais.

PROKESCH

Le courrier qu'on apporte.

Il montre les lettres au Duc.

Beaucoup de lettres.

LE DUC

Oui... de femmes. Celles-là,
On les laisse arriver.

PROKESCH

Que de succès !

LE DUC

Voilà
Ce que c'est que d'avoir l'auréole fatale !

Il prend une lettre que Prokesch lui passe, décachetée.

« Dans votre loge, hier, comme vous étiez pâle !...
Je déchire.

Il déchire, et en prend une autre.

« Oh ! ce front qui... » Je déchire.

Il déchire, et Prokesch lui en passe une troisième.

« Hier
Je vous vis, à cheval, passer sur le Prater... »
Je déchire.

Même jeu.

PROKESCH

Toujours ?

LE DUC, *prenant encore une lettre.*

« Prince, votre jeunesse,
Votre inexpérience... » Ah ! c'est la chanoinesse !
Je déchire.

La porte s'ouvre doucement, et Thérèse paraît.

THÉRÈSE, *timidement.*

Pardon...

LE DUC, *se retournant à sa voix.*

Petite Source, vous ?

THÉRÈSE

Mais pourquoi donc toujours ce surnom ?

LE DUC

Il est doux.
Il est pur. Il vous va.

THÉRÈSE

Je pars demain pour Parme.
Votre mère m'emmène.

LE DUC, *avec un sourire forcé.*

Essuyons une larme !

THÉRÈSE, *tristement.*

Parme !...

LE DUC

C'est le pays des violettes.

THÉRÈSE

Oui...

LE DUC

Si ma mère ne le sait pas, dites-le-lui !

THÉRÈSE

Oui, Monseigneur. — Adieu.

Elle remonte lentement pour sortir.

LE DUC

Reprenez votre course,
Petite Source !

THÉRÈSE, *s'arrêtant.*

Mais... pourquoi « Petite Source » ?

LE DUC

Mais parce qu'elle m'a rafraîchi bien des fois,
L'eau qui dort dans vos yeux et court dans votre voix.
— Adieu...

THÉRÈSE *remonte, puis, sur le seuil, comme attendant, espérant encore.*

Vous n'avez pas autre chose à me dire ?

LE DUC

Pas autre chose.

THÉRÈSE

Adieu, Monseigneur.

Elle sort.

LE DUC

Je déchire.

SCÈNE VI

LE DUC, PROKESCH.

PROKESCH

Oh ! je vois !

LE DUC, *rêveur.*

Elle m'aime... et j'aurais pu vraiment...
Changeant de ton,
— Mais faisons de l'histoire et non pas du roman !
Travaillons... Reprenons notre cours de tactique.

PROKESCH, *déroulant un papier qu'il a apporté et l'appliquant sur la table.*

Je vous soumets un plan. Faites-m'en la critique.

LE DUC, *débarrassant la grande table, écartant les livres et les armes pour ménager un champ de bataille.*

Attends ! Prends-moi d'abord — là, dans ce coin, tu [vois ? —
La grande boîte où sont tous mes soldats de bois !
Ma démonstration, je vais bien mieux la faire
Avec notre petit échiquier militaire.

PROKESCH, *apportant au Duc la boîte de soldats.*

Prouvez-moi que ce plan est des plus hasardeux.

LE DUC, *posant la main sur la boîte, dans un retour de mélancolie.*

Voilà donc les soldats de Napoléon Deux !

PROKESCH, *avec reproche.*

Prince!...

LE DUC

La surveillance est tellement étroite,
Que même mes soldats — tu peux ouvrir la boîte! —
Que même mes soldats de bois sont Autrichiens!
Passe-m'en un. — Posons notre aile gauche...

Il prend sans le regarder le soldat que lui passe Prokesch, cherchant de l'œil sa place sur la table, le pose, et, brusquement, le voyant :

Tiens!

PROKESCH

Quoi donc?

LE DUC, *avec stupeur,*
reprenant le soldat et le regardant.

Un grenadier de la garde!

Prokesch lui en passe un autre.

Un vélite!

A chaque soldat que lui passe Prokesch.

Un guide! — Un cuirassier! — Un gendarme d'élite!
— Ils sont tous devenus Français! On a repeint
Chacun de ces petits combattants de sapin!

Il se précipite vers la boîte, — et les sort lui-même avec un émerveillement croissant.

Français! — Français! — Français!

PROKESCH

Quel est donc ce prodige?

LE DUC

Quelqu'un les a repeints et resculptés, te dis-je!

PROKESCH

Quelqu'un ?

LE DUC

Et ce quelqu'un... est un soldat !

PROKESCH

Pourquoi ?

LE DUC, *lui faisant regarder de près les petits soldats.*

Il y a sept boutons à l'habit bleu de roi !
Les collets sont exacts. Les revers sont fidèles.
Torsades, brandebourgs, trèfles, nids d'hirondelles,
Tout y est ! Ce quelqu'un ne peut être indécis
Ni sur un passe-poil, ni sur un retroussis !
Les lisérés sont blancs, les pattes ont trois pointes...
Oh ! toi, qui que tu sois, ami, c'est à mains jointes
Que je te remercie, ô soldat inconnu,
Qui, je ne sais comment, je ne sais d'où venu,
As trouvé le moyen, dans ce bagne où nous sommes,
De repeindre pour moi tous ces petits bonshommes !
Petite armée en bois, le héros, quel est-il,
— Seul un héros peut être à ce point puéril ! —
Qui vient de t'équiper afin que tu me ries
De toutes les blancheurs de tes buffleteries ?
Mais comment a-t-il fait pour échapper aux yeux ?
Oh ! quel est le pinceau tendre et minutieux
Qui leur a mis à tous des petites moustaches,
Qui timbra de canons croisés les sabretaches,
Et qui n'oublia pas de se tremper dans l'or
Pour mettre aux officiers la grenade ou le cor !

S'exaltant de plus en plus.

Sortons-les tous !... La table en est toute couverte !
Voici les voltigeurs à l'épaulette verte,
Voici les tirailleurs, et voici les flanqueurs !

Sortons-les, sortons-les, tous ces petits vainqueurs !
Oh ! regarde, Prokesch, dans la boîte, enfermée,
Regarde ! il y avait toute la Grande-Armée !
— Voici les Mamelucks ! — Tiens, là, je reconnais
Les plastrons cramoisis des lanciers polonais !
Voici les éclaireurs culottés d'amarante !
Enfin, voici, guêtrés de couleur différente,
Les grenadiers de ligne aux longs plumets tremblants
Qui montaient à l'assaut avec des mollets blancs,
Et les conscrits chasseurs aux pompons verts en poires
Qui couraient à la mort avec des jambes noires !

Soupirant.

Pareil au prisonnier rêveur qui se ferait
Toute une frémissante et profonde forêt
Avec l'arbre en copeaux d'un jardin de poupée,
Rien qu'avec ces soldats je me fais l'Épopée !

Il s'éloigne à reculons de la table.

Mais c'est vrai ! Mais déjà je ne vois plus du tout
La rondelle de bois qui les maintient debout !
Cette armée, on dirait, Prokesch, lorsqu'on recule,
Que c'est l'éloignement qui la rend minuscule !

Il revient, d'un bond, et disposant fiévreusement les petites troupes.

Alignons-les ! Faisons des Wagram, des Eylau !

Il saisit un sabre posé parmi les armes sur la console, — et le place en travers de son champ de bataille.

Tiens ! ce yatagan nu va représenter l'eau !
C'est le Danube !

Il désigne des points imaginaires.

Essling !... Aspern, là, dans la boîte !

A Prokesch.

Lance un pont de papier sur l'acier qui miroite !
— Passe-moi deux ou trois grenadiers à cheval !
— Il faut une hauteur : prends le *Mémorial* !

— Là, Saint-Cyr!... Molitor, vainqueur de Belle-
Et là, passant le pont... [garde!

Depuis un instant Metternich est entré, et, debout derrière le Duc qui, dans le feu de l'action, s'est agenouillé devant la table pour mieux arranger les soldats, il suit les manœuvres.

SCÈNE VII

LES MÊMES, METTERNICH, *puis* UN LAQUAIS.

METTERNICH, *tranquillement.*

Passant le pont?

LE DUC, *tressaille, et se retournant.*

La Garde!

METTERNICH, *regardant avec son lorgnon.*

Alors, toute l'armée est française, aujourd'hui?
D'où vient qu'on ne voit pas d'Autrichiens?

LE DUC

Ils ont fui.

METTERNICH

Tiens! tiens!

Il prend un des petits soldats, le retourne.

Qui vous les a peinturlurés?

LE DUC, *sèchement.*

Personne.

METTERNICH

C'est vous?... Vous abîmez les joujoux qu'on vous
[donne?

LE DUC, *pâlissant.*

Mais, Monsieur !...

Metternich sonne. Un laquais paraît. C'est le même que tout à l'heure.

METTERNICH, *au laquais.*

Emportez et jetez ces soldats !
On en rapportera de neufs.

LE DUC

Je n'en veux pas !
Si j'en suis au joujou, du moins qu'il soit épique !

METTERNICH

Quelle mouche, ou plutôt quelle abeille, vous pique ?

LE DUC,
marchant sur lui les poings crispés.

Sachez que l'ironie étant peu de mon gré...

LE LAQUAIS, *qui emporte les soldats, en passant derrière le Duc, bas et vite.*

Taisez-vous, Monseigneur, je vous les repeindrai.

METTERNICH, *qui remontait, se retourne à la menace du Duc, et avec hauteur.*

Plaît-il ?

LE DUC, *calmé subitement, avec une humilité forcée.*

Rien. Un moment d'humeur involontaire.
Pardonnez-moi...

A part

J'ai quelqu'un là. Je peux me taire !

METTERNICH

J'amenais justement votre ami.

LE DUC

Mon ami ?

METTERNICH

Le maréchal Marmont.

PROKESCH, *avec une indignation contenue.*

Marmont !

METTERNICH, *regardant Prokesch.*

Il est parmi
Ceux qu'il me plaît de voir ici...

PROKESCH, *entre ses dents.*

J'aime à le croire.

METTERNICH

Il est là.

LE DUC, *très aimablement.*

Mais qu'il vienne !

Metternich sort. A peine la porte fermée, le Duc s'abat dans le fauteuil, et se cognant avec désespoir la tête contre la table.

Ah ! mon père !... la gloire !...
Les aigles !... le manteau !... le trône impérial !...

On entend la porte se rouvrir. Il se redresse, immédiatement calme et souriant, et très naturellement, à Marmont qui entre avec Metternich.

Comment vous portez-vous, Monsieur le Maréchal ?

METTERNICH, *désirant emmener Prokesch.*

Prokesch, venez un peu voir la chambre qu'habite
Le duc...

Il lui prend le bras et l'emmène. Le Duc et Marmont restent seuls.

SCÈNE VIII

LE DUC, MARMONT, *un instant* METTERNICH *et* PROKESCH.

MARMONT, *s'asseyant sur un signe du Duc.*

C'est, Monseigneur, ma dernière visite,
Car, sur lui, je n'ai plus à vous apprendre rien.

LE DUC

C'est vraiment désolant ; vous en parliez si bien !

MARMONT

J'en ai fait un portrait fidèle à Votre Altesse.

LE DUC

Fidèle ! — Alors, plus rien ?

MARMONT

Plus rien.

LE DUC

Sur sa jeunesse,
Plus aucun souvenir ?

MARMONT

Aucun.

LE DUC

Résumons-nous :
Il fut très grand.

MARMONT

Très grand.

LE DUC

Mais peut-être, sans vous,
Aurait-il...

MARMONT

J'ai parfois empêché...

LE DUC

Le désastre.

MARMONT, *encouragé.*

Dame ! il avait le tort de trop croire...

LE DUC

A son astre.

MARMONT, *satisfait.*

Nous nous rencontrons bien dans nos conclusions.

LE DUC

Et ce fut, n'est-ce pas ? comme nous le disions...

MARMONT, *s'abandonnant tout à fait.*

Ce fut un général, certes, considérable ;
Mais enfin on ne peut pas dire...

LE DUC

Misérable !

MARMONT, *se levant.*

Hein ?

LE DUC

Puisque j'ai fini de vous prendre aujourd'hui
Tout ce qui vous restait de souvenirs de lui,
Tout ce qui, malgré vous, en vous, était splendide,
Je vous jette à présent, — puisque vous êtes vide !

MARMONT, *blême.*

Mais je...

LE DUC

L'avoir trahi, duc de Raguse, — toi !
Oui, vous vous disiez tous, je sais : « Pourquoi pas
[moi ? »
En voyant empereur votre ancien camarade.
Mais toi ! toi ! qu'il aima depuis le premier grade !
— Car il t'aimait au point de rendre mécontents
Ses soldats ! — toi qu'il fit maréchal à trente ans !

MARMONT, *rectifiant sèchement.*

Trente-cinq !

LE DUC

Et voilà ! c'est le traître d'Essonnes !
Et pour dire : trahir ! le peuple — tu frissonnes ! —
Le peuple a fabriqué le verbe *raguser* [56] !
Se levant tout d'un coup et marchant sur lui.
Ne vous laissez donc pas en silence accuser !
Répondez ! Ce n'est plus le prince François-Charle,
C'est Napoléon Deux maintenant qui vous parle !

MARMONT, *qui recule, bouleversé.*

Mais on vient !... Metternich !... Je reconnais sa voix...

LE DUC, *lui montrant la porte qui s'ouvre, fièrement.*

Eh bien ! trahissez-nous une seconde fois !

Les bras croisés, il le brave du regard. Silence.
Metternich reparaît avec Prokesch.

METTERNICH, *traversant le fond avec Prokesch.*

Ne vous dérangez pas. Causez ! causez !... J'emmène
Prokesch, au fond du parc, voir la *Ruine Romaine*
Où j'organise un bal. Dernier représentant
D'un monde qui mourra, dit-on, dans un instant,
J'aime assez que ce soit sur des ruines qu'on danse !
A demain.

Ils sortent. Un temps.

MARMONT, *d'une voix sourde.*

Monseigneur, j'ai gardé le silence.

LE DUC

Il n'aurait plus manqué que vous ragusassiez !

MARMONT, *saisissant une chaise.*

Vous pouvez conjuguer ce verbe ; je m'assieds.

LE DUC

Comment ?

MARMONT

Je vous permets de conjuguer ce verbe,
Car vous avez été, tout à l'heure, superbe !

LE DUC

Monsieur !...

MARMONT, *haussant les épaules.*

J'ai dit du mal de l'Empereur ? J'en dis

Toujours... depuis quinze ans, c'est vrai : je
[m'étourdis !
Ne comprenez-vous pas que le duc de Raguse
Espère se trouver, à lui-même, une excuse ?
— La vérité... c'est que je ne l'ai pas revu.
Si je l'avais revu, je serais revenu !
Bien d'autres l'ont trahi, croyant servir la France !
Mais ils l'ont tous revu ! Voilà la différence !
Tous ils étaient repris ! — et je le suis, ce soir !

LE DUC

Pourquoi ?

MARMONT, *avec une brusque chaleur.*

Mais parce que je viens de le revoir !

LE DUC, *auquel échappe presque un cri de joie.*

Comment ?

MARMONT, *tendant la main vers le Duc.*

Là, dans le front, dans la fureur du geste,
Dans l'œil étincelant !... Insultez-moi. Je reste.

LE DUC

Ah !... tu réparerais un peu, si c'était vrai !
Et c'est toi, par ton cri, qui m'aurais délivré
De ce doute de moi, si triste, et qu'on exploite.
Quoi ! malgré mon front lourd et ma poitrine
[étroite ?...

MARMONT

Je l'ai revu !

LE DUC

D'espoir je suis réenvahi !
Je voudrais pardonner ! — Pourquoi l'as-tu trahi ?

MARMONT

Ah ! Monseigneur !...

LE DUC

Pourquoi, — vous autres ?

MARMONT, *avec un geste découragé.*

La fatigue !

Depuis un instant, la porte du fond, à droite, s'est entr'ouverte sans bruit, et on a pu apercevoir, dans l'entre-bâillement, le laquais qui a emporté les petits soldats, écoutant. A ce mot : la fatigue, *il entre et referme doucement la porte derrière lui, pendant que Marmont continue, dans un accès de franchise.*

Que voulez-vous ?... Toujours l'Europe qui se ligue !
Être vainqueur, c'est beau, mais vivre a bien son prix !
Toujours Vienne, toujours Berlin, — jamais Paris !
Tout à recommencer, toujours !... On recommence
Deux fois, trois fois, et puis... C'était de la démence !
A cheval sans jamais desserrer les genoux !
A la fin nous étions trop fatigués !

LE LAQUAIS, *d'une voix de tonnerre.*

Et nous ?...

SCÈNE IX

LE DUC, MARMONT, FLAMBEAU.

LE DUC *et* MARMONT, *se retournant et l'apercevant debout, au fond, les bras croisés.*

Hein ?

LE LAQUAIS,

descendant peu à peu vers Marmont.

Et nous, les petits, les obscurs, les sans-grades,
Nous qui marchions fourbus, blessés, crottés,
Sans espoir de duchés ni de dotations ; [malades,
Nous qui marchions toujours et jamais n'avancions ;
Trop simples et trop gueux pour que l'espoir nous
De ce fameux bâton qu'on a dans sa giberne ; [berne
Nous qui par tous les temps n'avons cessé d'aller,
Suant sans avoir peur, grelottant sans trembler,
Ne nous soutenant plus qu'à force de trompette,
De fièvre, et de chansons qu'en marchant on répète ;
Nous sur lesquels pendant dix-sept ans, songez-y,
Sac, sabre, tourne-vis, pierres à feu, fusil,
— Ne parlons pas du poids toujours absent des [vivres ! —
Ont fait le doux total de cinquante-huit livres ;
Nous qui, coiffés d'oursons sous les ciels tropicaux,
Sous les neiges n'avions même plus de shakos ;
Qui d'Espagne en Autriche exécutions des trottes ;
Nous qui, pour arracher ainsi que des carottes
Nos jambes à la boue énorme des chemins,
Devions les empoigner quelquefois à deux mains ;
Nous qui, pour notre toux n'ayant pas de jujube,
Prenions des bains de pied d'un jour dans le Danube ;
Nous qui n'avions le temps, quand un bel officier
Arrivait, au galop de chasse, nous crier :
« L'ennemi nous attaque, il faut qu'on le repousse ! »
Que de manger un blanc de corbeau, sur le pouce,
Ou vivement, avec un peu de neige, encor,
De nous faire un sorbet au sang de cheval mort ;
Nous...

LE DUC,
les mains crispées aux bras de son fauteuil, penché en avant, les yeux ardents.

Enfin !...

LE LAQUAIS

... qui, la nuit, n'avions pas peur des balles,
Mais de nous réveiller, le matin, cannibales ;
Nous...

LE DUC,
de plus en plus penché, s'accoudant sur la table, et dévorant cet homme du regard.

Enfin !...

LE LAQUAIS

... qui marchant et nous battant à jeun
Ne cessions de marcher...

LE DUC, *transfiguré de joie.*

Enfin ! j'en vois donc un!

LE LAQUAIS

... Que pour nous battre, — et de nous battre un [contre quatre
Que pour marcher, — et de marcher que pour nous [battre,
Marchant et nous battant, maigres, nus, noirs et [gais...
Nous, nous ne l'étions pas, peut-être, fatigués ?

MARMONT, *interdit.*

Mais...

LE LAQUAIS

Et sans lui devoir, comme vous, des chan-
[delles,
C'est nous qui cependant lui restâmes fidèles !
Aux portières du roi votre cheval dansait !...

Au Duc.

De sorte, Monseigneur, qu'à la cantine où c'est
Avec l'âme qu'on mange et de gloire qu'on dîne...
Sa graine d'épinard ne vaut pas ma sardine [57] !

MARMONT

Quel est donc ce laquais qui s'exprime en grognard ?

LE LAQUAIS, *prenant la position militaire.*

Jean-Pierre-Séraphin Flambeau, dit « le Flambard ».
Ex-sergent grenadier vélite de la garde.
Né de papa breton et de maman picarde.
S'engage à quatorze ans, l'an VI, deux germinal.
Baptême à Marengo. Galons de caporal
Le quinze fructidor an XII. Bas de soie
Et canne de sergent trempés de pleurs de joie
Le quatorze juillet mil huit cent neuf, — ici,
— Car la garde habita Schœnbrünn et Sans-Souci ! —
Au service de Sa Majesté Très Française.
Total des ans passés : seize ; campagnes : seize.
Batailles : Austerlitz, Eylau, Somo-Sierra,
Eckmühl, Essling, Wagram, Smolensk... et cætera !
Faits d'armes : trente-deux. Blessures : quelques-
[unes.
Ne s'est battu que pour la gloire, et pour des prunes.

MARMONT, *au Duc.*

Vous n'allez pas ainsi l'écouter jusqu'au bout ?

LE DUC

Oui, vous avez raison, pas ainsi — mais debout !

Il se lève.

MARMONT

Monseigneur...

LE DUC, *à Marmont.*

Dans le livre aux sublimes chapitres,
Majuscules, c'est vous qui composez les titres,
Et c'est sur vous toujours que s'arrêtent les yeux !
Mais les mille petites lettres... ce sont eux !
Et vous ne seriez rien sans l'armée humble et noire
Qu'il faut pour composer une page d'histoire !

A Flambeau

Ah ! mon brave Flambeau, peintre en soldats de bois,
Quand je pense que je te vois depuis un mois,
Et que tu m'agaçais avec tes surveillances !...

FLAMBEAU, *souriant.*

Oh ! nous sommes de bien plus vieilles connaissances !

LE DUC

Nous ?

FLAMBEAU, *avançant sa bonne grosse figure.*

Monseigneur ne me remet pas ?

LE DUC

Pas du tout !

FLAMBEAU, *insistant.*

Mais un jeudi matin ! dans le parc de Saint-Cloud !...
— Le maréchal Duroc, la dame de service
Regardaient Votre Altesse user d'une nourrice
Si blanche, il m'en souvient, que j'en reçus un choc.
« Approche ! » me cria le maréchal Duroc.
J'obéis. Mais j'étais troublé par trop de choses...
L'enfant impérial, les grandes manches roses
De la dame d'honneur, ce maréchal — ce sein...

Bref, mon plumet tremblait à mon bonnet d'oursin,
Si bien qu'il intrigua les yeux de Votre Altesse.
Vous le considériez rêveusement. Qu'était-ce ?
Et tout en lui faisant un rire plein de lait,
Vous sembliez chercher si ce qu'il vous fallait
Admirer davantage en sa rougeur qui bouge,
C'était qu'elle bougeât, ou bien qu'elle fût rouge.
Soudain, m'étant penché, je sentis, inquiet,
Que vos petites mains tripotaient mon plumet.
Le maréchal Duroc me dit d'un ton sévère :
« Laissez faire Sa Majesté ! » Je laissai faire.
J'entendais — ayant mis à terre le genou —
Rire le maréchal, la dame, et la nounou...
Et quand je me levai, toute rouge était l'herbe,
Et j'avais pour plumet un fil de fer imberbe.
« Je vais signer un bon pour qu'on t'en rende deux ! »
Dit Duroc. — Je revins au quartier, radieux !
« Hé ! psitt ! là-bas ! Qui donc m'a déplumé cet
[homme ? »
Dit l'adjudant. Je répondis : « Le Roi de Rome. »
— Voilà comment je fis connaissance, un jeudi,
De Votre Majesté. Votre Altesse a grandi.

LE DUC

Non, je n'ai pas grandi — c'est bien là ma tristesse ! —
Puisque Sa Majesté n'est plus que Son Altesse.

MARMONT, *bourru, à Flambeau.*

Et qu'as-tu fait depuis que l'Empire est tombé ?

FLAMBEAU, *le toisant.*

Je crois m'être conduit toujours comme un bon...

Il va lâcher le mot, mais la présence du prince le retient, et il dit seulement.

B 58.

Je connais Solignac et Fournier-Sarlovèze,

Conspire avec Didier, en mai mil huit cent seize ;
Complot raté : je vois exécuter Miard,
Un enfant de quinze ans, et David, un vieillard.
Je pleure. On me condamne à mort par contumace.
Bien. Je rentre à Paris sous un faux nom. Je casse,
Sous prétexte qu'il mit sa botte sur mes cors,
Un tabouret de bois sur un garde du corps.
Je préside des punchs terribles : Je dépense
Soixante sous par mois. Je garde l'espérance
Que l'Autre peut encor débarquer, dans le Var !
Je me promène, avec un chapeau bolivar.
Quiconque me regarde est traité de « vampire ».
Je me bats trente fois en duel. Je conspire
A Béziers. Le coup rate. On me condamne à mort
Par contumace. Bon. Je m'affilie encor
Au complot de Lyon. On nous arrête en masse.
Je file. On me condamne à mort par contumace.
Et je rentre à Paris, où, comme par hasard,
Je me trouve fourré du complot du bazar.
Desnouettes (Lefèvre) étant en Amérique,
Je l'y joins : « Général, que fait-on ? » — « On [rapplique ! »
Départ ; naufrage ; et comme un simple passager,
Voilà mon général noyé. Je sais nager,
Et je nage, en pleurant Lefèvre-Desnouettes.
Bon, très bien. Du soleil, des flots bleus, des mouettes,
Un navire, on me cueille... et je débarque, mûr
Pour aller prendre part au complot de Saumur.
Complot raté. Cour prévôtale. Je m'esbigne.
Le commandant Caron du cinquième de ligne
Conspirant à Toulon, j'y vole. Mais en vain,
Car nous bavardons trop chez un marchand de vin :
Tout rate. On me condamne à mort par contumace.
Je vais me dérouiller en Grèce la carcasse
Contre ces sales Turcs, que l'on écrabouillait !
Enfin je rentre en France, un matin de juillet ;

Je vois faire un tas de pavés, j'y collabore ;
Je me bats ; et, le soir, le drapeau tricolore
Flotte au lieu du drapeau pâle de l'émigré.
Mais comme, à ce drapeau, quelque chose, à mon gré,
Manquait encore, en haut de sa hampe infidèle,
— Vous savez, quelque chose, en or, qui bat de l'aile ! —
Je pars pour un complot en Romagne. Il rata.
Une cousine à vous...

LE DUC, *vivement.*

Son nom ?

FLAMBEAU

Camerata !
Me prend pour professeur d'escrime...

LE DUC, *comprenant tout.*

Ah !...

FLAMBEAU

En Toscane !
On conspire, en faisant du sabre et de la canne.
Un poste dangereux était à prendre ici,
On me donne de faux papiers, et me voici.

Il se frotte les mains, rit silencieusement, et, clignant de l'œil :

Je suis là. Mais je vois, chaque jour, la comtesse.
J'ai trouvé, dans le parc, ce trou que votre Altesse
Creusa jadis avec son précepteur Colin [59]
Pour jouer au petit Robinson ; — moi, malin,
Je m'y cache ; c'est un couloir à deux sorties,
L'une dans des fourmis, l'autre dans des orties ;
J'attends ; votre cousine, un album dans les mains,
Vient en touriste ; et là, près des machins romains,
Elle sur un pliant, et moi dans de la glaise,

Elle ayant l'air de dessiner comme une Anglaise,
Et moi parlant du fond d'un trou comme un souffleur,
Nous causons des moyens de vous faire empereur.

LE DUC, *après un léger silence d'émotion.*

Et pour un dévouement d'une suite pareille,
Que me demandes-tu ?

FLAMBEAU

De me tirer l'oreille.

LE DUC

De ?...

FLAMBEAU, *gaiement.*

Que peut demander un ex-grognard ?

LE DUC, *un peu troublé*
par sa familiarité soldatesque.

Un ex ?...

FLAMBEAU

J'attends !... Mais allez donc !... Oui... le pouce... et
[l'index...

Le Duc lui tire l'oreille, maladroitement, d'un geste, malgré lui, hautain. Flambeau fait la moue.

Ah ! ce n'est pas ainsi, Monseigneur, qu'on la pince !
Vous, vous ne savez pas ; vous, — vous êtes trop
[prince !

LE DUC, *tressaillant.*

Ah ! tu crois ?

MARMONT

Maladroit, de lui dire ce mot !

FLAMBEAU

Quand le prince est Français, c'est un demi-défaut !

LE DUC, *anxieusement.*

Mais... me sent-on Français dans ce palais d'Au-
[triche ?

FLAMBEAU

Oh ! oui !

Regardant autour de lui.

Vous n'allez pas ici. C'est lourd ! C'est riche !

MARMONT

Comment, tu vois ça, toi ?

FLAMBEAU

Mon frère est tapissier,
Et travaille, à Paris, pour Fontaine et Percier,
Ça veut nous imiter. Mais ils vous ont, tonnerre !
Un Louis-Quinze, ici, qui n'est pas ordinaire !
Je ne suis pas un grand connaisseur, mais j'ai l'œil !

Il saisit un fauteuil que sa large main enlève comme une plume, et désignant le lourd bois doré, d'un goût allemand.

Est-ce assez siroté, le bois de ce fauteuil !

Il le repose, et montrant la tapisserie montée dans ce bois.

Mais la tapisserie !... hein ? ce goût !... ce mystère !...
Ça chante !... Ça sourit !... ça fiche tout par terre !
Pourquoi ? Vous le savez : ce sont des Gobelins !
Et comme on voit que ça, c'est fait par des malins !
Ça jure, là-dedans, ce goût, cette élégance !
— Vous aussi, Monseigneur, on vous a fait en France.

MARMONT, *au Duc.*

Il faut y retourner !

FLAMBEAU

Et sur la croix d'honneur
Venir faire remettre un petit empereur !

LE DUC

Mais qui donc ont-ils mis à sa place ?

FLAMBEAU

Henri Quatre.
Dame ! il fallait trouver quelqu'un qui sût se battre.
Mais, basta ! l'Empereur Napoléon sourit
D'avoir, pour fausse barbe, un jour, le roi Henri !
— Avez-vous jamais vu la croix ?

LE DUC, *mélancoliquement.*

Dans des vitrines.

FLAMBEAU

Monseigneur, il fallait voir ça sur des poitrines !
Là, sur le drap bombé, goutte de sang ardent
Qui descendait, et devenait, en descendant,
De l'or, et de l'émail, avec de la verdure...
C'était comme un bijou coulant d'une blessure.

LE DUC

Ce devait être beau, mon ami, je le crois.
Sur ta poitrine, là.

FLAMBEAU

Moi ?... Je n'ai pas la croix !

LE DUC, *sursautant.*

Après ce que tu fis, modeste et grandiose ?

FLAMBEAU

Pour l'avoir, il fallait faire bien autre chose !

LE DUC

Tu n'as pas réclamé ?

FLAMBEAU, *simplement.*

Quand le petit Tondu
Ne donnait pas l'objet, c'est qu'il n'était pas dû.

LE DUC

Eh bien ! moi, sans pouvoir, sans titre, sans royaume,
Moi qui ne suis qu'un souvenir dans un fantôme !
Moi, ce duc de Reichstadt qui, triste, ne peut rien
Qu'errer sous les tilleuls de ce parc autrichien
En gravant sur leurs troncs des N dans la mousse,
Passant qu'on ne regarde un peu que lorsqu'il tousse !
Moi qui n'ai même plus le plus petit morceau
De la moire si rouge, hélas ! dans mon berceau !
Moi dont ils ont en vain constellé l'infortune !
Il montre les deux plaques de sa poitrine.
Moi qui ne porte plus que deux croix au lieu d'Une !
Moi malade, exilé, prisonnier, je ne peux
Galoper sur le front des régiments pompeux
En jetant aux héros des astres ! Mais j'espère,
J'imagine... il me semble enfin que, fils d'un père
Auquel un firmament a passé par les mains,
Je dois, malgré tant d'ombre et tant de lendemains,
Avoir au bout des doigts un peu d'étoile encore...
Jean-Pierre-Séraphin Flambeau, je te décore !

FLAMBEAU

Vous ?

LE DUC

Dame ! ce ruban n'est pas le vrai...

FLAMBEAU

Le vrai,
C'est celui qu'on reçoit en pleurant : j'ai pleuré.

MARMONT

D'ailleurs, c'est à Paris que ça se légalise !

LE DUC

Mais que faire pour y rentrer ?

FLAMBEAU

Votre valise !

LE DUC

Hélas !

FLAMBEAU, *rapidement.*

Non ! plus d'hélas ! C'est aujourd'hui le neuf :
Si vous voulez, le trente, être sur le Pont-Neuf,
Assistez, — et, le trente, on reverra la Seine ! —
Au bal que demain soir donne Népomucène[60].

LE DUC ET MARMONT

Qui ?

FLAMBEAU

Metternich (Clément-Lothaire-Wenceslas-
Népomucène). Allez au bal, — et plus d'hélas !

MARMONT

Mais tu dis devant moi des choses bien secrètes !

FLAMBEAU, *gaiement, l'enrôlant d'un geste.*

Vous n'éventerez pas un complot — dont vous êtes !

LE DUC, *avec un haut-le-corps.*

Non ! pas Marmont !

MARMONT

Mais si ! je m'en mets !

A Flambeau.

C'est égal.

Tu ne m'auras pas pris avec un madrigal !
Tu m'as fait tout à l'heure une sortie... outrée !

FLAMBEAU

Oui, mais ça me faisait une jolie entrée.

MARMONT

C'était très imprudent !

FLAMBEAU

C'est vrai... mais mon défaut
C'est d'en faire toujours un peu plus qu'il ne faut !
Aux consignes, toujours, j'ajoute quelque chose :
J'aime me battre avec, à l'oreille, une rose !
Je fais du luxe !

MARMONT

Donc, si la Camerata
Veut m'employer...

LE DUC, *avec violence.*

Non ! pas Marmont !

FLAMBEAU

Tara ta ta !
Laissez-le donc se racheter !

LE DUC

Non !

MARMONT, *à Flambeau.*

J'ai des listes
Très bien faites ! Des mécontents, des royalistes !
L'ambassadeur Maison est un de mes amis !

FLAMBEAU, *vivement.*

Oh ! il peut nous servir !

LE DUC, *douloureusement.*

Déjà des compromis !
Avec désespoir.
Non ! non ! je ne veux pas que Marmont se consacre...

MARMONT, *saluant.*

Je vous obéirai, Monsieur, après le sacre.
— Je vais voir de ce pas le maréchal Maison [61].
Il sort.

FLAMBEAU, *fermant la porte, et redescendant.*

Cette ancienne canaille a tout à fait raison.

SCÈNE X

LE DUC, FLAMBEAU.

LE DUC, *allant et venant avec agitation.*

Soit !... Je partirais bien !... mais la preuve ! la preuve
Que de mon père encor la France se sent veuve !
Elles ont dû mourir, Flambeau, depuis le temps,
Les tendresses pour nous de tous ces braves gens !

FLAMBEAU, *lyrique.*

Leurs tendresses pour vous ?... Elles sont immortelles !
Et de sa poche il tire quelque chose de long et de tricolore qu'il fait tournoyer glorieusement au-

dessus de sa tête, puis remet dans les mains du Duc.

LE DUC

Qu'est-ce que c'est que ça, Flambeau ?

FLAMBEAU, *tranquillement.*

C'est des bretelles.

LE DUC

Es-tu fou ?

FLAMBEAU

Regardez ce qu'il y a dessus.

LE DUC

Mon portrait !

FLAMBEAU

Ça se porte assez. Les gens cossus.

LE DUC

Mais, Flambeau !...

FLAMBEAU, *lui présentant une tabatière qu'il tire de son gousset.*

Voulez-vous accepter une prise ?

LE DUC, *interdit.*

Je...

FLAMBEAU, *lui faisant signe de regarder.*

Sur la tabatière, une tête... qui frise.

LE DUC

C'est moi !

FLAMBEAU,
déployant un grand mouchoir de soie comme en vendent les colporteurs.

Que pensez-vous de ce grand mouchoir bleu ?
Hein ! ça fait bien, le Roi de Rome, au beau milieu ?

Il étale le mouchoir au dossier d'un fauteuil.

LE DUC

Mais...

FLAMBEAU, *dépliant une sorte d'image d'Épinal.*

Image en couleur, pour les murs. Ça se colle.

LE DUC

C'est encor moi, sur un cheval...

FLAMBEAU

Qui caracole !
— Et comment trouvez-vous la pipe ?

Il lui présente une pipe.

LE DUC, *se reconnaissant dans la tête de pipe.*

Mais, Flambeau !..

FLAMBEAU

Ah ! vous ne direz pas que vous n'êtes pas beau !

LE DUC,
partagé entre l'émotion et le rire.

Je...

FLAMBEAU,
sortant toujours de ses poches d'autres petits objets.

Cocarde ! On la met pour qu'elle soit saisie !

LE DUC

Qu'est-ce encor ?

FLAMBEAU

Médaillon. Petite fantaisie !

LE DUC

C'est toujours moi !

FLAMBEAU

Toujours ! Et sur ce verre, en mat,
Quels mots a-t-on gravés ?

Il a tiré un verre des basques de sa livrée.

LE DUC, *lisant sur le verre.*

« François, duc de Reichstadt ! »

FLAMBEAU, *sortant de sous son gilet une assiette peinte.*

Vous ne voudriez pas qu'il n'y eût pas l'assiette...

LE DUC, *de plus en plus stupéfait.*

L'assiette ?

FLAMBEAU, *disposant tout sur la table à mesure que ça sort de ses poches.*

Le couteau ! — Le rond de serviette !
— Ah ! sur le coquetier, vous avez l'air ravi !

Il avance un fauteuil.

Le couvert est complet : Monseigneur est servi.

LE DUC, *tombant assis.*

Flambeau !

FLAMBEAU,
avec un enthousiasme croissant.

Enfin, de tout ! — Et des cravates roses
Où l'on vous voit brodé dans des apothéoses !
— Des cartes à jouer dont vous êtes l'atout !

LE DUC, *éperdu, au milieu des objets qui pleuvent autour de lui sur la table.*

Flambeau !

FLAMBEAU

Des almanachs !

LE DUC

Flambeau !

FLAMBEAU

De tout ! de tout[62] !

LE DUC, *éclatant en sanglots.*

Flambeau !

FLAMBEAU

Hein ? vous pleurez ? Nom d'un petit bonhomme !
Il saisit le foulard qu'il a mis au dossier du fauteuil.
Essuyez-vous les yeux avec le Roi de Rome !
Agenouillé près du Duc et lui essuyant les yeux avec le mouchoir.
Moi, je vous dis qu'on bat les fers lorsqu'ils sont [chauds ;
Que vous avez le peuple avec les maréchaux ;
Que le roi, le roi même, à cette heure n'existe
Qu'à la condition d'être bonapartiste ;
Qu'en vain ils ont un coq qui se donne du mal

Pour ressembler, de loin, à l'aigle impérial ;
Qu'on trouve irrespirable, en France, un air sans
[gloire ;
Qu'une couronne ne tient pas sur une poire[63] ;
Que la jeunesse, autour de vous, va se ranger
En fredonnant une chanson de Béranger ;
Que la rue a frémi, que le pavé tressaille,
— Et que Schœnbrünn est bien moins joli que
[Versaille.

LE DUC, *debout.*

J'accepte... je fuirai...

On entend une musique militaire, dehors. Le Duc tressaille.

FLAMBEAU, *qui a couru à la fenêtre.*

Sur l'escalier d'honneur,
C'est la musique de la garde. — L'Empereur
Doit rentrer au château.

LE DUC, *dégrisé.*

Mon grand-père qui rentre !
Ma promesse !...

A Flambeau.

Non ! non ! avant d'accepter...

FLAMBEAU, *inquiet.*

Diantre !

LE DUC

... Je dois tenter auprès de lui... ! Mais si ce soir,
Quand tu viendras ici me garder, tu peux voir
Quelque chose... que tu n'y vois pas d'habitude,
C'est que j'accepte alors de m'enfuir !

FLAMBEAU, *en gamin de Paris.*

O Latude !

Quel sera ce signal ?

LE DUC

Tu le verras !

FLAMBEAU

Oui, mais...

La porte s'ouvre. Il s'éloigne vivement du Duc et a l'air de ranger dans la pièce. On voit paraître sur le seuil un garde-noble hongrois, rouge et argent, botté de jaune, la peau de panthère sur l'épaule, et le bonnet de fourrure surmonté d'un long plumet blanc à monture d'argent.

SCÈNE XI

LES MÊMES, UN GARDE-NOBLE.

LE GARDE-NOBLE

Monseigneur...

FLAMBEAU, *à part, regardant le Hongrois.*

Les mâtins, ont-ils de beaux plumets !

LE DUC

Qu'est-ce donc ?

LE GARDE-NOBLE

L'Empereur rentrait. On vint lui dire :
« C'est aujourd'hui le jour de la semaine, Sire,

Où Votre Majesté reçoit tous ses sujets.
Bien des gens sont venus de très loin. — J'y son-
[geais ! »
Répondit l'Empereur, toujours simple... « et j'espère
Les recevoir. Je suis à Schœnbrünn en grand-père ;
Je serai chez le duc, tantôt, de cinq à six ;
Que mes autres enfants soient chez mon petit-fils ! »
Peut-on monter ?

LE DUC

Ouvrez toutes les portes closes !

L'officier sort. Jusqu'à la fin de l'acte on entend jouer la musique de la garde dans le parc.

SCÈNE XII

LE DUC, FLAMBEAU.

LE DUC,
vivement, dès qu'il voit qu'ils sont seuls, montrant les objets épars sur la table.

Maintenant, fais-moi vite un paquet de ces choses ;
Dans ma chambre, à loisir, je compte les revoir !

FLAMBEAU, *entassant rapidement tous les petits objets dans le foulard.*

— J'en fais un baluchon, tenez, dans le mouchoir !
— Mais dites-moi ce que ce signal peut bien être ?

LE DUC

Flambeau, tu ne peux pas ne pas le reconnaître !
— Les entends-tu jouer, en bas, l'air autrichien ?

FLAMBEAU, *ramenant les bouts du foulard pour terminer le paquet.*

Ça ne vaut pas la *Marseillaise,* nom d'un chien !

LE DUC

La Marseillaise !... — Eh bien ! les bouts, tu les [attaches ?
Oui, mon père disait : « Cet air a des moustaches ! »

FLAMBEAU, *nouant et serrant.*

Il a des favoris, leur air national !

LE DUC, *passant dans le paquet une badine qu'il vient de prendre sur la table, et la mettant sur son épaule.*

Rentrer en France, à pied, ce ne serait pas mal,
Avec son baluchon, comme ça, sur l'épaule !

Il remonte vers sa chambre, d'un petit air crâne de conscrit, le paquet bleu se balançant derrière lui.

FLAMBEAU, *le suivant des yeux, brusquement attendri.*

Que vous êtes gentil et que vous êtes drôle !
C'est la première fois que je vous vois ainsi.

LE DUC, *qui va entrer dans sa chambre, se retourne.*

Un peu jeune ? un peu gai ? C'est vrai, Flambeau !
Et avec émotion.
Merci !

RIDEAU

TROISIÈME ACTE

LES AILES QUI S'OUVRENT

Le même décor.

La fenêtre est toujours ouverte sur le parc. Mais la coloration du parc a changé avec l'heure. Ce sont maintenant les somptueuses teintes de la fin du jour. La Gloriette est en or.

On a repoussé la table chargée de livres vers la droite pour laisser un grand espace libre. On a apporté non pas un trône, mais une vaste bergère, pour que le vieil Empereur y soit à la fois majestueux et paternel.

Au lever du rideau, les gens que doit recevoir l'Empereur ont été introduits. Ils attendent, debout, causant à voix basse. Chacun tient à la main un petit papier où sa demande est écrite. Bourgeois endimanchés, veuves de militaires en deuil. Paysans et paysannes venus de tous les coins de l'Empire : Bohémiens, Tyroliens, etc. Bariolage de costumes nationaux.

Des arcières, un peu pareils à des suisses d'église (habit rouge galonné, parements et ceinturon de velours noir, culotte blanche, hautes bottes, bicorne à demi recouvert d'une retombée de plumes de coq) sont immobiles aux portes de droite. Un garde-noble hongrois va et vient, faisant des effets de pelisse.

Il refoule tout le monde vers le fond, devant la fenêtre, et à gauche, contre les portes fermées de la chambre du Duc.

SCÈNE PREMIÈRE

UN GARDE-NOBLE, DES ARCIÈRES, DES PAYSANS, DES BOURGEOIS, DES FEMMES, DES ENFANTS, *etc.*, *puis* L'EMPEREUR FRANZ.

LE GARDE-NOBLE

Rangez-vous ! — Chut, le vieux ! — Toi, le petit, sois [sage !

Il montre la porte du second plan, à droite.

L'Empereur vient par là. — Laissez-lui le passage !
— Le géant montagnard, ne raclez pas vos pieds !

UN HOMME, *timidement.*

Il passe devant nous ?

LE GARDE-NOBLE

En prenant les papiers.

Tenez bien vos petits papiers en évidence !

Tous les petits papiers palpitent au bout des doigts.

Ne lui racontez pas d'histoires !

Tout le monde est rangé. Il va se placer près de la table, puis se rappelant une recommandation à faire :

Ah !... défense
De se mettre à genoux quand il entre !

UNE FEMME, *à part.*

Défends !
Ça n'empêchera pas...

La porte s'ouvre. L'Empereur paraît. Tout le monde se met à genoux.

L'EMPEREUR, *très simplement.*

Levez-vous, mes enfants[64].

Il descend. Les petits papiers palpitent de plus en plus. Il a sa longue tête triste des portraits. Mais un grand air de bonté. Il est vêtu, avec une bonhomie voulue, du costume bourgeois qu'il affectionne : redingote de drap gris s'ouvrant sur un gilet paille ; culotte de drap gris entrant dans des bottes. Il prend la supplique que lui tend une femme, la lit, et la passe au chambellan qui le suit, en disant :

La pension doublée.

LA FEMME, *se prosternant.*

Ah ! Sire !

L'EMPEREUR, *après avoir lu la supplique que lui tend un paysan.*

Hé ! hé ! la paire
De bœufs ! diable ! c'est cher !

Il passe le papier au chambellan en disant :

Accordé !

LE PAYSAN, *avec effusion.*

Notre père !

L'EMPEREUR, *passant au chambellan la supplique d'une paysanne, qu'il vient de lire.*

Accordé !

LA PAYSANNE, *le bénissant.*

Père Franz !

L'EMPEREUR,
s'arrêtant devant un pauvre homme qu'il reconnaît.

Encor toi ?... Ça va bien
A la maison ?

L'HOMME, *tournant son bonnet dans ses mains.*

Pas mal.

L'EMPEREUR,
après avoir passé la pétition au chambellan,
arrive devant une vieille villageoise.

Eh bien ? la vieille, eh bien ?

LA VIEILLE, *pendant que l'Empereur lit sa supplique.*

Oui, tu comprends, le vent a fait mourir les poules...

L'EMPEREUR, *passant la supplique.*

Allons, soit !

Il prend un autre papier que lui tend un Tyrolien et, après avoir lu.

Un chanteur ?

LE TYROLIEN

Je sais iouler.

L'EMPEREUR, *souriant.*

Tu ioules ?
Viens à Baden, demain, chanter chez nous.

LE CHAMBELLAN,
annotant la supplique
que lui passe l'Empereur.

Le nom ?

LE TYROLIEN, *vivement.*

Schnauser.

L'EMPEREUR, *arrêté devant un grand gaillard aux jambes nues.*

Un montagnard ?

LE MONTAGNARD

Là-bas, à l'horizon,
J'habite le mont bleu qui jusqu'au ciel s'élève :
Être cocher de fiacre, à Vienne, c'est mon rêve.

L'EMPEREUR, *haussant les épaules.*

Allons ! tu le seras !

Il passe la supplique au chambellan, et prend des mains d'un fermier cossu la suivante qu'il lit à mi-voix.

Un grand cultivateur
Voudrait que Franz lui fît restituer le cœur
De sa fille, que prit un verrier de Bohême...

Lui rendant son placet.

Tu marieras ta fille au Bohémien qu'elle aime.

LE FERMIER, *désappointé.*

Mais...

L'EMPEREUR

Je le doterai.

La figure du fermier s'éclaire.

LE CHAMBELLAN, *prenant note.*

Le nom ?

LE FERMIER, *vivement.*

Johannès Schmoll.

Se courbant devant l'Empereur.

Je te baise les mains !

L'EMPEREUR, *lisant le papier qu'il a pris des mains d'un jeune berger profondément incliné et enveloppé d'un grand manteau.*

Un pâtre du Tyrol,
Orphelin, sans appui, dépouillé de sa terre,
Chassé par des bergers ennemis de son père,
Voudrait revoir ses bois et son ciel... — Très touchant ! —
Et le champ paternel !... On lui rendra son champ.

Il passe la supplique au chambellan, qui l'annote.

LE CHAMBELLAN

Le nom de ce berger qui demande assistance ?

LE PÂTRE, *se redressant.*

C'est le duc de Reichstadt, et le champ, c'est la [France !

Il jette son manteau, et l'uniforme blanc apparaît. Mouvement. Silence effrayé.

L'EMPEREUR, *d'une voix brève.*

Sortez tous.

Les officiers font rapidement sortir tout le monde. Les portes se referment. Le grand-père et le petit-fils sont seuls.

SCÈNE II

L'EMPEREUR, LE DUC.

L'EMPEREUR, *d'une voix qui tremble de colère.*

Qu'est ceci ?

LE DUC, *immobile*
et tenant encore à la main
son petit chapeau de montagnard.

Donc, si je n'étais rien,
Sire, vous le voyez, qu'un pauvre Tyrolien,
N'ayant pour attirer vos yeux, chasseur ou pâtre,
Qu'une plume de coq à son feutre verdâtre,
Vous vous seriez penché sur mon cœur ébloui.

L'EMPEREUR

Mais, Franz !...

LE DUC

Ah ! je comprends que tous vos sujets, — oui,
Que tous les malheureux, — toujours, puissent se dire
Vos fils autant que nous ! Mais est-il juste, Sire,
Est-il juste que moi, quand je suis malheureux,
Je sois moins votre fils que le moindre d'entre eux ?

L'EMPEREUR, *avec humeur*

Mais pourquoi donc — il faut, Monsieur, que je vous
[gronde —
Là, quand je m'occupais de tout ce pauvre monde,
M'être venu parler, et non pas en secret ?

LE DUC

Pour vous prendre au moment où votre cœur s'ou-
[vrait.

L'EMPEREUR, *bourru,*
se jetant dans le fauteuil.

Mon cœur !... Mon cœur !... Sais-tu que ton audace
[est grande ?

LE DUC

Je sais que vous pouvez ce que je vous demande,
Que je suis malheureux, que je me sens à bout,
Et que vous êtes mon grand-père, voilà tout !

L'EMPEREUR, *s'agitant.*

Mais il y a l'Europe ! Il y a l'Angleterre !
Il y a Metternich !

LE DUC

Vous êtes mon grand-père.

L'EMPEREUR

Mais vous ne savez pas quelle difficulté !...

LE DUC

Je suis le petit-fils de Votre Majesté.

L'EMPEREUR

Mais...

LE DUC, *se rapprochant.*

Sire, vous avez, Sire, en qui seul j'espère,
Bien le droit d'être un peu grand-père ?

L'EMPEREUR, *plus faiblement.*

Mais...

LE DUC, *plus près.*

Grand-père,
Tu peux bien un moment ne pas être empereur ?

L'EMPEREUR

Ah !... vous avez été toujours un enjôleur !

LE DUC

Je ne vous aime pas, d'abord, lorsque vous êtes
Comme dans le portrait de la Salle des Fêtes,
Avec le grand manteau, la Toison d'or au cou !

Il se rapproche encore.

Mais comme ça, tenez, vous me plaisez beaucoup.
Avec le doux argent de tes cheveux, qui flotte,
Tes bons yeux, ton gilet, ta longue redingote,
Tu n'as l'air que d'un simple aïeul, en vérité,
— Par lequel on pourrait être gâté !

L'EMPEREUR, *bougonnant.*

Gâté !

LE DUC,
s'agenouillant aux pieds du vieil empereur.

Ne peux-tu te passer de voir Louis-Philippe
Sur les écus français faire toujours sa lippe ?

L'EMPEREUR, *ne voulant pas sourire.*

Chut !... chut !

LE DUC

Adores-tu ces gros Bourbons caducs ?

L'EMPEREUR,
lui caressant les cheveux, passivement.

Vous ne ressemblez pas aux autres archiducs !

LE DUC

Tu crois ?

L'EMPEREUR

D'où tenez-vous l'art des gamineries ?

LE DUC

Mais c'est d'avoir joué, petit, aux Tuileries.

L'EMPEREUR, *le menaçant du doigt.*

Ah ! vous y revenez ?

LE DUC

J'y voudrais revenir.

L'EMPEREUR,
fixant gravement l'enfant agenouillé.

En avez-vous gardé vraiment le souvenir ?

LE DUC

Vague...

L'EMPEREUR, *après une seconde d'hésitation.*

Et de votre père ?

LE DUC, *fermant les yeux.*

Il me souvient d'un homme
Qui me serrait, très fort, — sur une étoile. Et comme
Il serrait, je sentais, en pleurant de frayeur,
L'étoile en diamants qui m'entrait dans le cœur.
Il se lève et fièrement.
— Sire, elle y est restée.

L'EMPEREUR, *lui tendant la main.*

Est-ce que je t'en blâme ?

LE DUC, *avec chaleur.*

Oui, oui, laissez parler la bonté de votre âme !
Lorsque j'étais petit, vous m'aimiez, n'est-ce pas ?
Vous vouliez avec moi prendre tous vos repas.
Nous dînions tous les deux, tout seuls...

L'EMPEREUR, *rêvant.*

C'était un charme !

LE DUC

J'avais de longs cheveux. J'étais prince de Parme
Il s'assied sur le bras du fauteuil.
Quand on me punissait, toi, tu me pardonnais !

L'EMPEREUR, *souriant.*

Et te rappelles-tu ton horreur des poneys ?

LE DUC

Un jour qu'on m'en montrait un blanc comme la
Je trépignais de rage au milieu du manège. [neige,

L'EMPEREUR, *riant.*

Dame ! un poney pour toi, tu prenais ça très mal !

LE DUC

Furieux, je criais : « Je veux un grand cheval[65] ! »

L'EMPEREUR, *secouant la tête.*

Et c'est un grand cheval, encor, que tu demandes !

LE DUC

Et lorsque je battais mes bonnes allemandes !

L'EMPEREUR, *entraîné par ces souvenirs.*

Et lorsque, avec Colin, vous creusiez, sans façon,
Des grands trous dans mon parc !...

LE DUC

On faisait Robinson.

L'EMPEREUR, *grossissant sa voix.*

C'était vous, Robinson !

LE DUC

J'entrais dans ces cachettes,
Et j'avais un fusil, deux arcs et trois hachettes !

L'EMPEREUR, *s'animant de plus en plus.*

Puis, tu montais la garde à ma porte !

LE DUC

En hussard !

L'EMPEREUR

Et les dames, chez moi, n'entraient plus qu'en retard,
Et trouvaient cette excuse, en entrant, naturelle :
« Pardon, Sire, mais j'embrassais la sentinelle ! »

LE DUC

Tu m'aimais bien.

L'EMPEREUR, *l'entourant de ses bras.*

Je t'aime encor !

LE DUC, *se laissant glisser*
sur les genoux de son grand-père.

Prouve-le-moi !

L'EMPEREUR, *tout à fait attendri.*

Mon petit-fils, mon Franz !

LE DUC

Est-il vrai que le roi,
Si moi je paraissais, n'aurait qu'à disparaître ?

L'EMPEREUR

Mais...

LE DUC

Dis la vérité !

L'EMPEREUR

Je...

LE DUC, *lui mettant un doigt sur les lèvres.*

Ne mens pas !

L'EMPEREUR

Peut-être !

LE DUC, *l'embrassant avec un cri de joie.*

Ah ! je t'aime !

L'EMPEREUR, *conquis et oubliant tout.*

Eh bien ! oui, sur le pont de Strasbourg,
Si, toi, tu paraissais, tout seul, sans un tambour,
C'en serait fait du roi [66] !

LE DUC, *l'embrassant encore plus fort.*

Je t'adore, grand-père !

L'EMPEREUR

Mais tu m'étouffes !

LE DUC

Non !

L'EMPEREUR, *riant et se débattant.*

J'aurais bien dû me taire !

LE DUC, *très sérieusement.*

D'ailleurs le vent de Vienne est mauvais pour ma
On m'ordonne Paris. [toux,

L'EMPEREUR

Vraiment?

LE DUC

L'air est plus doux.
Et s'il faut qu'à Paris pour moi la saison s'ouvre,
Je ne peux pourtant pas descendre ailleurs qu'au
[Louvre.

L'EMPEREUR

Ah! bah!

LE DUC

Si tu voulais!

L'EMPEREUR, *très tenté.*

Certes, on nous proposa
Souvent de vous laisser enfuir!

LE DUC, *vivement.*

Oh! fais donc ça!

L'EMPEREUR

Mon Dieu! je voudrais bien...

LE DUC

Tu peux!

L'EMPEREUR

Ce qui m'arrête...

LE DUC

N'ayez pas de pensers de derrière la tête.
Ayez des sentiments, là, de devant le cœur.
Ce serait si joli qu'un jour un empereur
Pour gâter son enfant bouleversât l'histoire !
Et puis c'est quelque chose, et c'est un peu de gloire,
De pouvoir quelquefois, — sans avoir l'air, tu sais, —
Dire : « Mon petit-fils, l'empereur des Français ! »

L'EMPEREUR, *de plus en plus charmé.*

Certes !

LE DUC, *impétueusement.*

Tu le diras ! Dis que tu vas le dire !

L'EMPEREUR, *après une dernière hésitation.*

Eh bien ! mais...

LE DUC, *suppliant.*

Sire !

L'EMPEREUR,
ne résistant plus et lui ouvrant les bras.

Oui, sire !

LE DUC, *avec un cri de joie.*

Ah ! sire !

L'EMPEREUR

Sire !

LE DUC

Sire !

Ils sont dans les bras l'un de l'autre, pleurant et riant à la fois. La porte s'ouvre. Metternich paraît. Il est en grand costume : habit vert chamarré d'or, culotte courte et bas blancs ; la Toison d'or jaillit de sa cravate. Il reste immobile une seconde, contemplant d'un œil de ministre ce tableau de famille.

L'EMPEREUR *l'aperçoit, et vivement, au Duc.*

Metternich !

Le grand-père et le petit-fils se séparent, comme pris en faute.

SCÈNE III

L'EMPEREUR, LE DUC, METTERNICH.

L'EMPEREUR, *peu rassuré, au Duc.*

Ne crains rien.

Il se lève, et posant sa main sur la tête du prince qui est resté à genoux, il dit à Metternich d'une voix qu'il essaye de rendre ferme :

Je veux...

LE DUC, *à part.*

Tout est perdu !

L'EMPEREUR,
avec beaucoup de force et de majesté.

Je veux que cet enfant règne.

METTERNICH, *s'inclinant profondément.*

C'est entendu.

Se tournant vers le Duc.

Avec vos partisans, Prince, je vais me mettre
En rapport.

LE DUC, *étonné.*

Je craignais...

L'EMPEREUR, *un peu étonné aussi, mais se redressant fièrement.*

Quoi donc ?... C'est moi le maître !

LE DUC, *gaiement, prenant le bras de son grand-père.*

Qui vas-tu m'envoyer, dis, comme ambassadeur ?

METTERNICH, *descendant.*

Entendu !...

L'EMPEREUR, *au Duc, lui donnant une tape sur la joue.*

Tu viendras me voir en empereur ?

LE DUC, *avec importance.*

Oui, peut-être, — quand mes Chambres seront sor-
[ties !

METTERNICH, *immobile, près de la table, à droite.*

Nous ne demanderons que quelques garanties.

LE DUC, *le regardant.*

Tout ce que vous voudrez !

L'EMPEREUR, *qui s'est rassis.*

Es-tu content ?

Le Duc lui baise la main.

METTERNICH, *négligemment.*

D'abord,
Sur des points de détail nous nous mettrons d'accord.

Je crois que vous aurez des groupes à dissoudre...
Nous craignons les voisins qui cultivent la foudre.

LE DUC, *qui écoute à peine, à l'Empereur.*

Cher grand-père !

METTERNICH

Ah ! et puis... dame ! on nous ennuyait
Un peu beaucoup avec les héros de Juillet !

LE DUC, *dressant l'oreille.*

Mais...

METTERNICH, *continuant froidement.*

Le libéralisme et le bonapartisme
Se tenant, il faudra couper le petit isthme ;
Craindre l'esprit nouveau, dangereux et brillant ;
Expulser Lamennais...

LE DUC,
s'éloignant d'un pas de son grand-père.

Mais...

METTERNICH, *impassible.*

Et Chateaubriand [67].
Ah ! et puis... se résoudre à museler la presse.

LE DUC

Oh ! ça ne presse pas...

L'EMPEREUR

Mais si, mais si, ça presse !

LE DUC, *reculant encore d'un pas.*

J'en demande pardon à Votre Majesté,
Mais c'est blesser la Liberté.

L'EMPEREUR, *choqué.*

La Liberté...

METTERNICH

Ah ! et puis... nous laisser opérer à Bologne.
Ah ! et puis... se calmer un peu sur la Pologne [68].

LE DUC, *le regardant.*

Ah !... et puis ?

METTERNICH

Eh bien ! mais, nous solutionnons
La question des noms... vous savez bien, les noms
Des batailles,

S'inclinant d'un air de condoléance vers l'Empereur.

— ... mon Dieu, Sire, que vous perdîtes ! —
Il faudra les ôter aux maréchaux.

LE DUC, *avec hauteur.*

Vous dites ?

L'EMPEREUR, *conciliant.*

Oh ! peut-être...

METTERNICH, *sèchement.*

Pardon, mais ces gens-là sont fous
De se croire seigneurs de lieux qui sont à vous,
Et vous n'approuvez pas cette façon, je pense,
D'emporter, dans leurs noms, nos villages en France !

LE DUC

Ah ! grand-père ! grand-père !

Il est maintenant tout à fait loin de l'Empereur.

L'EMPEREUR, *baissant la tête.*

Il est bien évident...

LE DUC, *douloureusement.*

Nous étions dans les bras l'un de l'autre, pourtant!
Et se tournant vers Metternich.
Avez-vous quelque chose à demander encore?

METTERNICH, *tranquillement.*

Oui. La suppression du drapeau tricolore.

Un silence. Le Duc fait lentement quelques pas et s'arrête devant Metternich.

LE DUC

Votre Excellence veut que, lavant ce drapeau
Plein de sang dans le bas et de ciel dans le haut,
— Puisque le bas trempa dans une horreur féconde
Et que le haut baigna dans les espoirs du monde, —
Votre Excellence veut, n'est-ce pas? qu'effaçant
Cette tache de ciel, cette tache de sang,
Et n'ayant plus aux mains qu'un linge sans mémoire,
J'offre à la Liberté ce linceul dérisoire?

L'EMPEREUR, *avec colère.*

Encor la Liberté!

LE DUC

J'y suis apparenté
Du côté paternel, sire, à la Liberté!

METTERNICH, *ricanant.*

Oui, le duc pour grand-père a le Dix-Huit Brumaire!

LE DUC

La Révolution Française pour grand-mère!

L'EMPEREUR, *debout.*

Malheureux !

METTERNICH, *triomphant.*

L'empereur républicain !... Voilà
L'utopie ! Attaquer la *Marseillaise* en *la*
Sur les cuivres, pendant que la flûte soupire
En *mi bémol* : *Veillons au salut de l'Empire !*

LE DUC

On peut très bien jouer ces deux airs à la fois,
Et cela fait un air qui fait sauver les rois !

L'EMPEREUR, *hors de lui.*

Comment là, devant moi, vous osez dire ?... Il ose !

LE DUC

Ah ! je sais maintenant ce que l'on me propose !

L'EMPEREUR

Mais qu'a-t-il aujourd'hui ? d'où lui vient cet accès ?

LE DUC

... C'est d'être un archiduc sur le trône français.

L'EMPEREUR,
levant au ciel des mains tremblantes.

Qu'a-t-il lu ? qu'a-t-il vu ?... Cet oubli des principes !...

LE DUC

J'ai vu des coquetiers, des mouchoirs et des pipes !

L'EMPEREUR

Il est fou ! Les propos que le duc tient sont fous !

LE DUC

Fou d'avoir pu penser à revenir par vous !

METTERNICH

Mais ce retour, c'est Votre Altesse qui l'empêche !

LE DUC

Certe, au lieu des fourgons vous m'offrez la calèche !

L'EMPEREUR

Non ! nous n'offrons plus rien !

LE DUC, *les bras croisés.*

La cage ?

L'EMPEREUR

C'est selon.

LE DUC

Vous n'empêcherez pas que je ne sois l'Aiglon !

L'EMPEREUR

Mais l'aigle des Habsbourgs a des aiglons sans
Et vous en êtes un, voilà tout ! [nombre,

LE DUC

Aigle sombre,
Triste oiseau bicéphale, au cruel œil d'ennui,
Aigle de la maison d'Autriche, aigle de nuit,
Un grand aigle de jour a passé dans ton aire,
Et tout ébouriffé de peur et de colère,
Tu vois, vieil aigle noir, n'osant y croire encor,
Sur un de tes aiglons pousser des plumes d'or !

L'EMPEREUR

Moi qui m'attendrissais, je regrette mes larmes !
Il regarde autour de lui.
On va vous enlever ces livres et ces armes !
Appelant.
Dietrichstein ?

METTERNICH

Il n'est pas au palais.

Le jour diminue. Le parc devient violet. Derrière la Gloriette, le ciel est rouge.

L'EMPEREUR

Ah ! je veux
Supprimer tout ce qui — pauvre enfant trop ner-
[veux ! —
Vous rappellerait trop de quel père vous êtes.

LE DUC, *montrant le parc.*

Eh bien ! arrachez donc toutes les violettes
Et chassez toutes les abeilles de ce parc !

L'EMPEREUR, *à Metternich.*

Changez tous les valets !

METTERNICH

Je renvoie Otto, Mark,
Hermann, Albrecht, Gottlieb !

LE DUC, *lui montrant,*
par la fenêtre ouverte, l'étoile du soir
qui vient de s'allumer.

Fermez la persienne :
Cette étoile pourrait me parler de la sienne !

L'EMPEREUR

Je veux, pour Dietrichstein, tout de suite, signer
Un nouveau règlement.

A Metternich.

Écrivez !

METTERNICH, *s'asseyant à la table et cherchant des yeux de quoi écrire.*

L'encrier ?

LE DUC

Sur la table, le mien ; je permets qu'on s'en serve.

METTERNICH

Où donc ?... Je ne vois pas...

LE DUC

La tête de Minerve.
En bronze et marbre vert.

METTERNICH, *regardant partout.*

Je ne vois rien.

LE DUC, *désignant la console de droite, sur laquelle il n'y a rien.*

Alors,
Prenez l'autre, là-bas, dont s'allument les ors,
Dans le grand nécessaire...

METTERNICH, *effaré, passant la main sur le marbre de la console.*

Où ?

L'EMPEREUR, *regardant le duc avec inquiétude.*

Quels encriers ?

LE DUC, *immobile, les yeux fixes.*

Sire,
Ceux que mon père m'a laissés !

L'EMPEREUR, *tressaillant.*

Que veux-tu dire ?

LE DUC

Oui... par son testament !

Il désigne encore un coin de la console sur lequel il n'y a rien.

Et là, les pistolets,
Les quatre pistolets de Versailles, — ôtez-les !

L'EMPEREUR, *frappant sur la table.*

Ah ! çà !

LE DUC

Ne frappez pas la table avec colère :
Vous avez fait tomber le glaive consulaire [69] !

L'EMPEREUR, *avec effroi regardant autour de lui.*

Je ne vois pas tous ces objets...

LE DUC

Ils sont présents !
— « Pour remettre à mon fils lorsqu'il aura seize [ans [70] ! »
On ne m'a rien remis !... Mais malgré l'ordre infâme
Qui les retient au loin, je les ai : j'ai leur âme...
L'âme de chaque croix et de chaque bijou !
Et tout est là : j'ai les trois boîtes d'acajou,
J'ai tous les éperons, toutes les tabatières,
Les boucles des souliers, celles des jarretières ;
J'ai tout, l'épée en fer et l'épée en vermeil,
Et celle dans laquelle un immortel soleil

A laissé tous ses feux emprisonnés, de sorte
Qu'on craint, en la tirant, que le soleil ne sorte !
J'ai là les ceinturons, je les ai tous les six !...

Et sa main indique, à droite, à gauche, dans la pièce, à des places vides, les invisibles objets.

L'EMPEREUR, *épouvanté.*

Taisez-vous ! taisez-vous !

LE DUC

« Pour remettre à mon fils
Lorsqu'il aura seize ans ! » — Père, il faut que tu
[dormes
Tranquille, car j'ai tout, — même tes uniformes !
Oui, j'ai l'air de porter un uniforme blanc.
Eh bien ! ce n'est pas vrai, c'est faux : je fais sem-
[blant !

Il frappe sur sa poitrine, sur ses épaules, sur ses bras.

Tu vois bien que c'est bleu, que c'est rouge, —
[regarde !
Colonel ?... Allons donc !... lieutenant dans ta Garde !
Je bois aux trois flacons que portaient vos chasseurs !
Père qui m'as donné les Victoires pour sœurs,
Vous n'aurez pas en vain désiré que je l'eusse,
Le réveille-matin de Frédéric de Prusse
Qu'à Potsdam vous avez superbement volé !
Il est là ! Son tic-tac, c'est ma fièvre ! je l'ai !
Et c'est, chaque matin, c'est lui qui me réveille,
Et m'envoie, épuisé du travail de la veille,
Travailler à ma table étroite, travailler,
Pour être chaque soir plus digne de régner !

L'EMPEREUR, *suffoquant.*

De régner !... de régner !... N'ayez plus l'espérance
Qu'un fils de parvenu puisse régner en France

Après nous avoir pris dans notre sang de quoi
Avoir un peu plus l'air que son père d'un roi!

LE DUC, *blême.*

Mais à Dresde, pardon, vous savez bien, j'espère
Que vous aviez tous l'air des laquais de mon père!

L'EMPEREUR, *indigné.*

De ce soldat?

LE DUC

Pour peu qu'il la leur demandât,
Les empereurs donnaient leur fille à ce soldat!

L'EMPEREUR, *avec les gestes de quelqu'un qui chasse un cauchemar.*

C'est possible! — Je ne sais plus! — Ma fille est [veuve!

LE DUC, *se dressant devant lui, d'une voix terrible.*

Quel malheur que je sois encor là, moi, la preuve!

Ils sont face à face, se regardant avec des yeux ennemis.

L'EMPEREUR, *reculant tout d'un coup, avec un cri de regret.*

Oh! Franz! nous nous aimions pourtant, te souviens-[tu?

LE DUC, *sauvagement.*

Non! non! Si je suis là, c'est qu'on vous a battu!
Vous ne pouvez avoir pour moi que de la haine
Puisque je suis Wagram vivant qui se promène!

Et il marche à travers la pièce, comme un fou.

L'EMPEREUR

Allez-vous-en ! Sortez !

Le Duc se précipite sur la porte de sa chambre, la pousse, disparaît.

SCÈNE IV

L'EMPEREUR, METTERNICH.

L'EMPEREUR, *retombant assis.*

Cet enfant que j'aimais !

METTERNICH, *froidement.*

Eh bien ! montera-t-il sur le trône ?

L'EMPEREUR

Jamais.

METTERNICH

Comprenez-vous ce que sans moi vous alliez faire ?

L'EMPEREUR

L'avez-vous entendu répondre à son grand-père ?

METTERNICH

Il faudrait le dompter !

L'EMPEREUR

Dans son propre intérêt !

METTERNICH

Votre repos... la paix du monde...

L'EMPEREUR

Il le faudrait !

METTERNICH

Moi, je viendrai ce soir lui parler.

L'EMPEREUR, *d'une voix brisée de vieillard.*

Quelle peine
Il me cause !

METTERNICH, *lui offrant son bras pour l'aider à se lever.*

Venez...

L'EMPEREUR, *qui maintenant marche courbé, appuyé sur sa canne.*

Oui... ce soir...

METTERNICH

Cette scène
Ne peut se reproduire !

L'EMPEREUR

Elle m'a fait du mal !
— Oh ! cet enfant !...

METTERNICH, *l'emmenant.*

Venez...

Ils sortent. On entend encore la voix de

L'EMPEREUR, *qui répète, plaintive et machinale.*

Cet enfant !...

Puis plus rien. La nuit est venue tout à fait. Le parc est profondément bleu. Le clair de lune s'est arrêté sur le balcon.

SCÈNE V

LE DUC, *seul.*

Il entr'ouvre tout doucement la porte de sa chambre. Il regarde si l'Empereur et Metternich sont partis. Il cache quelque chose derrière son dos. Il écoute un instant : le palais est silencieux ; par la fenêtre ouverte, il ne monte du parc qu'une fanfare affaiblie de retraite autrichienne, qui s'éloigne dans les arbres. Le Duc découvre l'objet qu'il tient : c'est un des petits chapeaux de son père. Il descend, le portant religieusement, et, sur le coin de la table que couvre une grande carte d'Europe à demi déroulée, il le pose d'un geste décidé, en disant à mi-voix :

Le signal !

Les appels de trompettes achèvent de mourir au loin. Le Duc rentre dans sa chambre. Derrière lui, le clair de lune envahit la pièce, installe son mystère, glisse jusqu'à la table que soudain, il éclaire vivement. Alors, sur la blancheur éblouissante de la carte, le petit chapeau devient excessivement noir.

SCÈNE VI

FLAMBEAU, *puis un domestique et* SEDLINSKY.

FLAMBEAU, *entrant à droite.*

Voici l'heure.

Il descend en regardant autour de lui.

Signal ! y es-tu ?... Hum !... Peut-être ?...

Il répète solennellement, imitant les intonations du Duc.

« Flambeau, tu ne peux pas ne pas le reconnaître ! »
Il cherche.
Est-ce en haut ? est-ce en bas ? — Est-ce noir ? est-ce
— Est-ce grand ?... ou petit ?... [blanc ?
En cherchant, il arrive devant la table, aperçoit le chapeau, sursaute.
Ah ! le...
Et avec un sourire de ravissement, faisant le salut militaire.
Petit et grand !
Il remonte vers la fenêtre.
Mais la Comtesse, au fait, du fond du parc, me
Si le signal est là, je dois lui faire signe. [guigne :
Il a déjà tiré son mouchoir de sa poche pour l'agiter, mais il le rentre vivement.
Oh ! non ! un drapeau blanc la fait se trouver mal !

UN DOMESTIQUE, *traversant la pièce, une petite lampe à la main, et se dirigeant vers l'appartement du Duc.*

La lampe de travail du Duc...

FLAMBEAU, *bondissant et la lui prenant des mains.*

Mais, animal,
Elle file ! Il lui faut un peu de brise fraîche !
Il sort sur le balcon.
On lève en l'air trois fois... On arrange la mèche...
Il tourne soigneusement la petite clef, et rend la lampe au domestique.
Et ça va !... Comprends-tu ?

LE DOMESTIQUE, *s'éloignant en haussant les épaules.*

Ce n'est pas malin !

FLAMBEAU

Si.

Le domestique entre chez le Duc, Flambeau redescend en se frottant les mains, et, s'arrêtant devant le petit chapeau, lui dit avec une respectueuse familiarité :

Tout sera prêt demain !

SEDLINSKY, *entrant par la porte du fond, à droite.*

Le duc ?

FLAMBEAU, *lui montrant la chambre de gauche.*

Là.

SEDLINSKY

Veille ici.

Poste de confiance.

FLAMBEAU

Oui, oui.

SEDLINSKY

Montre-t'en digne.

Il le regarde.

C'est toi le Piémontais ?

Flambeau fait signe que oui.

Tu connais la consigne ?

FLAMBEAU

Être là, chaque nuit. — J'y suis.

SEDLINSKY

Et que fais-tu ?

FLAMBEAU

Dès que dans le château de Schœnbrünn tout s'est tu,

Il montre les portes de droite.

Je donne un double tour de clef à ces deux portes.
Je retire les clefs.

SEDLINSKY

Bon. — Ces clefs, tu les portes
Toujours sur toi ?

FLAMBEAU

Toujours.

SEDLINSKY

Et tu ne dors ?...

FLAMBEAU

Jamais.

SEDLINSKY

Et tu montes la garde ?...

FLAMBEAU, *montrant le seuil de la chambre du prince.*

A cette place.

Le domestique est ressorti de chez le Duc et s'en est allé par la droite.

SEDLINSKY

Mais
C'est l'heure. Ferme.

FLAMBEAU, *allant fermer à clef la porte du premier plan.*

On ferme !

SEDLINSKY

Ôte les clefs.

FLAMBEAU, *retirant la clef et la mettant dans sa poche.*

On ôte !

SEDLINSKY, *sortant par la porte du second plan pour laisser Flambeau s'enfermer.*

Nul, hormis l'Empereur, n'a ces clefs ! — Pas de [faute !
Veille !

FLAMBEAU, *refermant la porte sur lui, à double tour, avec un sourire.*

Comme toujours !

SCÈNE VII

FLAMBEAU, *seul.*

Il retire la clef de la seconde porte comme de la première, l'empoche ; puis, vivement et silencieusement, aux deux portes, rabat d'un coup de pouce la petite pièce de cuivre qui couvre l'entrée de la clef, en disant tout bas :

Et baissons pour la nuit
Les paupières des trous de serrure, — sans bruit !

Sûr de ne pas être guetté par là, il prête l'oreille une seconde, et se met à déboutonner son habit de livrée.

LA VOIX DE SEDLINSKY, *à travers la porte.*

Bonsoir, le Piémontais !

FLAMBEAU,
tressaille et recroise d'un mouvement instinctif sa livrée qui commençait à s'ouvrir. Mais un coup d'œil vers les portes bien closes le rassure, et, haussant les épaules, il répond flegmatiquement, en retirant sa livrée qu'il plie et pose par terre, dans un coin :

Bonsoir, Monsieur le comte !

Il apparaît, déjà moins gros, dans son gilet de livrée, en panne galonnée, à manches. Et il se met en devoir de déboutonner ce gilet.

LA VOIX DE SEDLINSKY

Et maintenant, monte la garde !

FLAMBEAU, *superbement, en retirant d'un coup le gilet qui le grossissait encore.*

Je la monte !

Il apparaît, maigre et nerveux, sanglé dans son vieux frac bleu de grenadier : les basques relevées par-derrière sous le gilet, retombent ; la silhouette se trouve complétée par la blancheur de la culotte et des bas de livrée.

LA VOIX DE SEDLINSKY, *s'éloignant.*

Allons ! C'est bien ! bonsoir !

FLAMBEAU,
avec un petit salut ironique de la main vers la porte fermée.

Bonsoir !

Il grandit d'une coudée, défripe en deux tapes son uniforme, étire ses bras chevronnés, remonte les épaulettes aplaties ; passe dans ses cheveux coiffés et poudrés le gros peigne de ses doigts écartés pour les relever en héroïque broussaille ; marche vers la console de gauche, saisit parmi les souvenirs qui l'encombrent le sabre-briquet qu'il passe, le bonnet à poil qu'il coiffe, le fusil qu'il fait sauter dans sa main ; s'arrête une seconde devant la haute psyché pour rabattre ses moustaches à la grenadière, gagne en deux enjambées la porte du prince, tombe au port d'armes...

Et c'est ainsi
Que soudain redressé, délarbiné, minci,
Enfermé jusqu'à l'aube, impossible à surprendre,
Fronçant sous son bonnet son gros sourcil de cendre,
Se tenant dans son vieil uniforme bien droit,
L'arme au bras et la main contre le téton droit,
Dans la position fixe et réglementaire,
Gardant le fils ainsi qu'il a gardé le père ;
C'est ainsi que debout, chaque nuit, sur ton seuil,
Se donnant à lui-même un mot d'ordre d'orgueil,
Fier de faire une chose énorme et goguenarde,
Un grenadier français monte, à Schœnbrünn, la [garde !

Il se met à se promener de long en large, dans le clair de lune, comme un factionnaire.

C'est la dernière fois.

Avec un coup d'œil sur la chambre du prince.

Tu ne l'auras pas su.
C'est pour moi seul. C'est du vrai luxe, — inaperçu !

Il s'arrête, l'œil jubilant.

S'offrir un pareil coup pour n'éblouir personne,
Mais pour se dire, à soi tout seul : « Elle est bien [bonne ! »

Il reprend sa promenade.

A leur barbe ! — à Schœnbrünn !... Je me trouve [insensé !
Je suis content ! Je suis ravi !

On entend un bruit de clef dans une serrure, à droite.

Je suis pincé !

SCÈNE VIII

FLAMBEAU, METTERNICH.

FLAMBEAU,
bondissant hors du clair de lune et se réfugiant dans l'angle sombre au fond, à gauche.

Qui donc s'est procuré la clef?

La porte s'ouvre.

METTERNICH *entre.*
Il a pris en traversant un des salons un lourd candélabre d'argent tout allumé dont il s'éclaire.
Il referme la porte en disant d'un ton résolu.

Non, cette scène
Ne se reproduira jamais!

FLAMBEAU, *le reconnaissant avec stupeur.*

Népomucène!

METTERNICH,
allant vers la table et bas, d'un air préoccupé.

Oui... ce soir... lui parler... sans témoin importun...

Il pose le candélabre sur la table, et, en le posant, voit le petit chapeau.

Tiens! je ne savais pas que le duc en eût un.

Souriant.

Ah! c'est l'archiduchesse encor qui dut lui faire
Passer ce souvenir...

S'adressant au chapeau.

Te voilà, — Légendaire!
Il y avait longtemps que...

Avec un petit salut protecteur.

Bonjour !

Ironiquement, comme si le chapeau s'était permis de réclamer.

Tu dis ?... Hein ?...

Il lui fait signe qu'il est trop tard.

Non ! Douze ans de splendeur me contemplent en vain
Du haut de ta petite et sombre pyramide :
Je n'ai plus peur.

Il le touche du doigt et riant avec impertinence :

Voici le bout de cuir solide
Par lequel on pouvait, sans trop te déformer,
T'enlever, tout le temps, pour se faire acclamer !
Toi, dont il s'éventait après chaque conquête,
Toi, qui ne pouvais pas, de cette main distraite,
Tomber sans qu'aussitôt un roi te ramassât,
Tu n'es plus aujourd'hui qu'un décrochez-moi ça,
Et si je te jetais, ce soir, par la croisée,
Où donc finirais-tu, vieux bicorne ?

FLAMBEAU, *dans l'ombre, à part.*

Au musée.

METTERNICH, *tournant le chapeau dans ses mains.*

Le voilà, ce fameux petit !... Comme il est laid !
On l'appelle petit : d'abord, est-ce qu'il l'est ?

Haussant les épaules et de plus en plus rancunier.

Non. Il est grand. Très grand. Énorme. C'est en [somme
Celui, pour se grandir, que porte un petit homme !
Car c'est d'un chapelier que la légende part :
Le vrai Napoléon, en somme...

Retournant le chapeau et l'approchant de la lumière pour lire, au fond, le nom du chapelier :

C'est Poupart !

Et tout d'un coup, quittant ce ton de persiflage :

— Ah ! ne crois pas pour toi que ma haine s'en-
Je t'ai haï, d'abord, à cause de ta forme, [dorme !
Chauve-souris des champs de bataille ! chapeau
Qui semblais fait avec deux ailes de corbeau !
A cause des façons implacables et nettes
Dont tu te découpais sur nos ciels de défaites
Demi-disque semblant sur le coteau vermeil
L'orbe à demi monté de quelque obscur soleil !
A cause de ta coiffe où le diable s'embusque,
Chapeau d'escamoteur qui, posé noir et brusque
Sur un trône, une armée, un peuple entier debout,
Te relevais, ayant escamoté le tout !
A cause de ta morgue insupportable ; à cause
De ta simplicité qui n'était qu'une pose,
De ta joie, au milieu des diadèmes d'or,
A n'être insolemment qu'un morceau de castor ;
A cause de la main rageuse et volontaire
Qui t'arrachait parfois pour te lancer à terre ;
De tous mes cauchemars que dix ans tu peuplas !
Des saluts que moi-même ai dû te faire, plats ;
Et, quand pour le flatter je cherchais l'épithète,
Des façons dont parfois tu restas sur sa tête !

Et tous ces souvenirs lui remontant, il continue, dans une explosion de haine clairvoyante :

Vainqueur, neuf, acclamé, puissant, je t'ai haï,
Et je te hais encor vaincu, vieux et trahi !
Je te hais pour cette ombre altière et péremptoire
Que tu feras toujours sur le mur de l'histoire !
Et je te hais pour ta cocarde arrondissant
Son gros œil jacobin tout injecté de sang ;
Pour toutes les rumeurs qui de ta conque sortent,
Grand coquillage noir que les vagues rapportent,
Et dans lequel l'oreille écoute, et s'approchant

Le bruit de mer que fait un grand peuple en mar-
[chant!
Pour cet orgueil français que tu rendis sans bornes,
Bicorne qui leur sert à nous faire les cornes!

Il a rejeté le chapeau sur la table, et penché maintenant sur lui :

Et je te hais pour Béranger et pour Raffet,
Pour les chansons qu'on chante et les dessins qu'on
[fait,
Et pour tous les rayons qu'on t'a cousus, dans l'île!
Je te hais! je te hais! et ne serai tranquille
Que lorsque ton triangle inélégant de drap,
Râpé de sa légende enfin, redeviendra
Ce qu'en France il n'aurait jamais dû cesser d'être :
Un chapeau de gendarme ou de garde champêtre!
Je te...

Il s'arrête, saisi par le silence, l'heure, le lieu. Et avec un sourire un peu troublé.

Mais tout d'un coup... C'est drôle... Le présent
Imite le passé, parfois, en s'amusant...

Passant la main sur son front.

De te voir là, comme une chose familière,
Cela m'a reporté de vingt ans en arrière;
Car c'était là, toujours, qu'il te posait ainsi
Lorsqu'il y a vingt ans il habitait ici!

Il regarde autour de lui avec un frisson.

C'était dans ce salon qu'on faisait antichambre;
C'était là qu'attendant qu'il sortît de sa chambre,
Princes, ducs, magyars, entassés dans un coin,
Fixaient sur toi des yeux humiliés, de loin,
Pareils à des lions respectant avec rage
Le chapeau du dompteur oublié dans la cage!

Il s'éloigne un peu, malgré lui, en fixant ce petit chapeau dont le mystère noir devient dramatique.

Il te posait ainsi!... C'était comme aujourd'hui...

Des armes... des papiers... On croirait que c'est lui
Qui vient de te jeter, en passant, sur la carte ;
Qu'il est encore ici chez lui, ce Bonaparte !
Et qu'en me retournant je vais, — sur le seuil, — là,
Revoir le grenadier montant la garde.

Il s'est retourné d'un mouvement naturel, et pousse un cri en voyant, debout devant la porte du Duc, Flambeau qui, d'un pas, est rentré dans le clair de lune.

Ha !

Un silence. Flambeau, immobile, monte la garde. Ses moustaches et ses buffleteries sont de neige. Les petits boutons à l'aigle étincellent sur sa poitrine. Metternich recule, se frotte les yeux.

Non. — Non. — Non. — C'est un peu de fièvre qui [dessine !...
Mon tête-à-tête avec ce chapeau m'hallucine !...

Il regarde, se rapproche. Flambeau est toujours immobile, dans la pose classique du grenadier au repos, les mains croisées sur le coude de la baïonnette qui jette un éclair bleu.

La lune construit-elle un spectre de rayons ?
Qu'est-ce que c'est que ça ?... Voyons ! voyons ! [voyons !

Il marche sur Flambeau, et d'une voix brève :

Oui... quel est le mauvais plaisant ?

FLAMBEAU, *croisant la baïonnette.*

Qui va là ?

METTERNICH, *faisant un pas en arrière.*

Diable !

FLAMBEAU, *froidement.*

Passez au large !

METTERNICH, *avec un rire un peu forcé, voulant approcher.*

Oui... oui... la farce est impayable...
Mais...

FLAMBEAU, *croisant la baïonnette.*

Qui va là ?

METTERNICH, *reculant.*

Très drôle !

FLAMBEAU

Un pas, vous êtes mort !

METTERNICH

Mais...

FLAMBEAU

Plus bas !

METTERNICH

Permettez !

FLAMBEAU

Plus bas ! — L'Empereur dort.

METTERNICH

Comment ?

FLAMBEAU, *mystérieusement.*

Chut !

METTERNICH, *furieux.*

Mais je suis le chancelier d'Autriche !
Mais je suis tout ! Mais je peux tout !

FLAMBEAU

Mais je m'en fiche !

METTERNICH, *exaspéré.*

Mais je veux voir le duc de Reichstadt, et...

FLAMBEAU

Ah ! ouat !

METTERNICH,
n'en pouvant croire ses oreilles.

Comment : ah ! ouat ?

FLAMBEAU

Reichstadt ? Connaissons pas, Reichstadt !
D'Auerstaedt ! d'Elchingen ! c'est des ducs, c'est [notoire ;
Reichstadt, c'est pas un duc : c'est pas une victoire !

METTERNICH

Mais on est à Schœnbrünn, voyons !

FLAMBEAU

Si l'on y est ?
Grâce au nouveau succès, on y a son billet !
Et l'on s'y reprépare, avec des ratatouilles,
A ré-administrer au monde des tatouilles !

METTERNICH

Qui ? Comment ? Que dit-il ? Un nouveau succès ?

FLAMBEAU

Bœuf !

METTERNICH

Mais nous sommes le dix juillet mil huit cent...

FLAMBEAU

Neuf!

METTERNICH

Je ne deviens pas fou !

FLAMBEAU,
tout d'un coup descendant vers lui.

D'où sortez-vous ?... C'est louche !
Sévère.
Pourquoi n'êtes-vous pas encor dans votre couche ?

METTERNICH, *se redressant.*

Moi ?

FLAMBEAU, *le toisant.*

Qui donc a laissé passer cet Artaban ?
Le Mameluck [71] ? Il a pris ça sous son turban ?

METTERNICH

Le Mameluck ?

FLAMBEAU, *scandalisé.*

Alors, tout se démantibule ?

METTERNICH

Mais...

FLAMBEAU, *n'en revenant pas.*

Vous entrez, la nuit, dans le grand vestibule ?

METTERNICH

Mais je...

FLAMBEAU, *de plus en plus stupéfait.*

Vous franchissez le salon de Rosa [72]
Sans voir le voltigeur que l'on y préposa ?

METTERNICH

Le volt... ?

FLAMBEAU

Vous traversez la petite rotonde
Sans qu'un pareil toupet, un yatagan le tonde ?
Le salon blanc n'est pas de sous-offs habité
Qui, sur le poêle en or, font du punch et du thé ?
Vous ne rencontrez pas quelques vieilles barbiches
Dans la pièce aux chevaux, dans la pièce aux [potiches ?
Et dans la galerie, alors, les brigadiers
Trouvent tout naturel que vous vous baladiez ?
Au comble de l'indignation.
On peut donc traverser le cabinet ovale
Sans que le maréchal du palais vous avale ?

METTERNICH, *reculant*
sous cette abondance inquiétante de détails précis.

Le maréchal ?...

FLAMBEAU

Ce dogue, alors, c'est un carlin ?

METTERNICH

Mais j'entre...

FLAMBEAU

Ce palais, alors, c'est un moulin ?
Et quand vous arrivez au bout de l'enfilade,
Personne ?... Le portier d'appartement... malade ?
Et le valet de chambre... absent ?... Et le gardien
Du portefeuille ?... où donc s'est-il mis ?... dans le [sien ?

METTERNICH

Mais...

FLAMBEAU

Au lieu d'être là pour vous chercher des noises,
L'aide de camp de nuit, que fait-il ?... des Viennoises ?

METTERNICH

Mais...

FLAMBEAU

Et le moricaud de garde ?... il prie Allah ?
Eh bien ! mais c'est encore heureux que je sois là !
Quel service !... Oh ! oh ! oh ! s'il y met sa lorgnette,
Je crois qu'il y aura *d'l'oignon, d'loignon, d'loignette !*

METTERNICH, *hors de lui, et voulant passer pour atteindre la poignée dorée d'une sonnette, au mur.*

Je vais...

FLAMBEAU, *s'interposant, terrible.*

Ne bougez pas ! Vous le réveilleriez !

Avec attendrissement.

Il dort sur son petit traversin de lauriers !

METTERNICH, *tombant assis dans un fauteuil, près de la table.*

Ah ! je raconterai ce rêve !... Il est épique !

Il approche un doigt de la flamme d'une des bougies, et le retirant vivement.

Mais cette flamme...

FLAMBEAU

Brûle !

METTERNICH, *tâtant la pointe de la baïonnette que Flambeau ne cesse de lui présenter.*

Et cette pointe...

FLAMBEAU

Pique !

METTERNICH, *se relevant d'un bond.*

Mais je suis réveillé !... Mais je...

FLAMBEAU

Chut ! restez coi !

METTERNICH, *avec, une seconde, l'angoisse d'un homme qui se demande s'il a rêvé quinze ans d'histoire.*

Mais Sainte-Hélène, alors ?... Waterloo ?...

FLAMBEAU, *tombant sincèrement des nues.*

Water... quoi ?

On entend bouger dans la chambre du Duc.

L'Empereur a bougé !

METTERNICH

Lui !

FLAMBEAU

Saperlipopette !
Vous devenez plus blanc qu'un cheval de trompette !

Prêtant l'oreille au pas qui s'est rapproché de la porte.

C'est lui ! Sa main tâtonne au battant verrouillé...
Il va sortir. Voilà !

Avec désespoir.

Vous l'avez réveillé.

METTERNICH

Non, il ne se peut pas que ce soit lui qui sorte !
Il ne va pas ouvrir lentement cette porte !
C'est le duc de Reichstadt, voyons ! je n'ai pas peur !
Je sais que c'est le Duc ! j'en suis sûr

La porte s'ouvre.

FLAMBEAU, *d'une voix sonore.*

L'Empereur !

Il présente les armes. Metternich se rejette en arrière. Mais au lieu de la terrible petite silhouette trapue que ce grenadier de la Garde présentant les armes faisait presque attendre, c'est, sur le seuil, l'apparition chancelante d'un pauvre enfant trop svelte, qui a quitté ses livres pour venir en toussant voir ce qui se passe, et qui s'arrête, blanc comme son habit, en levant sa lampe de travail, — rendu plus féminin par son col dégrafé d'où s'échappe du linge, et par ses cheveux plus blonds sous l'abat-jour.

SCÈNE IX

LES MÊMES, LE DUC, *puis des* LAQUAIS.

METTERNICH,
se précipitant vers lui avec un rire nerveux.

Ah ! ah ! c'est vous ! c'est vous ! c'est vous ! C'est Votre
Ah ! que je suis heureux ! [Altesse !

LE DUC, *ironiquement.*

D'où vient cette tendresse ?

METTERNICH

Non ! vraiment, je croyais — tant c'était réussi !
Qu'un autre allait sortir !

FLAMBEAU, *comme sortant du rêve auquel il s'est pris lui-même.*

Je le croyais aussi !

LE DUC, *se retournant vers lui, et apercevant avec épouvante son uniforme.*

Dieu ! qu'as-tu fait ?

FLAMBEAU

Du luxe !

METTERNICH, *qui a gagné la sonnette, sonnant et appelant.*

A moi !

LE DUC, *à Flambeau.*

Fuis !

FLAMBEAU, *courant vers le fond.*

La fenêtre !

LE DUC, *voulant le retenir.*

La sentinelle va tirer sur toi !

FLAMBEAU

Peut-être !

LE DUC

C'est long, d'ici les bois !

METTERNICH

Et si, pendant qu'il court,
On lui tire dessus...

FLAMBEAU

Ça me semblera court !

LE DUC, *vivement,*
apercevant la livrée de Flambeau à terre.

Mets ta livrée !

METTERNICH,
courant et posant son pied dessus.

Ah ! non !

FLAMBEAU, *dédaigneusement.*

Gardez cette guenille !
Est-ce qu'un papillon se remet en chenille ?

Et le fusil en bandoulière, gardant, par défi, tout son attirail, il s'élance sur le balcon.

Au revoir !

LE DUC, *le suivant.*

Mais c'est fou !

FLAMBEAU, *vite et bas au Duc.*

Chut ! Je gagne le trou
De Robinson ! — Au bal de demain !

Il enjambe la balustrade.

LE DUC

Mais c'est fou !

FLAMBEAU, *disparaissant.*

J'y serai !

LE DUC, *lui criant à voix basse.*

Pas de bruit !

METTERNICH, *en le voyant disparaître.*

Oh ! pourvu qu'il se luxe
Quelque chose !

On entend la voix de Flambeau entonner

tranquillement dans la nuit le Chant du départ :
La victoire en chantant...

LE DUC, *terrifié.*

Hein ?

METTERNICH, *stupéfait.*

Il chante ?

LE DUC,
se penchant au balcon avec angoisse.

Oh ! que fais-tu ?

LA VOIX DE FLAMBEAU, *dans le parc.*

Du luxe !
Il continue :
... nous ouvre la carrière...
Une détonation. La chanson s'interrompt. Seconde de silence et d'attente. Puis, la voix reprend gaiement, plus lointaine.
La liberté...

LE DUC, *avec un cri de joie.*

Manqué !...

Metternich se précipite derrière lui sur le balcon et suit des yeux, dans le parc, la fuite de Flambeau.

METTERNICH, *avec dépit.*

Comme il s'est bien, dans l'ombre,
[reconnu !

LE DUC, *fièrement.*

Il connaît le pays : il est déjà venu.

METTERNICH, *à plusieurs laquais*
qui viennent d'entrer par la droite,
les congédiant du geste.

Trop tard ! Retirez-vous ! Plus rien pour mon service !
Les laquais sortent.

SCÈNE X

METTERNICH, LE DUC.

LE DUC,
à Metternich, d'un ton presque menaçant.

Et demain, pas un mot au préfet de police !

METTERNICH, *avec un sourire.*

Je ne raconte pas les tours qu'on m'a joués.
Et tandis que le Duc, lui tournant le dos, se dirige vers sa chambre, il continue nonchalamment :
Que m'importent d'ailleurs vos grognards dévoués ?
Vous n'êtes pas Napoléon.

LE DUC,
qui déjà rentrait chez lui, s'arrêtant, hautain.

Qui le décrète ?

METTERNICH,
montrant le petit chapeau sur la table.

Vous avez le petit chapeau, mais pas la tête.

LE DUC, *avec un cri de douleur.*

Ah ! vous avez encor trouvé le mot qu'il faut
Pour dégonfler l'enthousiasme !... Mais ce mot
Ne sera pas cette fois-ci le coup d'épingle

Qui crève, ce sera le coup de fouet qui cingle !
Je me cabre, et m'emporte aux orgueils les plus fous !
Pas la tête, m'avez-vous dit ?...

Il marche sur Metternich, et les bras croisés :

Qu'en savez-vous ?

METTERNICH, *contemple un instant ce prince dressé là devant lui, dans sa rage juvénile plein de confiance et de force, puis, d'une voix coupante :*

Ce que j'en sais ?...

Il prend sur la table le candélabre allumé, va vers la grande psyché, et haussant la lumière :

Regardez-vous dans cette glace !
Regardez la longueur morne de votre face !
Regardez ce fardeau si lourd d'être si blond,
Ces accablants cheveux... mais regardez-vous donc !

LE DUC, *ne voulant pas aller à la glace, et s'y regardant, malgré lui, de loin.*

Non !

METTERNICH

Mais tout un brouillard fatal vous accompagne !

LE DUC

Non !

METTERNICH

Mais à votre insu, c'est toute une Allemagne
Et c'est toute une Espagne en votre âme dormant
Qui vous font si hautain, si triste, et si charmant !

LE DUC, *détournant la tête, et attiré pourtant vers le miroir.*

Non ! non !

METTERNICH

Rappelez-vous vos doutes de vous-même !
Vous, régner ? Allons donc !... Vous seriez, doux et
[blême,
Un de ces rois qui vont s'interrogeant tout bas,
Et qu'il faut enfermer pour qu'ils n'abdiquent pas !

LE DUC, *saisissant, pour essayer de l'écarter, le candélabre que Metternich lève devant la glace.*

Non ! non !

METTERNICH

Vous n'avez pas la tête d'énergie
Mais le front de langueur, le front de nostalgie !

LE DUC, *se regardant, et passant sa main sur son front.*

Le front ?...

METTERNICH

Et Votre Altesse, avec égarement,
Sur ce front d'archiduc passe une main d'infant !

LE DUC, *regardant sa main, avec effroi, dans la glace*

Ma main ?...

METTERNICH

Regardez-les, ces doigts tombants et vagues
Qu'on a, dans des portraits, déjà vus, sous des
[bagues !

LE DUC, *cachant sa main.*

Non !

METTERNICH

Regardez vos yeux par lesquels vos aïeux
Vous regardent...

LE DUC, *face à face avec son image, les yeux élargis*

Mes yeux ?...

METTERNICH

Regardez-les, ces yeux
Dans lesquels d'autres yeux, déjà vus dans des cadres,
Rêvent à des bûchers ou pleurent des escadres [73] !
Et vous, si scrupuleux, si consciencieux,
Osez aller régner en France, avec ces yeux !

LE DUC, *balbutiant pour se rassurer.*

Mais, mon père...

METTERNICH, *d'une voix implacable.*

Vous n'avez rien de votre père !
Et ramenant de force vers la glace le candélabre que la main crispée du Duc ne lâche plus :
Mais cherchez ! cherchez donc ! approchez la lumière !
Il a voulu, jaloux de notre sang ancien,
Venir nous le voler, pour en vieillir le sien ;
Mais ce qu'il a volé, c'est la mélancolie,
C'est la faiblesse, c'est...

LE DUC

Non, je vous en supplie !

METTERNICH

Regardez-vous pâlir dans le miroir !

LE DUC

Assez !

METTERNICH

Sur votre lèvre, là, vous la reconnaissez,
Cette moue orgueilleuse et rouge de poupée ?
C'est celle qu'eut, en France, une tête coupée [74] :
Car ce qu'il a volé, c'est aussi le malheur !
Mais haussez donc le candélabre !

LE DUC, *défaillant.*

Non ! J'ai peur !

METTERNICH, *presque à son oreille.*

Peux-tu te regarder, la nuit, dans cette glace,
Sans voir, derrière toi, monter toute ta race ?
Vois, c'est Jeanne la Folle, au fond, cette vapeur !
Et ce qui, sous la vitre, arrive avec lenteur,
C'est la pâleur du roi dans son cercueil de verre [75] !

LE DUC, *se débattant.*

Non ! non ! c'est la pâleur ardente de mon père !

METTERNICH

Rodolphe et ses lions, dans un affreux recul [76] !

LE DUC

Des armes ! des chevaux ! c'est le Premier Consul !

METTERNICH, *désignant toujours dans le miroir, quelque sombre aïeul.*

Le vois-tu fabriquer de la gloire dans une crypte ?

LE DUC

Je le vois fabriquer de la gloire, en Égypte !

METTERNICH

Ha ! ha ! et Charles Quint ! le spectre aux cheveux [courts,
Qui meurt d'avoir voulu s'enterrer [77] !

LE DUC, *perdant la tête.*

Au secours,
Père !

METTERNICH

L'Escurial ! les fantasmagories !
Les murs noirs !

LE DUC

Au secours, les blanches boiseries !
Compiègne ! Malmaison !

METTERNICH

Tu les vois ? tu les vois ?

LE DUC, *désespérément.*

Roule, tambour d'Arcole, et couvre cette voix !

METTERNICH

La glace se remplit !

LE DUC, *courbé, se défendant du geste comme si quelque vol terrible s'abattait sur lui.*

Au secours, les Victoires !
A moi, les aigles d'or contre les aigles noires !

METTERNICH

Mortes, les aigles !

LE DUC

Non !

METTERNICH

Et crevés, les tambours !

LE DUC

Non !

METTERNICH

Et la glace glauque est pleine de Habsbourgs,
Qui te ressemblent tous !

LE DUC, *hors de lui,*
cherchant à arracher le candélabre
que Metternich maintient.

Je casserai la glace !

METTERNICH

D'autres ! d'autres encore arrivent !

LE DUC, *brandissant le lourd candélabre*
que Metternich vient enfin de lui abandonner,
et en frappant, d'un geste insensé, le miroir.

Je la casse !

Il frappe avec rage ; la psyché s'effondre, les bougies s'éteignent ; la nuit se fait, dans un grand bruit d'éclats de verre. Le Duc se jette en arrière, délivré, avec une clameur de triomphe.

Il n'en reste pas un !

METTERNICH, *déjà sur le seuil,*
se retourne, et avant de sortir.

Il en reste un toujours !

LE DUC *chancelle à ces mots,*
et fou de terreur, il crie dans la nuit :

Non ! non ! ce n'est pas moi ! pas moi !

Mais sa voix s'étrangle, il bat l'air de ses bras, tourne dans l'ombre, et tombe, lamentable blancheur, devant le miroir brisé, en appelant :

Père ! au secours !

RIDEAU

QUATRIÈME ACTE

LES AILES MEURTRIES

Le rideau s'ouvre, au murmure des violons et des flûtes, sur une fête dans les Ruines Romaines[78] *du parc de Schœnbrünn.*

Ces ruines sont, naturellement, aussi fausses que possible ; mais construites par un agréable archéologue, adossées le plus heureusement du monde à une colline boisée, vêtue de mousses abondantes, caressées d'admirables feuillages, elles sont belles dans la nuit, qui les agrandit et les poétise.

Au fond, au milieu de pittoresques décombres, une large et très haute porte romaine s'arrondit, et laisse voir, en perspective, sous son arc ébréché, une avenue de gazon qui s'élève, comme un chemin de velours, jusqu'à un lointain carrefour bleuâtre, où semble l'arrêter un geste blanc de statue. Devant cette porte s'allonge un petit vivier d'eau dormante, et des divinités de pierre se cachent dans des roseaux.

Et ce sont des colonnades à demi écroulées à travers lesquelles on voit passer des masques ; des escaliers que montent et descendent tous les personnages de la Comédie Italienne. Car la fête est costumée, la mode étant aux redoutes, aux dominos, aux capes vénitiennes, aux étranges chapeaux chargés de plumes, aux grandes collerettes, aux loups noirs barbus de dentelle, sous lesquels on aime à s'intriguer.

Deux gros orangers taillés en boules ; contre une de leurs caisses, un banc rustique.

Un peu partout, des fragments de bas-reliefs, des fûts de colonne enthyrsés de lierre, des têtes gisantes de marbres décapités. Les lampions sont rares et d'un vert discret de ver luisant ; on n'a pas abîmé le clair de lune.

La partie du parc réservée à la fête a été close par du treillage, et on aperçoit, à droite, la sortie, où des valets de pied remettent aux gens qui partent leurs manteaux.

A gauche, au tout premier plan, une porte de branches enguirlandées est celle d'un petit théâtre. C'est de ce côté, vers le fond, que s'étend la fête ; c'est par là qu'on danse, il arrive de la coulisse une lumière plus vive et des bouffées de musique. L'orchestre invisible joue des valses de Schubert, de Lanner, de Strauss, — et les joue à la Viennoise, avec la plus énervante grâce.

SCÈNE PREMIÈRE

DES MASQUES, — *puis* METTERNICH
et L'ATTACHÉ FRANÇAIS, —
GENTZ, SEDLINSKY, FANNY ELSSLER.

UN MANTEAU VÉNITIEN,
à un autre, lui montrant les masques qui passent.

Quel est ce fou ?

L'AUTRE

Je ne sais pas !

LE PREMIER

Ce monsignore ?

LE DEUXIÈME

Je ne sais pas !

LE PREMIER

Et ce mezzetin ?

LE DEUXIÈME

Je l'ignore !

UN MATASSIN, *survenant.*

Mais c'est délicieux !

UN GILLES

Le grand incognito !

UN POLICHINELLE,
traverse le fond en courant,
et saisit au vol une Marquise par la taille.

Votre oreille ?

LA MARQUISE

Pourquoi ?

LE POLICHINELLE, *mystérieusement.*

Chut ! mon secret !

Il l'embrasse et se sauve.

UN PIERROT, *assis sur un fût de colonne.*

Watteau...

LE POLICHINELLE, *repassant au fond,*
et saisissant par la taille une Isabelle.

Votre oreille ?

LE PIERROT

Eût aimé ces fuites de basquines...

L'ISABELLE, *au Polichinelle.*

Pourquoi ?

LE POLICHINELLE, *mystérieusement.*

Chut ! mon secret !

Il l'embrasse et se sauve.

LE PIERROT

... Dans ce décor de ruines !

UN ARLEQUIN,
qui rêve, un pied sur la margelle du bassin.

Tout est incertitude et tout est trémolo,
La musique, nos cœurs, le clair de lune, et l'eau !

Metternich, en habit de cour sous un grand domino noir, entre avec l'attaché militaire français qui est aussi en habit et domino ; il lui explique la fête avec condescendance.

METTERNICH

Donc, Monsieur l'attaché d'ambassade de France,
Ici de la pénombre et du demi-silence...

Il désigne le fond à gauche.

Et, dans la lumière et dans du bruit, là-bas,
Le bal...

L'ATTACHÉ, *admiratif.*

Oh ! c'est vraiment...

METTERNICH, *négligemment.*

C'est joli, n'est-ce pas ?

Montrant la droite.

Par là...

L'ATTACHÉ, *avec un étonnement respectueux.*

Quoi ! vous daignez être mon cicerone ?

METTERNICH,
lui prenant le bras,
avec une affectation de frivolité.

Mon cher, je suis moins fier du Congrès de Vérone
Que d'avoir réussi ce bal dans ces jardins,
Et d'avoir mélangé tous ces parfums mondains
A cette âpre senteur nocturne et forestière!
— Donc, par là, la sortie. Au fond, le vestiaire,
De sorte qu'en partant, tout de suite, on pourra
Reprendre sa roulière, ou bien sa witchoura.
Montrant la porte de gauche.
Enfin, dans un salon de boulingrin bleuâtre,
Là, près de la Fontaine aux Amours, le théâtre,
Un bijou de petit théâtre, sur lequel
Des amateurs princiers vont nous jouer *Michel*
Et... je ne sais plus quoi... — piécette à l'eau de rose
D'un Français qui s'appelle Eugène... quelque chose!

L'ATTACHÉ

On soupe?...

METTERNICH

Ici.

L'ATTACHÉ, *surpris, regardant autour de lui.*

Comment?

METTERNICH, *posant la main sur une caisse d'oranger.*

Sur chaque caisson vert
Va neiger une nappe et pleuvoir un couvert!

L'ATTACHÉ, *amusé.*

Ah! bah! les orangers?...

METTERNICH, *enchanté de son effet.*

Oui. Tout à l'heure on roule
Ici tous ceux du parc ; sous chaque grosse boule
Deux couples prennent place, affamés et légers...

L'ATTACHÉ

Enfin, c'est un souper par petits orangers !
C'est admirable !

METTERNICH, *modestement.*

Eh ! oui ! — Quant aux affaires graves...
A un laquais.
Allez dire que c'est assez de danses slaves !
Le laquais sort en courant par la gauche.
Revenant à l'attaché :
Je ne les remets pas à demain, moi. Je pars
Avant souper. Je dois répondre aux Hospodars [79].
On m'attend.
A un autre laquais, lui désignant l'intérieur du théâtre :
Les festons par là sont un peu pingres !
Revenant à l'attaché :
Organiser un bal, c'est mon violon d'Ingres ;
Puis, quand le bal est bien bondissant et riant,
Je vais te retrouver, Question d'Orient !
J'aime régler des sorts de peuples et des danses,
Arbitre de l'Europe...

L'ATTACHÉ, *s'inclinant.*

Et de ses élégances !

GENTZ,
qui est entré depuis un moment
avec une femme en domino, masquée,
s'avançant vers eux, un peu gai.

C'est très juste !... Arbiter elegantiarum [80] !

METTERNICH, *se retournant.*

Tiens ! vous parlez latin ? Qu'avez-vous bu ?

GENTZ, *titubant très légèrement.*

Du rhum.

METTERNICH

On a dû, chez Fanny, rester longtemps à table !
Oh ! cette liaison !... Vous n'êtes plus sortable !

GENTZ, *avec indignation.*

Moi, Fanny ?... C'est fini !

METTERNICH, *incrédule.*

Ah ?

Apercevant le préfet de police qui le cherche.

Sedlinsky !

GENTZ, *la main sur son cœur.*

Fini !

SEDLINSKY, *à Metternich.*

Un mot !

Il lui parle bas.

GENTZ,
continuant de parler à Metternich,
qui s'est éloigné.

Fini !

Le domino qui était avec lui vient le prendre sous le bras. Il se retourne et changeant de ton :

J'eus tort de t'amener, Fanny !
Si l'on savait que grâce à moi... Quelle imprudence !
Une danseuse...

FANNY

Ici, c'est pour moi que je danse !

Elle pirouette. L'attaché français la regarde avec admiration.

GENTZ, *vivement.*

On te reconnaîtra ! Tâche de danser mal !

METTERNICH, *à Sedlinsky.*

Un complot, dites-vous ?

SEDLINSKY

Pour le Duc, dans ce bal.

METTERNICH, *souriant.*

Je n'ai plus peur...

GENTZ, *suivant Fanny qui s'éloigne en dansant.*

Encor faudrait-il que j'apprisse
Pourquoi tu voulus tant venir ici ?

FANNY

Caprice !

Elle sort en valsant. Gentz la suit. L'attaché français aussi.

METTERNICH, *à Sedlinsky.*

Je n'ai plus peur du Duc. J'ai tué son orgueil.
On ne le verra pas au bal. Il est en deuil.

SEDLINSKY

Mais on conspire !

METTERNICH, *gaiement.*

Ah ! bah !

SEDLINSKY

Des femmes.

METTERNICH, *haussant les épaules.*

Quelques pecques[81] !

SEDLINSKY

De grandes dames !...

METTERNICH, *ironique.*

Oh !...

SEDLINSKLY

... Polonaises et Grecques :
La princesse Grazalcowich !

METTERNICH

Grazalcowich ?...
C'est terrible !

A un laquais qui passe.

Donnez-moi donc une sandwich[82] !

SEDLINSKY

Vous riez ?... Chut !...

Il lui désigne un groupe de dominos mauves qui entrent mystérieusement.

Fuyant l'éclat de la torchère,
Les voici, cherchant l'ombre, et chuchotant...

Il entraîne Metternich derrière un des orangers.

SCÈNE II

LES DOMINOS MAUVES, — METTERNICH
et SEDLINSKY, *cachés.*

PREMIER DOMINO, *à un autre.*

Ma chère,
Que c'est doux de courir pour lui quelque danger !

DEUXIÈME DOMINO, *avec délice.*

Conspirons !

TROISIÈME DOMINO

Ses cheveux sont d'un or si léger !

Ces conspiratrices ont toutes un petit accent grec ou polonais.

LA PREMIÈRE

Oui, ma chère, on dirait que son front s'environne
D'un halo... dans lequel commence une couronne !

UNE AUTRE

Oh ! et son double charme inattendu, troublant,
De Bonaparte blond, ma chère, et d'Hamlet blanc !

PLUSIEURS, *avec volupté.*

Conspirons !

LA PREMIÈRE, *gravement.*

Mais, d'abord, à Vienne, je conseille
De faire faire, en or, chez Stieger, une abeille !

LA DEUXIÈME, *impétueusement.*

A Vienne ?... Ce serait tout à fait idiot !
Faisons faire à Paris cela, chez Odiot [83] !

UNE AUTRE, *solennellement.*

Et je propose, moi, sur toutes nos toilettes
D'avoir toujours un gros bouquet de violettes !

TOUTES, *avec enthousiasme.*

Oh ! c'est cela, Princesse !

UNE QUI N'A ENCORE RIEN DIT, *inspirée.*

Et risquons un retour
Vers les modes Empire !

LA PREMIÈRE, *vivement.*

Oh ! le soir ! pas le jour !

UNE AUTRE

Ah ! ma chère, ces tailles courtes sont infâmes !

TOUTES A LA FOIS

Les ruchés !... les bouillons !... Mais, ma chère !...

METTERNICH, *qui surgit en riant.*

Ah ! Mesdames !

TOUTES, *avec un cri d'effroi.*

Ah ! Dieu !

METTERNICH, *riant aux éclats.*

Continuez ce complot étonnant !
Conspirez !... conspirez !... ah ! ah !...

Il sort en riant toujours, suivi de Sedlinsky. Son rire se perd. Aussitôt les conspiratrices, dispersées comme pour une fuite, se rapprochent sur la pointe du pied, se mettent en bouquet autour de celle qu'on a appelée Princesse.

LA PRINCESSE

Et maintenant
Que grâce à ce petit papotage frivole
Le soupçon éveillé par Sedlinsky s'envole,
Prouvons-leur qu'auprès des Machiavels féminins
Les Metternich les plus Metternich sont des nains!

TOUTES

Oui.

LA PRINCESSE

Chacune sait bien, ce soir, quel est son rôle?

TOUTES

Oui.

LA PRINCESSE

Disséminons-nous dans le bal!
Les dominos mauves s'éparpillent.

SCÈNE III

TOUTES SORTES DE MASQUES,
GENTZ, L'ATTACHÉ FRANÇAIS, FANNY ELSSLER, *etc.*;
puis TIBURCE et THÉRÈSE DE LORGET.

UN GROUPE DE MASQUES,
poursuivant, à travers les colonnades
un masque à grand nez, qui se sauve.

Qu'il est drôle!
Ce doit être Sandor! — Non! non! c'est Furstem-
[berg!

UN CROCODILE,
les arrêtant pour leur montrer quelque chose au-dehors.

Et cet ours, qui, là-bas, valse sur du Schubert !

Toute la bande se précipite vers le côté où l'Ours est signalé.

GENTZ, *qui s'est assis sur le banc, entouré de plusieurs jolies femmes, et en regardant passer d'autres.*

En quoi, la triste Elvire ?

UNE COLOMBINE

En étoile.

GENTZ, *pour lui faire plaisir.*

En veilleuse.

LA COLOMBINE

Et Thécla, l'hypocrite ?

GENTZ, *riant.*

En Fanchon la Mielleuse [84].

L'ATTACHÉ FRANÇAIS,
traversant la scène à la poursuite de Fanny Elssler.

Pas moyen de savoir quel est ce domino !
Est-ce une Anglaise ?

FANNY, *fuyant.*

Ya.

L'ATTACHÉ, *sursautant.*

Une Allemande ?

FANNY

No!

Elle disparaît. L'attaché aussi.

LA COLOMBINE, *assise près de Gentz.*

Le vicomte est en Doge?

UNE CLÉOPÂTRE

Oui... grande dalmatique!

GENTZ

Mais alors, la baronne est en Adriatique?

Tiburce est entré avec Thérèse. Il est en Capitan Spezzafer[85]*. Thérèse porte une souple tunique d'un bleu glacé d'argent, sur laquelle retombent des lys d'eau et de longues herbes luisantes : elle est en source.*

TIBURCE

Ma sœur, vous n'allez plus à Parme?

THÉRÈSE

Oh! si! Mais pour
Voir ce bal, la duchesse a retardé d'un jour.

Montrant une femme masquée qui passe dans le fond, accompagnée d'un homme en domino.

C'est elle, avec Bombelles... oui... cette cape verte!

TIBURCE, *d'un ton agressif.*

Tant mieux que vous partiez! Noblesse oblige!... et [certe
Je n'aurais plus longtemps souffert vos *aparté*
Avec votre petit Monsieur Buonaparte!

THÉRÈSE, *hautaine.*

Plaît-il?

TIBURCE

Nous nous vantons de ce que nos aïeules
N'aient pas, avec les rois, toujours été bégueules,
Car l'on peut ramasser un mouchoir sans déchoir
Lorsqu'un lys est brodé dans le coin du mouchoir !
Mais l'honneur ne saurait admettre une batiste
Portant la fleur ou le frelon bonapartiste.

Menaçant.

Malheur au fils de l'Ogre...

THÉRÈSE

Hein ?

TIBURCE, *galamment ironique.*

S'il croquait nos sœurs !

THÉRÈSE

Mon frère, vous avez des mots...

TIBURCE, *avec un petit salut sec.*

Avertisseurs.

Il s'éloigne. Thérèse le suit des yeux, puis, haussant les épaules, se joint à un groupe qui passe.

UN OURS, *entrant avec une Chinoise à son bras.*

A quoi donc voyez-vous que je suis diplomate ?

LA CHINOISE

Mais à votre façon d'arrondir votre patte !

L'OURS, *tendrement.*

Lorsque vous m'aimerez...

LA CHINOISE, *lui donnant un coup d'éventail sur la patte.*

Vous vendez votre peau !

A ce moment passe une énorme personne déguisée en petite bergère Louis XV.

TOUTES LES FEMMES,
qui sont autour de Gentz.

Oh !

GENTZ, *avec effroi.*

Mais cette bergère a mangé son troupeau !

LE POLICHINELLE,
traversant la scène en courant et saisissant la grosse bergère par la taille.

Votre oreille ?

LA GROSSE BERGÈRE, *se débattant.*

Pourquoi ?

LE POLICHINELLE, *mystérieusement.*

Mon secret !

Il l'embrasse et se sauve. On entend sa voix, plus loin, dans les arbres, qui demande à une autre :

Votre oreille ?

Gentz et son groupe suivent le Polichinelle, très intéressés. Depuis un instant, le Duc est entré avec Prokesch. Prokesch est en habit et domino. Le Duc s'enveloppe d'un grand manteau violet. Quand le manteau s'ouvre, on le voit en uniforme blanc. Tenue de bal : bas de soie blanche et escarpins. Il tient à la main son masque, dont il s'évente nerveusement. Il s'appuie sur Prokesch qui le regarde avec inquiétude. Il a la figure défaite, le geste découragé, un pli mauvais à la lèvre. On sent que l'Aiglon traîne des ailes meurtries.

SCÈNE IV

LE DUC, PROKESCH.

DES MASQUES *passent de temps en temps.*

PROKESCH, *au Duc.*

Quoi ! parmi ces gaîtés une langueur pareille ?
Qu'a donc fait Metternich ?

Mouvement du Duc.

Je vous trouve énervé !

LA CHINOISE,
qui repasse avec l'Ours,
remarquant un bloc de pierre qu'il porte sous son bras.

Mais que portez-vous donc sous le bras ?

L'OURS, *flegmatiquement.*

Mon pavé.

Ils s'éloignent.

PROKESCH, *au Duc.*

Le complot va très bien si j'en crois plusieurs signes.

Il tire de sa poche un billet.

Ne m'a-t-on pas remis, ce matin, ces deux lignes ?

Il lit.

Dites-lui de venir de bonne heure et qu'il ait
Son uniforme sous un manteau violet !
— Prince, c'est pour ce soir, car ce billet...

LE DUC, *prenant le billet et le chiffonnant entre ses doigts.*

Doit être
D'une femme qui veut au bal me reconnaître !
J'ai suivi le conseil, d'ailleurs, n'étant ici
Venu que pour chercher aventure.

PROKESCH, *désolé.*

Non !

LE DUC

Si !

PROKESCH

Mais alors, le complot...

LE DUC, *à lui-même.*

Oh ! ce serait un crime
Que de faire monter, pays clair et sublime,
Sur ton splendide petit trône impérial
Un être de malheur, d'ombre et d'Escurial !
Et si, lorsque plus tard, je serai sur ce trône,
Le Passé, m'allongeant dans l'âme sa main jaune,
Venait y déterrer, de ses ongles hideux,
Je ne sais quel Rodolphe ou quel Philippe Deux ?
J'ai peur qu'au bruit flatteur et doré des abeilles,
Monstre qui dors peut-être en moi, tu te réveilles !

PROKESCH, *riant.*

Mais voyons, Monseigneur, vous êtes fou !

LE DUC, *tressaillant,*
et avec un regard qui fait reculer Prokesch.

Tu crois ?

PROKESCH, *comprenant l'angoisse du prince.*

Bonté du ciel !

LE DUC, *lentement.*

Au fond de leurs châteaux de rois,
Dans leur retraite castillane ou bohémienne,
Ils ont tous eu la leur... Quelle sera la mienne ?
Voyons, décidons-le ! Je me résous, tu vois.
Mais voici le moment de choisir.

Avec un rire amer.

J'ai le choix.
Des aïeux prévenants m'ouvrent le catalogue !
Serai-je mélomane ? oiseleur ? astrologue ?
Marmonneur d'oremus ? ou souffleur d'alambic ?

PROKESCH

Je ne comprends que trop ce qu'a fait Metternich !

Baissant la voix.

Des malheureux Habsbourg, il vous dressa la liste ?

LE DUC

Ah ! dame, ils ont tous eu la démence un peu triste !
Mais des parfums mêlés font des parfums nouveaux,
Et mon cerveau, bouquet de ces sombres cerveaux,
Va peut-être en produire une autre, plus jolie !
Voyons, quelle sera la mienne, de folie ?
Eh ! pardieu, mes penchants vaincus jusqu'à ce jour
Nous le disent assez : moi, ce sera l'amour !
Je veux aimer, aimer,

De son poing fermé, il frappe rageusement sa lèvre.

Écraser avec haine,
Sous des baisers d'amour cette lèvre autrichienne !

PROKESCH

Monseigneur !

LE DUC,
parlant avec une volubilité fiévreuse.

Mais, mon cher, à la réflexion,
C'est logique, Don Juan fils de Napoléon !
C'est la même âme, au fond, toujours insatisfaite,
C'est le même désir incessant de conquête !
O magnifique sang qu'un autre a corrompu
Et qui, voulant éclore en César, n'a pas pu,
Ton énergie en moi n'est donc pas toute morte :
Cela fait un Don Juan lorsqu'un César avorte !
Oui, c'est une façon d'être encore un vainqueur !
Ainsi, je connaîtrai cette fièvre de cœur
Fatale, dit Byron, à ceux qu'elle dévore...
Et c'est une façon d'être mon père encore !
Bah ! qui sait, après tout, s'il est plus important
De conquérir le monde ou d'aimer un instant ?
Soit ! soit ! c'est bien qu'ainsi finisse la Légende,
Et que ce conquérant de cet autre descende !
Soit ! je serai le reflet blond du héros brun,
Qui s'en allait les battant tous l'un après l'un,
Et tandis que je les vaincrai l'une après l'une,
Mes soleils d'Austerlitz seront des clairs de lune !

PROKESCH

Ah ! taisez-vous, car c'est trop tristement railler !

LE DUC

Oui, je sais bien, j'entends des spectres me crier,
Spectres aux habits bleus, tordus par la rafale :
« Eh bien ! alors, cette épopée impériale,
« Nos travaux, nos clairons, la gloire ?... Eh bien ! [alors,
« Cette neige, ce sang, l'Histoire... et tant de morts
« Sur tant de champs où tant de fois nous triom- [phâmes.

« Cela te sert à quoi, petit ? » — « A plaire aux
[femmes ! »
C'est beau, sur le Prater, parmi les voiturins,
De monter un cheval de trois mille florins
Que l'on peut appeler Iéna ! C'est une aigrette
Certaine, qu'Austerlitz, aux yeux d'une coquette !..

PROKESCH

Vous n'aurez pas le cœur, ainsi, de la porter !

LE DUC

Mais si, mais si, mon cher, et je ferai monter
— Car c'est, sur un amant, une chose qui flatte ! —
L'aigle rapetissée en épingle à cravate !

L'orchestre, qui s'était tu un moment, reprend au loin.

De la musique !... Et tu n'es plus, fils de César,
Qu'un Don Juan de Mozart !

Ricanant.

Pas même de Mozart :
De Strauss !

Il salue gravement Prokesch.

Je vais valser.

Et pirouettant avec une gaieté désespérée.

Il faut que je devienne
Inutile et charmant, comme un objet de Vienne !

Il va sortir, il s'arrête en voyant paraître l'Archiduchesse.

Ma tante... Tiens ?...

PROKESCH, *épouvanté de l'éclair trouble de ses yeux.*

Oh ! non, pas cela !

LE DUC, *du coin mauvais de la bouche.*

Je veux voir.

Et repoussant Prokesch qui s'écarte à regret, il s'avance d'un pas traînant vers l'Archiduchesse.

L'Archiduchesse porte un costume très simple : jupe courte, corsage à basques, fichu, tablier, bonnet ; enfin, tout à fait pareille au fameux tableau de Liotard[86]*, elle tient avec conviction devant elle un petit plateau sur lequel sont posés une tasse de chocolat et un verre d'eau.*

SCÈNE V

LE DUC, *d'abord avec* L'ARCHIDUCHESSE
puis avec THÉRÈSE.

LE DUC, *à l'Archiduchesse, languissamment.*

Oh ! le profond parfum qu'ont les tilleuls, ce soir !

L'ARCHIDUCHESSE

As-tu vu mon petit plateau ?... J'en suis très fière !

LE DUC

Vous êtes déguisée en ?...

L'ARCHIDUCHESSE

En *Chocolatière*
De Dresde.

LE DUC

Ra-vis-sant !... mais votre chocolat
Doit bien vous ennuyer.

L'ARCHIDUCHESSE,
s'éventant avec le plateau de carton,
sur lequel le verre et la tasse restent collés.

Mais non !

LE DUC, *qui s'est assis sur le banc,*
lui faisant place auprès de lui,
avec une familiarité tendre.

Mettez-vous là !

L'ARCHIDUCHESSE, *s'asseyant gaiement.*

Eh bien, Franz ! aimons-nous un petit peu la vie ?

LE DUC

J'aime être le neveu d'une tante jolie.

L'ARCHIDUCHESSE

Moi j'aime être la tante, aussi, d'un grand neveu.

LE DUC

Trop jolie.

L'ARCHIDUCHESSE, *se reculant un peu sur le banc.*

Et trop grand !

LE DUC

Oui, pour jouer ce jeu.

L'ARCHIDUCHESSE

Quel jeu ?

LE DUC

D'intimités tendres qui sont les nôtres.

L'ARCHIDUCHESSE,
le regardant avec inquiétude.

Je n'aime pas vos yeux, ce soir.

LE DUC

Moi si, les vôtres.

L'ARCHIDUCHESSE, *voulant plaisanter.*

Ah ! je comprends ! ce soir, tout se masque à la cour,
Et l'amitié doit prendre un domino d'amour !

LE DUC, *se rapprochant de plus en plus.*

Oh ! d'abord, l'amitié, tante aux yeux de cousine,
L'amitié, de l'amour, est toujours trop voisine
Entre les tantes et les neveux, les filleuls
Et les marraines [87] — oh ! sentez-vous les tilleuls ? —
Entre les colonels et les chocolatières
Pour qu'il n'y ait jamais d'incidents de frontières.

L'ARCHIDUCHESSE,
se levant, un peu sèchement.

Je n'aime plus votre amitié.

LE DUC,
la retenant par le poignet, d'une voix sourde.

Moi, j'aime bien
Ces sentiments auxquels on ne comprend plus rien,
Dans lesquels tout se mêle et s'embrouille...

L'ARCHIDUCHESSE, *lui arrachant sa main.*

Non, laisse !

Elle s'éloigne.

LE DUC, *boudeur.*

Oh ! bien ! si vous prenez vos airs d'archiduchesse !

L'ARCHIDUCHESSE

Adieu, Franz !... Tu m'as fait beaucoup de peine !

Elle sort sans se retourner.

LE DUC, *la suivant des yeux.*

Bah !
Dans la claire amitié cette goutte tomba,

Qui fait qu'en amour trouble elle se précipite !
Attendons !

Il aperçoit Thérèse de Lorget qui, depuis un instant arrêtée au fond, joue distraitement à tremper dans l'eau du bassin les longues herbes qui pendent de ses épaules. — Avec étonnement.

Tiens !... Comment ! Vous êtes là, petite ?
Vous ne roulez donc pas vers le ciel Parmesan ?

Il regarde le déguisement de Thérèse.

Mais que d'herbe ! En quoi donc êtes-vous ?

THÉRÈSE, *souriante et les yeux baissés.*

Je suis en
Petite...

LE DUC, *se souvenant.*

Ah ! oui ! c'est vrai !

Mélancoliquement.

Sur sa roche lointaine
Mon père, pour amie, avait une fontaine.
Elle le consolait d'un geôlier. C'est pourquoi
Il fallait qu'à Schœnbrünn, ma Sainte-Hélène à moi,
Mon âme ne fût pas tout à fait sans ressource,
Et qu'ayant le geôlier elle eût aussi la Source !

THÉRÈSE

Vous évitiez pourtant, vers moi, de vous pencher ?

LE DUC

Parce que je songeais à m'enfuir du rocher.
Mais c'est fini !

THÉRÈSE

Comment ?

LE DUC

Plus d'espoir ! J'abandonne
Tout rêve !

THÉRÈSE, *se rapprochant vivement de lui.*

Vous souffrez ?

LE DUC, *d'une voix de tendresse suppliante.*

Il faut qu'elle me donne,
Ma Source, — sa fraîcheur, son murmure !...

THÉRÈSE, *tout près de lui.*

Elle est là.

LE DUC, *lentement.*

Et même si je veux la troubler ?

THÉRÈSE, *levant sur lui des yeux limpides.*

Troublez-la.

LE DUC, *changeant de ton,*
à voix tout d'un coup basse et brutale.

Viens ce soir. Tu sais bien, la maison tyrolienne,
Sous bois, mon pavillon de chasse...

THÉRÈSE, *avec un recul effrayé.*

Que je vienne ?...

LE DUC, *précipitamment.*

Ne dis pas non. Ne dis pas oui. J'attendrai.

THÉRÈSE, *bouleversée.*

Mais...

LE DUC, *reprenant sa voix câline*
et triste d'enfant malheureux.

Songe combien je suis malheureux désormais :
J'ai perdu tout espoir de jouer un grand rôle.
Je n'ai plus qu'à pleurer : j'ai besoin d'une épaule.

Il a presque laissé tomber sa tête sur l'épaule nue de la Petite Source, lorsque le bruit d'un pas sur le gravier les fait se séparer vite. C'est Tiburce, drapé dans sa cape de spadassin, qui passe au fond, ayant au bras une femme. En les voyant, il cesse de causer, et arrête sur Thérèse un regard de menace. Elle lui répond d'un œil dédaigneux, et disparaît vers le bal. Tiburce, reprenant sa galante conversation, s'éloigne. Le Duc, qui n'a même pas reconnu Tiburce, appelle d'un signe un des laquais debout à la sortie de droite, et tire de son frac un feuillet de papier qu'il griffonne sur son genou.

SCÈNE VI

LE DUC, UN LAQUAIS, *puis* FANNY ELSSLER
et L'ATTACHÉ FRANÇAIS.

LE DUC,
tendant au laquais le mot qu'il vient d'écrire.

Au château, pour mes gens. Je ne rentrerai pas.
Je vais au pavillon. Vite quelqu'un là-bas.
Voilà. Rapporte-moi que la chose est comprise.

LE LAQUAIS, *s'inclinant.*

C'est tout ?

LE DUC

C'est tout. — Demain matin, la jument grise.

Le laquais sort. Fanny Elssler, toujours masquée, repasse en courant, se retournant pour regarder si elle est poursuivie. Elle s'arrête en apercevant le Duc, dont le manteau violet laisse voir l'uniforme blanc.

FANNY ELSSLER,
s'approchant du Duc, et récitant mystérieusement.

... Son uniforme sous un manteau...

LE DUC, *sursaute,*
et achevant la phrase du billet reçu par Prokesch :

... violet.

Ironiquement.

Il était d'une femme, ô Prokesch, le billet !

FANNY, *montrant au Duc l'attaché français*
qui vient d'apparaître.

Le temps de dépister ce masque qui m'obsède,
Et je reviens !

LE DUC, *souriant.*

J'attends.

Fanny fuit à travers les ruines, essayant de perdre l'attaché. Le Duc se promène de long en large, et avec une sorte de rage.

C'est mon destin ! Je cède !
Aimons !

La musique est de plus en plus énervante. Des couples passent au fond, cherchant l'ombre.

Ayons au cœur un furieux avril !
Aimons...

Il montre un couple très tendre qui se dirige vers le banc.

comme ceux-là !... comme tous !

Mais, soudain, il tressaille et se jette derrière un oranger, qui le cache ; car le couple parle, se croyant seul ; et dans ce couple qu'il a désigné d'un geste méprisant, il reconnaît Marie-Louise et son chambellan Bombelles.

SCÈNE VII

MARIE-LOUISE, BOMBELLES, — LE DUC, *derrière un oranger.*

BOMBELLES, *continuant une conversation commencée.*

Était-il
Très épris ?

MARIE-LOUISE, *riant.*

C'est de lui que vous parlez encore ?

BOMBELLES

Oui.

LE DUC, *d'une voix étranglée.*

Bombelles !... ma mère !...

BOMBELLES

Il vous aimait ?

MARIE-LOUISE, *s'asseyant.*
Bombelles reste debout, un genou sur le banc.

J'ignore.
Mais je sentais très bien que je l'intimidais.
Même sur son estrade aux lauriers d'or pour dais,
Il se sentait moins haut que moi par la naissance ;

Alors, il m'appelait, pour prendre un air d'aisance :
« Bonne Louise ! »... Eh ! mon Dieu ! oui !... C'était
[d'un goût !
J'aime le sentiment !... Je suis femme, après tout !

BOMBELLES

Avant tout !

MARIE-LOUISE

C'est mon droit !

D'un petit ton sec léger.

On s'est mis en colère
Pour un mot que j'ai dit quand ce bon Saint-Aulaire
M'annonça le désastre, à Blois. J'étais au lit ;
Mon pied nu dépassait et, sur le bois poli,
Posé comme ces pieds que cisèle Thomire,
Du meuble Médicis faisait un meuble Empire.
Soudain, voyant glisser les yeux de l'envoyé,
Je souris et je dis : « Vous regardez mon pied ? »
Et malgré les malheurs de sa patrie, en somme,
C'est parfaitement vrai qu'il regardait, cet homme !
Je fus coquette ?... Eh bien ! le grand crime ! Mon
[Dieu,
Que voulez-vous ? c'est vrai, je restais femme un peu,
Et dans l'écroulement trop prévu de la France,
La beauté de mon pied gardait son importance !

LE DUC, *voulant fuir,*
mais ne pouvant pas, comme dans un cauchemar,
et saisissant l'oranger pour ne pas tomber.

Oh ! je voudrais m'enfuir ! oh ! je reste !

BOMBELLES,
se penchant sur le bras de Marie-Louise.

Quel est
Ce caillou gris que vous portez en bracelet ?

MARIE-LOUISE, *tout d'un coup très émue.*

Ah ! je ne peux le voir qu'avec des yeux humides !
Ça... voyez-vous... c'est un morceau...

BOMBELLES, *vivement.*

Des Pyramides ?

MARIE-LOUISE, *sentimentale.*

Mais non, voyons ! C'est un vrai morceau du tombeau
Où Juliette dort auprès de Roméo [88] !

Elle soupire.

Ce souvenir me vient...

BOMBELLES, *respectueusement crispé.*

Vous n'allez pas, de grâce,
Me parler de Neipperg !

MARIE-LOUISE

Oui, Neipperg vous agace !
Pourquoi parler de l'autre, alors ?

BOMBELLES, *avec la conviction d'un homme qui préfère être préféré à Napoléon Ier qu'à Monsieur de Neipperg.*

C'est différent !

Et avec plus de curiosité que de jalousie.

Vous, — l'aimiez-vous ?

MARIE-LOUISE, *qui n'y est déjà plus.*

Qui donc ?

BOMBELLES

L'Autre !

MARIE-LOUISE

Ça vous reprend ?

BOMBELLES

Un si grand homme, on doit...

MARIE-LOUISE

Quant à cela, je nie
Qu'on ait jamais aimé quelqu'un pour son génie !
Et puis, ne parlons plus de lui, parlons de nous

Coquettement.

Cela vous plaira-t-il, Parme ?

BOMBELLES

Était-il jaloux ?

MARIE-LOUISE

Jusqu'à chasser Monsieur Leroy, tailleur-modiste,
Parce qu'en m'essayant un peplum, cet artiste
N'avait pu voir, sans un cri d'admiration,

Elle a laissé glisser derrière elle, sur le banc, la grande cape qui couvrait sa robe décolletée.

Mes épaules.

Et ses épaules, couvertes de diamants, apparaissent.

BOMBELLES,
flatté dans son amour-propre d'homme et dans sa haine de royaliste.

Jaloux ?... Alors, Napoléon...

MARIE-LOUISE,
regardant autour d'elle, avec effroi, à ce nom trop indiscrètement prononcé.

Chut !...

BOMBELLES, *avec une satisfaction croissante.*

... n'aurait pas aimé me voir les trouver belles,
Vos épaules, — ce soir ? Il n'aurait pas...

MARIE-LOUISE, *le rappelant à l'ordre.*

Bombelles !

BOMBELLES,
dégustant le plaisir de se venger de la Gloire.

... Aimé m'entendre dire à Votre Majesté...

Il s'assied sur le banc, près d'elle.

LE DUC

Oh ! mon père, pardonnez-moi d'être resté !

BOMBELLES,
regardant l'édifice de nattes à la mode du jour qui coiffe la tête de Marie-Louise d'une sorte de bonnet d'Arlésienne.

... Qu'elle est coiffée un peu comme nos filles d'Arles,
Mais qu'elle est bien plus belle, étant plus blonde ?...

MARIE-LOUISE, *faiblement.*

Charles !

BOMBELLES, *joignant le geste à la parole.*

... Il n'aurait pas aimé que me penchant ainsi...

Mais ses lèvres n'ont pas atteint l'épaule de Marie-Louise qu'il a été saisi à la gorge, arraché du banc, jeté à terre par le Duc de Reichstadt bondissant et criant.

LE DUC

Pas ça ! Je ne veux pas ! Je vous défends !

Il recule, étonné de ce qu'il vient de faire, épouvanté ; passe la main sur son front, et tout à coup :

Merci !

Merci ! Je suis sauvé !

MARIE-LOUISE, *défaillante.*

Franz !

LE DUC

Car ce cri, ce geste
Ne furent pas de moi ! Moi, toujours, il me reste
Le respect de ma mère — et de sa liberté !
C'est donc... c'est donc Celui dont j'étais habité,
Qui vient, là, hors de moi, de bondir avec force !
Merci ! Je suis sauvé ! C'était un sursaut corse !

BOMBELLES,
qui s'est relevé, faisant un pas vers le Duc.

Monsieur...

LE DUC, *reculant avec une hauteur glaciale.*

Rien entre nous !

Bombelles s'arrête, sentant qu'en effet rien n'est possible entre eux, et le Duc, se tournant vers sa mère, la salue profondément.

Madame, mes respects !
Au palais de Sala retournez vivre en paix !
Ce palais n'a-t-il pas deux ailes, dont une aile
Est un petit théâtre et l'autre une chapelle ?
Vous allez vous sentir, habitant au milieu,
Dans un juste équilibre entre le monde et Dieu !
Mes respects ! mes respects !

MARIE-LOUISE, *d'une voix tremblante.*

Mon fils !

LE DUC

Mais oui, Madame,
Mais oui ! c'est votre droit de n'être qu'une femme !
Allez être une femme au palais de Sala !

Mais dites-vous, dites-vous bien, et que cela
Soit la revanche amère et triste de sa gloire,
— Veuve qui n'a pas su garder la robe noire ! —
Dites-vous, désormais, qu'on ne fait les yeux doux
Qu'au prestige immortel qu'il a laissé sur vous,
Et que vous n'êtes belle, et que vous n'êtes blonde,
Que parce qu'autrefois il a conquis le monde !

MARIE-LOUISE, *atteinte au plus sensible.*

Mais... Bombelles, venez !... ne restons pas ici !

LE DUC

Retournez à Sala ! Je suis sauvé ! Merci !

MARIE-LOUISE,
qui va pour sortir, suivie de Bombelles.

Adieu, Monsieur !

LE DUC, *immobile, ne les regardant plus.*

Ô mains, mains froides, dans la tombe,
Ô mains tristes encor de leur anneau qui tombe,
Mains où posa le front de celle qui jadis
Sanglotait parce que je n'étais pas son fils,
Mais dont je sens les doigts sur mon âme orpheline,
Je vous baise en pleurant, ô mains de Joséphine [89] !

MARIE-LOUISE, *à ce nom se retourne,*
et laissant éclater une haine de femme.

La Créole !... Et crois-tu donc qu'à la Malmaison
Elle n'a pas ?...

Et l'on sent que tous les racontars vont défiler...

LE DUC, *d'une voix terrible.*

Silence !

Elle recule intimidée, se tait ; et lui reprend avec force :

Ah ! si c'est vrai, raison
De plus, raison de plus pour moi d'être fidèle !

Marie-Louise gagne la sortie de droite, quittant la fête avec Bombelles. Et le Duc reste là transformé, redressé, frémissant d'indignation et d'énergie, sauvé comme il vient de le dire. Ce n'est plus, ainsi que tout à l'heure, l'être d'ennui et de volupté, le blondin d'une grâce perverse, c'est, de nouveau, le jeune homme ardent et douloureux. A ce moment reparaît Metternich, achevant sa conversation avec Sedlinsky.

SCÈNE VIII

LE DUC, METTERNICH
et SEDLINSKY, *un instant ;*
puis FANNY ELSSLER.

METTERNICH,
concluant d'un ton satisfait, à Sedlinsky.

Oui, j'ai brisé l'orgueil de cet enfant rebelle !

Mais il pousse un cri en apercevant, debout devant lui, le prince qu'il a laissé, la nuit dernière, gisant au pied d'un miroir.

Hein ? — Vous ici !

Et comme le prince, en bondissant sur Bombelles, a laissé glisser son manteau, Metternich ajoute, choqué de le voir en colonel autrichien dans cette fête masquée :

Dans cet uniforme ?... Comment ?

LE DUC

Ne doit-on pas venir sous un déguisement ?

SEDLINSKY, *bas à Metternich.*

Cet orgueil, qu'hier soir brisa Votre Excellence
Garde, même en morceaux, toute son insolence !

METTERNICH,
maîtrisant sa colère et essayant de badiner.

A quoi donc vient rêver ici, fuyant le bal,
Le petit colonel ?

LE DUC

Au petit caporal.

METTERNICH, *sur le point de s'emporter.*

Oh ! je...

Se calmant, à Sedlinsky.

Mais le courrier, là-bas, qui me réclame !

Et il sort par la droite, au bras du préfet de police, en disant entre ses dents :

C'est à recommencer !

FANNY ELSSLER, *rentrée depuis un instant, s'avance vivement dès qu'ils ont disparu et, tout bas, derrière le Duc.*

Prince...

SCÈNE IX

LE DUC, FANNY ELSSLER.
PASSAGE DE MASQUES.

LE DUC *se retourne, reconnaît la femme masquée qu'il a accepté tout à l'heure d'attendre là, et avec, maintenant un recul violent :*

Ah ! non !... Cette femme !..
Non ! Je ne veux plus...

FANNY,
malicieusement, se démasquant une seconde.

Fuir ?

LE DUC, *avec un cri de surprise.*

Fanny — Toi ? — Fuir ?
Changeant de ton et se rapprochant.
Comment ?
Quand ?

FANNY, *lui désignant du coin de l'œil des couples qui passent.*

Feignez avec moi de causer galamment.
C'est grave. Écoutez bien. Mais souriez sans cesse.
Et elle lui dit en minaudant :
Votre cousine est là, dans ce bal.

LE DUC, *très ému, mais d'un air penché.*

La Comtesse ?

FANNY

Oui.
Elle prend la main du Duc et la met sur son cœur.
— Tiens, j'ai, comme un soir de première, le [trac ! —
Elle a sous son manteau ton habit blanc, ce frac
Avec lequel l'Aiglon a l'air d'une mouette !
Elle te ressemblait déjà de silhouette ;
Mais depuis qu'elle a teint en blond ses cheveux noirs,
Prince, elle te ressemble à tromper les miroirs !
Donc, pendant qu'on jouera,
Elle montre, à gauche, la porte du petit théâtre.
là, *Michel et Christine,*
Tu changes de manteau, vite, avec ta cousine...

LE DUC, *comprenant.*

Je me masque...

FANNY

Tu disparais comme en un truc...

LE DUC

Cependant qu'apparaît un faux duc !

FANNY

Le faux duc
Sort ostensiblement...

Elle montre la sortie de gauche.

LE DUC

En sortant, me délivre
Des agents qui, dehors, m'attendent pour me suivre...

FANNY

Rentre à Schœnbrünn...

LE DUC

S'enferme en ma chambre avec soin...

FANNY

Et s'éveille si tard demain...

LE DUC

... que je suis loin !
Seulement...

FANNY

Vous voyez un seulement ?

LE DUC

Énorme !
Si, voyant le faux duc sortir en uniforme,
Quelque masque, croyant me parler, lui parlait ?

FANNY

Impossible. Tout est réglé comme un ballet.
Pour qu'il sorte sans crainte et puis que tu te sauves,
Douze femmes sont là, douze dominos mauves ;
Elles vont, coquetant, riant, jouant de l'œil,
L'accaparer, l'une après l'autre, jusqu'au seuil,
Et, comme un volant blanc de raquette en raquette,
Le faux duc sortira de coquette en coquette !

UNE BANDE, *passant au fond à la poursuite d'un masque à tête de loup.*

Quel est ce loup ?

LE LOUP, *poursuivi, se retournant vers eux.*

Hou ! hou !

Il disparaît dans le bois.

LA BANDE, *se précipitant alors à la poursuite d'un Triboulet qui passe en gambadant.*

Quel est ce fou ?

LE FOU, *se sauvant et agitant sa marotte.*

Tzing ! tzing !

Tout disparaît dans des éclats de rire.

FANNY, *reprenant, au Duc.*

Puis, toi, tu sors du parc...

LE DUC

Par la porte d'Hietzing ?

FANNY

Non !

LE DUC

Par où ?

FANNY

Prenez garde. On passe. — Je m'évente...
Regardez l'éventail de votre humble servante...

LE DUC

Eh ! bien ?

FANNY, *tout en s'éventant coquettement.*

J'ai dessiné dessus le plan du parc.
Voyez-vous le chemin ? En rouge. Il fait un arc.
Suivez-vous ? Les petits carrés blancs sont des mar-
[bres,
Et les petits pâtés vert pomme sont des arbres.
On évite, par là, les gardes malfaisants.
On tourne à gauche. On prend du côté des faisans...

LE DUC, *les yeux sur l'éventail.*

Les hachures, qu'est-ce que c'est ?

FANNY

C'est quand ça monte,
On redescend. On tourne au gros triton de fonte.
Et l'on sort Empereur par ce petit portail !
Tout est-il bien compris ? Je ferme l'éventail.

LE DUC, *avec une fièvre joyeuse.*

Empereur !

FANNY, *plaisantant.*

C'est cela, le carrosse du Sacre,
Tout de suite !

LE DUC

Et l'on trouve à ce portail ?

FANNY

Un fiacre.

LE DUC

Hein ?

FANNY

Très bien attelé ! Ne sois pas inquiet !

LE DUC

Et qui me mène ?

FANNY

Au lieu de rendez-vous !

LE DUC

Qui est ?

FANNY

A deux heures d'ici — c'est vrai, ça vous écarte, —
Mais la comtesse y tient : Wagram !

LE DUC, *souriant.*

La Bonaparte !
— Et Prokesch ?

FANNY

Prévenu par moi. Sera là-bas.

LE DUC

Et Flambeau ? Vais-je le revoir ?

FANNY

Je ne sais pas.

Tout en causant, elle l'a conduit vers la gauche. Il y a, de ce côté, au pied d'une grande urne antique d'où retombent de longues branches de lierre, un tas de décombres parmi des touffes d'herbe. Un fût de colonne, au coussin de mousse, offre une sorte de siège, et près d'un fragment de bas-relief posé sur le sol, à plat, comme une large dalle, la tête énorme et barbue d'une statue cassée ouvre ses yeux blancs et sa bouche d'ombre.

Il faut attendre... Asseyons-nous, au clair de lune,
Vous, sur ce bloc...

Et elle désigne le fût de colonne.

Moi, sur la tête de Neptune.

S'adressant à la tête de pierre, avec une révérence comique.

Neptune, c'est permis de s'asseoir ?

LA TÊTE DE NEPTUNE, *d'une voix caverneuse.*

C'est permis !

Fanny fait un bond en arrière, et la tête ajoute d'une voix cordiale.

Seulement, vous savez, il y a des fourmis !

FANNY, *se réfugiant dans les bras du Duc.*

Dieu !... la tête qui parle !...

LE DUC,
qui comprend et se souvient tout à coup.

Ah ! c'est là, sous le lierre,
C'est vrai, qu'on sort du trou...

LA VOIX, *tranquillement.*

Par une fourmilière !

LE DUC, *se penchant vers les décombres dont il essaie d'écarter les branches.*

Flambeau !

SCÈNE X

LE DUC, FANNY, FLAMBEAU, *d'abord invisible.*

DES MASQUES, *de temps en temps.*

LA VOIX DE FLAMBEAU, *jovialement.*

Dans la cachette à Robinson...

UNE BANDE DE MASQUES, *qui passe au fond à la poursuite d'un Paillasse.*

Ohé !

FANNY, *se penchant vivement et mettant sa main sur la bouche de Neptune.*

Chut ! des masques !

LES MASQUES, *disparaissant.*

Bravo ! Très drôle !

Leurs voix se perdent.

LA VOIX DE FLAMBEAU, *achevant avec le plus grand calme.*

Crusoé.

LE DUC

Quoi ! depuis hier soir ?...

FLAMBEAU, *toujours invisible.*

Oui, je fume ma pipe...

LE DUC

Dans ce trou ?...

FLAMBEAU

Que tu fis à l'instar de ce type,
Inventeur du bonnet à poil[90], à ce qu'on dit,
Et dont le Mameluck s'appelait Vendredi !

LE DUC,
examinant les pierres et les mousses.

Je ne retrouve plus la place exacte !

FLAMBEAU

A droite !
Juste où je souffle, avec ma pipe, un peu d'ouate !

Et par une fente de la grosse pierre posée à plat, on voit s'élever une fumée qui se met à floconner dans l'air calme.

FANNY, *la montrant au Duc.*

Là, — le petit Vésuve !

LE DUC,
se penchant vers la pierre, d'un ton désolé.

Oh ! tu dois être...

FLAMBEAU,
qui lance les mots entre des bouffées de fumée.

Mal !
Mais

Une bouffée

je vous avais dit

Une bouffée.

que je viendrais au bal !

FANNY,
regardant autour d'eux, avec inquiétude.

Si l'on nous voit causer avec une fumée !

FLAMBEAU

Aï !

LE DUC

Quoi donc ?

FLAMBEAU

Un retour offensif de l'armée
Fourmi ! Depuis hier, tout le temps on se bat !
— Aï ! — Elles ont le nombre et moi j'ai le tabac !

On l'entend souffler très fort.

En soufflant la fumée à flots...

FANNY, *riant.*

Tu les canonnes !

FLAMBEAU, *dont la voix se rapproche.*

Puis-je lever ma pierre une seconde ?

LE DUC,
après avoir regardé si personne ne passe.

Oui !

Alors un des côtés de la pierre se soulève lentement, entraînant ses tremblantes attaches de lierre, laissant pendre des cheveux d'herbe, et, de l'ombre humide du trou de Robinson, on voit sortir à demi un Flambeau mystérieux et cocasse, l'uniforme verdi, les moustaches pleines de brindilles, le nez terreux, l'œil gai.

FLAMBEAU, *tout en soulevant la pierre, entonnant d'une voix sépulcrale le grand air du dernier succès de l'Opéra.*

Nonnes [91] !...

LE DUC et FANNY, *précipitamment.*

Chut !

FLAMBEAU,
s'accoudant au bord moussu du petit souterrain.

J'ai l'air de me mettre au balcon du tombeau !

LE DUC

Fanny m'a tout conté. C'est pour ce soir, Flambeau.

FLAMBEAU

Bon ! — Craignez Metternich, seulement ! L'œil du
[maître !

LE DUC

Il a quitté le bal.

FLAMBEAU, *vivement.*

Mais pour me reconnaître
Il n'y a plus personne, alors !

FANNY

Tout ira bien.

FLAMBEAU

Metternich est parti ?... Vous ne me dites rien ?

LE DUC

Mais...

FLAMBEAU

Et vous me laissez, à l'ombre de cette urne,
Prendre un torticolis dans ma petite turne?

FANNY, *vivement.*

Des masques!

Flambeau rentre dans son trou. La scène est envahie par des masques qui dansent une ronde autour d'un magicien à grande barbe.

LES MASQUES, *cherchant à reconnaître qui se cache sous cette barbe.*

C'est Blacas! — C'est Sandor! — C'est Zichy!
— C'est Thalberg! — Non, Thalberg est en mamma-
— C'est Josika! — Non! c'est... [mouchi!

Mais le magicien se baissant brusquement et passant sous les mains nouées de deux danseurs, s'échappe. Cris de tous les masques.

Il fuit! qu'on le rattrape!

FLAMBEAU, *soulevant sa pierre comme un diable le couvercle de sa boîte.*

Partis?

LE DUC et FANNY

Partis.

FLAMBEAU

Alors...

Il sort tranquillement du trou, dont il extrait son fusil et son bonnet à poil.

LE DUC et FANNY

Hein ? Quoi ?

FLAMBEAU, *remettant la pierre en place.*

Baissons la trappe !

LE DUC, *épouvanté.*

Que va-t-on dire en te voyant ?

FANNY

C'est effrayant !

Rentrez vite !

FLAMBEAU

Ce qu'on va dire en me voyant ?

Les masques reparaissent au fond.

L'UN D'EUX,

apercevant Flambeau, avec enthousiasme.

Et celui-là ! Ho ! ho ! — en grognard de l'Empire !

FLAMBEAU, *au Duc et à Fanny.*

Eh bien ! mais le voilà, tenez, ce qu'on va dire !

LES AUTRES MASQUES,

s'arrêtant en voyant Flambeau.

Bravo ! — Très bien !

FLAMBEAU

Je suis tranquille maintenant !

Il remet son bonnet et fume sa pipe. A ce moment, la scène est envahie. Tout le monde revient du bal, car la cloche du théâtre sonne et un laquais vient de suspendre aux branches de la porte une affiche sur laquelle on lit :

MICHEL ET CHRISTINE [92]

Vaudeville en un acte.

De MM. EUGÈNE SCRIBE et HENRI DUPIN.

La plupart des masques, avant d'entrer au théâtre, s'arrêtent pour contempler Flambeau.

SCÈNE XI

LES MÊMES, *puis peu à peu* TOUS LES MASQUES, DES LAQUAIS, THÉRÈSE, TIBURCE, *etc.*

UN TRIVELIN, *appelant un Léandre.*

As-tu vu le grognard ?

LE LÉANDRE, *frappé d'admiration.*

Oh ! il est étonnant !

Le Duc s'est un peu écarté, laissant Fanny avec Flambeau qui, en un clin d'œil, est entouré.

L'ARLEQUIN, *le regardant de près.*

Excellents, les petits anneaux d'or aux oreilles !

UNE PETITE DIABLESSE, *même jeu.*

Et les gros sourcils gris, postiches ! Des merveilles !

Elle se hausse sur la pointe des pieds et essaie de les toucher. Flambeau recule.

FLAMBEAU, *bas à Fanny.*

Mais sans manteau, comment sortirai-je bientôt ?

FANNY, *tirant de son gant un numéro de vestiaire qu'elle lui passe.*

Le numéro de Gentz, tiens : un très beau manteau !

UN PETIT MARQUIS, *à Flambeau.*

Bonjour, grognard !

FLAMBEAU, *poliment.*

Honneur, plaisir.

UN SCARAMOUCHE, *l'observant.*

Je me demande
Qui c'est ?

Il s'avance, et bouffonnant.

Pour lors, sergent, vous serviez ?...

FLAMBEAU

Dans la Grande !

On rit.

FLAMBEAU, *à lui-même.*

Ils riaient moins du temps, chez eux, qu'elle hiver-
[nait !

Il se promène, de long en large.

EXCLAMATIONS, *en le voyant marcher.*

C'est un Raffet ! — C'est un Charlet ! — C'est un
[Vernet[93] !

LE LANSQUENET,
s'avançant et tâtant l'uniforme.

Comme il est bien usé !... La poudre !... Les pous-
[sières !...
Le nom du costumier ?

FLAMBEAU

Ce sont des costumières.
Une vieille maison : *Guerre et Victoire, Sœurs.*

UN LANSQUENET

Ah ! oui ?

FLAMBEAU, *remontant.*

Nous n'avons pas les mêmes fournisseurs !

LE SCARAMOUCHE, *le suivant.*

Parbleu ! mais c'est Zichy !...

A Flambeau, en lui tendant la main.

Cher comte...

Il recule en recevant une bouffée de fumée dans la figure.

FLAMBEAU, *s'excusant et montrant sa pipe.*

Ma bouffarde.

On rit.

LE SCARAMOUCHE, *aux autres.*

Oui, son langage, ainsi que son museau, se farde !

FLAMBEAU, *chantonnant.*

En allant à Krasnoé
On avait soif, on avait froué !...

UN SEIGNEUR FLORENTIN, *riant.*

C'est qu'il est excellent !...

S'avançant et lui prenant le bras.

En Russie, hein ! mon vieux,
Nous avons eu très froid au nez ?

On rit.

FLAMBEAU

Oui... Pas aux yeux.

Il chantonne

Mais, cristi, ça vous ravigote
Rien que de voir sa redingote !...

L'ARLEQUIN, *vient lui prendre le bras de l'autre côté, et finement.*

Dis donc, sa redingote a besoin de reprises ?

On rit.

FLAMBEAU

Mais, dis donc, elle vous en a fait voir de grises !

Les rires jaunissent légèrement.

PLUSIEURS, *sans enthousiasme.*

Ha ! ha ! très drôle !...

LE LANSQUENET, *tiède.*

Oui... très nature...

LE SCARAMOUCHE, *froid.*

Très exact !

L'ARLEQUIN, *bas, aux autres.*

Mais vous ne trouvez pas qu'il manque un peu de [tact ?

Il les emmène vers le théâtre où du reste, tout le monde entre peu à peu ; la scène se vide. Fanny Elssler, qui a rejoint le Duc, suit avidement des yeux les derniers masques qui se dirigent vers la petite porte.

FANNY, *au Duc.*

Sitôt qu'ils seront tous entrés pour voir la pièce...

FLAMBEAU, *d'une voix de forain, rabattant les retardataires.*

Entrez !

FANNY

... j'irai chercher votre cousine.

A ce moment, le laquais que le Duc avait envoyé porter une lettre au château reparaît et s'approche vivement de lui.

LE DUC

Qu'est-ce ?

FLAMBEAU, *au fond.*

Entrez !

LE LAQUAIS, *au Duc.*

J'ai prévenu que Monseigneur irait
Passer la nuit au pavillon de la forêt.

Il s'éloigne.

FANNY, *qui a entendu.*

Hein ?

LE DUC, *vite et bas à Fanny.*

J'oubliais. J'ai dit qu'au pavillon de chasse
Je passerai la nuit. C'est donc là qu'à ma place
La comtesse devra se rendre. Préviens-la.

FANNY

Je la préviens et vous l'amène. Restez là.

Elle sort par le fond à gauche. Parmi les derniers masques qui sont revenus du bal, il y a Tiburce et Thérèse.

FLAMBEAU, *sur le seuil du théâtre.*

Entrez !

TIBURCE, *à sa sœur, lui désignant le théâtre.*

Vous n'entrez pas ?

THÉRÈSE

Non. Je pars.

TIBURCE, *la saluant.*

A votre aise !

Il entre au théâtre. Elle se dirige vers la sortie, à droite.

LE DUC, *l'apercevant.*

Mais elle va peut-être au rendez-vous !

Avec un mouvement vers elle pour l'avertir.

Thérèse !

Elle s'arrête sur le seuil, le regardant. Mais il se ravise, et à lui-même :

Non ! qu'elle y aille !... Il me sera doux de savoir
Qu'elle fut faible au point d'y aller !

Et à Thérèse, tendrement.

A ce soir !

Elle sort sans répondre.

SCÈNE XII

LE DUC, FLAMBEAU, FANNY, LA COMTESSE.

FANNY, *reparaissant, à Flambeau.*

Surveille où l'on en est de la pièce de Scribe !
C'est l'heure !

Flambeau entre au théâtre. Elle fait un signe au fond et l'on voit venir un jeune homme masqué enveloppé d'un grand manteau brun.

FLAMBEAU, *sortant du théâtre.*

En ce moment, plus d'un mouchoir [s'imbibe
Parce que Stanislas est triste et Polonais[94] !

Il rentre dans le théâtre.

FANNY, *au Duc.*

Duc, voici la comtesse !

Le jeune homme se démasque : c'est la comtesse. Ses cheveux, teints en blond, sont coupés et coiffés comme ceux du prince, avec la raie et la grande mèche sur le front. En descendant vers son cousin, elle ouvre son manteau et apparaît svelte et blanche, dans le même uniforme que lui.

LE DUC

Oh ! je me reconnais !
C'est moi qui viens vers moi dans l'ombre qui [s'étonne !

Fanny fait le guet.

LA COMTESSE

Bonsoir, Napoléon.

LE DUC

Bonsoir, Napoléone.

LA COMTESSE

Je suis très calme. Et toi ?

LE DUC

Je songe aux dangers fous
Que vous allez courir pour moi !

LA COMTESSE, *vivement.*

Oh ! pas pour vous.

LE DUC

Ah ?

LA COMTESSE

Pour le nom, la gloire, et mon sang sur le trône !

LE DUC, *souriant.*

Comme tu fais sonner ta cuirasse, Amazone !

LA COMTESSE, *avec fierté.*

Oui, ce serait moins beau si c'était par amour !

LE DUC, *se rapprochant.*

Mais, à propos d'amour, lorsque tu seras pour
Me remplacer, ce soir, là-bas... si d'aventure,
Une femme venait...

LA COMTESSE, *tressaillant.*

Ah ! j'en étais bien sûre !

LE DUC

Raconte-lui ma fuite ; et tu vas me jurer...

FLAMBEAU,
reparaissant sur le seuil du théâtre.

Le vieux soldat se tait...

FANNY

Bien ! bien !

FLAMBEAU, *rentrant dans le théâtre.*

... sans murmurer[95] !

LE DUC

... Si ce soir, elle vient, plus tard de me le dire!

LA COMTESSE

Quoi! s'occuper d'un cœur quand, demain, c'est
[l'Empire!

LE DUC

C'est parce que demain je vais être Empereur
Que j'attache, ce soir, tant de prix à ce cœur!

LA COMTESSE, *brutalement.*

D'autres vous aimeront!

LE DUC

Mais pourrai-je les croire
Comme la triste enfant prête à tomber sans gloire
Qui, parce qu'elle veut tomber en consolant
Viendra ce soir, peut-être, à ce rendez-vous blanc?

LA COMTESSE, *haussant les épaules.*

Vous aimerez encor!

LE DUC

Mais jamais plus, peut-être
A quelque rendez-vous, que, plus tard, je puisse être,
Je n'attendrai dans l'ombre et n'ouvrirai les bras
Comme à ce rendez-vous où je ne serai pas!

LA COMTESSE, *avec dépit.*

Je trouve Votre Altesse extrêmement émue!

LE DUC

Moins que si tu me dis plus tard : « Elle est venue! »

FLAMBEAU, *reparaissant.*

Il faut se dépêcher, car les yeux vers le ciel,
Il chante quelque chose à son vieux colonel[96] !

Le Duc et la comtesse se masquent rapidement.

LA COMTESSE, *dégrafant son manteau noir pendant que le Duc détache son domino violet.*

Changeons vite !

FLAMBEAU,
regardant si personne ne sort du théâtre.

Au signal !... Ne craignez rien. Je guette.
Attention !

Il tire la baguette de son fusil qu'il lève solennellement.

Par la vertu de ma baguette !...

LA COMTESSE, *à Flambeau.*

Tu vas, peut-être, faire un César, songes-y !

FLAMBEAU

C'est pourquoi ma baguette est celle d'un fusil !

Le Duc de Reichstadt est à droite. La comtesse est à gauche. Ils enlèvent simultanément leurs manteaux. Une seconde, il y a, dans un éclair blanc, deux Ducs de Reichstadt. Mais l'échange se fait : le Duc s'enveloppe du manteau noir, rabat le capuchon sur sa tête ; la comtesse jette négligemment sur une épaule le domino violet de manière à ne pas cacher l'uniforme et les croix, reste tête nue pour bien laisser voir les cheveux blonds... Et il n'y a plus qu'un Duc de Reichstadt, à gauche.

SCÈNE XIII

LES MÊMES, TOUT LE MONDE.

FLAMBEAU, *l'oreille tendue vers le théâtre d'où viennent des applaudissements et des rumeurs.*

On sort !

Le Duc se sépare de la comtesse. Une musique bruyante éclate. La scène s'éclaire vivement. Car de tous côtés des laquais entrent, roulant devant eux des orangers dont le feuillage est criblé de verres lumineux. Sur chaque caisse verte on a posé deux planches que recouvre un napperon de dentelle laissant passer par un trou le tronc de l'oranger, et sur chacune de ces petites tables d'où jaillit un arbre illuminé, un somptueux petit couvert est mis. Vaisselle de vermeil. Cristaux irisés. Luxe de fleurs. Nuée de laquais poudrés qui, en un clin d'œil, flanquent chaque caisse de quatre chaises légères, et habillent les deux orangers qui étaient déjà en scène comme les nouveaux venus. Cependant tous les masques sortent du théâtre, en farandole, se tenant par la main, sur l'air de galop qu'attaque l'orchestre. En voyant la surprise que leur réservait Metternich, ils poussent des cris d'enthousiasme. La longue chaîne dansante, conduite par l'Archiduchesse et l'Attaché français, se met à serpenter autour des orangers et ce sont des éclats de rire, des appels, des interjections, parmi lesquels on entend à peu près :

Les orangers ! — C'est ici que l'on soupe !
— Vous marchez sur ma robe ! — Hop ! hop ! — Je perds ma [houppe !

— Bravo, les orangers ! — Dansons en rond ! — Baron !
— Marquise ! — Hop ! hop ! — Plus vite ! — Encor ! — Toujours !
[— En rond
— Attention ! Un, deux... à trois, on se sépare !
Trois !

Et la farandole se disloque.

TOUT LE MONDE,
se précipitant vers les tables pour se placer.

Hourrah !

FANNY, *au Duc, lui montrant la Comtesse qui, restée debout au premier plan, à gauche, a été immédiatement entourée par tous les dominos mauves.*

Notre essaim de femmes l'accapare !

LES DOMINOS MAUVES,
autour du faux Duc, feignant de coqueter, pour que personne ne l'approche.

Prince ! — Duc ! — Monseigneur ! — Altesse !

GENTZ, *qui les regarde en passant, avec une jalousie de vieux galantin.*

Il n'y en a
Que pour le Duc ce soir !

DES MASQUES,
s'appelant pour souper ensemble.

Sandor ! — Zichy ! — Mina !

L'ARLEQUINE,
masquée qu'on a appelée Mina, s'asseyant.

On me reconnaît donc ?

LE POLICHINELLE

A ce collier de jade !

LE SCARAMOUCHE, *s'attablant et regardant les petites oranges de l'oranger.*

Au dessert on pourra se faire une orangeade !

UN DOMINO MAUVE, *minaudant, au faux Duc.*

Duc !...

L'OURS, *qui a ôté sa tête pour souper, lisant le menu.*

Sterlets du Danube ! — Et caviar du Volga !

L'ARCHIDUCHESSE, *qui va et vient, plaçant les soupeurs.*

Mimi de Meyendorf à la table d'Olga !

Tout le monde est assis, excepté la comtesse qui, toujours debout à gauche, continue à marivauder avec un domino mauve. Le Duc, sans la quitter des yeux, s'est attablé, avec Flambeau et Fanny, à l'un des orangers. Rires. Murmures. Le souper commence.

GENTZ, *se levant, un verre de champagne à la main.*

Mesdames et Messieurs...

QUELQUES SOUPEURS, *réclamant le silence.*

Chut ! Chut !

LE DUC, *voyant la Comtesse faire un pas vers la droite.*

C'est la minute

Terrible !...

GENTZ

Je brandis cette première flûte
En l'honneur...

LE DUC

Elle va pour sortir...

GENTZ

... de l'absent
Qui régla nos plaisirs et s'en fut — nous laissant
Ces musiques, ces fleurs et ces sorbets aux pêches, —
Travailler jusqu'à l'aube et dicter des dépêches !

Applaudissements. La Comtesse profite de ce que l'attention est attirée par Gentz et se dirige, parmi les tables, vers la sortie. A mesure qu'elle avance — en imitant l'allure distraite du Duc et sans avoir l'air de se presser — il se lève, de chaque table, sur son passage, un domino mauve qui l'accompagne un instant en lui faisant des agaceries, et ne la quitte que lorsqu'un autre domino mauve vient à son tour l'accaparer coquettement.

FANNY, *qui la suit des yeux, bas au Duc.*

Elle a bien attrapé votre pas nonchalant !

GENTZ, *continuant d'une voix éclatante.*

Au Prince Chancelier, Conseiller, Chambellan !
Dédions ton premier grésillement, champagne,
A Metternich, prince d'Autriche et grand d'Espagne,
Seigneur de Daruvar et duc de Portella...

FANNY, *regardant toujours la Comtesse qui se rapproche de plus en plus de la sortie.*

Elle avance ! Voyez l'air tranquille qu'elle a.

GENTZ

Chevalier de Sainte-Anne...

LE DUC, *bas à Flambeau*
dont il serre convulsivement la main.

En parlant, il nous aide,
Ce Gentz, sans le savoir !

GENTZ

... Des Séraphins de Suède,
De l'Éléphant Danois et de la Toison d'or !...

FLAMBEAU, *bas.*

Pourvu que Metternich ait des titres encor !

GENTZ

Curateur des Beaux-Arts, Magnat héréditaire...

LE DUC, *fébrilement,*
les yeux fixés sur la Comtesse qui avance toujours.

Oh ! mon pas n'est pas si traînant... elle exagère !

GENTZ, *avec un enthousiasme croissant.*

Bailli de Malte...

LE DUC, *de plus en plus énervé,*
voyant la Comtesse s'arrêter tout près de la sortie
avec un domino mauve.

Eh bien ! qu'attend-elle ?

GENTZ

Grand-Croix
Du Faucon, du Lion, de l'Ours, de Charles III !...

Il s'arrête, s'épongeant le front.

Ouf !...

LA VOISINE DE DROITE *de Gentz,*
à sa voisine de gauche.

Il va succomber ! Il faut que tu l'éventes !

Les deux éventails s'agitent avec une violence comique des deux côtés de Gentz.

GENTZ, *ranimé, concluant avec emphase.*

Et Membre de plusieurs Sociétés savantes !

ENTHOUSIASME GÉNÉRAL

Hourrah !...

Tout le monde est debout. Les verres se choquent. La Comtesse est arrivée à la sortie avec le dernier domino mauve ; le pied sur le seuil, elle cause et rit nerveusement, s'attarde une seconde de peur de se trahir par un départ brusque, baise la main du domino mauve pour prendre congé.

FLAMBEAU, *bas au Duc qui n'ose plus regarder.*

Et pendant qu'ils trinquent de toutes parts,
Prince, elle va sortir... elle sort !...

L'ARCHIDUCHESSE,
qui depuis un instant suit des yeux le faux Duc,
à voix haute, de sa place.

Franz, tu pars ?

La Comtesse chancelle, elle est obligée de s'adosser au treillage pour ne pas tomber.

LE DUC, *bas.*

Tout est perdu !

FLAMBEAU

Tonnerre !

L'ARCHIDUCHESSE,
qui se lève et se dirige vers la Comtesse.

Attends !

FANNY, *atterrée.*

L'Archiduchesse
N'est pas du complot !

L'ARCHIDUCHESSE,
qui est arrivée près de la Comtesse.

Franz !
Elle lui prend le bras, et d'un doux ton de reproche
Tu blessas ma tendresse,
Tout à l'heure, mais...
Elle tressaille, en recevant à travers le masque un regard qu'elle ne reconnaît pas. Elle s'arrête, examinant de près le bas du visage, et presque sans voix :
Ah !...

LE DUC, *qui suit cette scène.*

Perdu !

L'ARCHIDUCHESSE, *reculant hésitante.*

Mais...
Puis, après le siècle d'une seconde, elle reprend sa voix naturelle, et très haut, tendant la main à la Comtesse
A demain !

LA COMTESSE,
à qui l'émotion, la peur qu'elle a eue, la gratitude font perdre un instant la tête.

Ah ! Madame, comment ?...

L'ARCHIDUCHESSE, *vite et bas.*

Baisez-moi donc la main !

La Comtesse se ressaisit, baise tout à fait en duc de Reichstadt la main de l'Archiduchesse, se redresse, et sort.

SCÈNE XIV

LES MÊMES, *moins* LA COMTESSE.

UN SOUPEUR, *qui a vu sortir la Comtesse.*

Il part déjà, le Duc ?

TIBURCE, *haussant les épaules.*

Oh ! il est si fantasque !

L'Archiduchesse, en regagnant son oranger, passe devant celui où sont assis le Duc, Flambeau et Fanny.

LE DUC, *l'arrêtant au passage, d'une voix basse et émue.*

Votre main... comme au duc de Reichstadt ?...

L'ARCHIDUCHESSE, *regarde un instant ce jeune homme encapuchonné et masqué, et lui tend la main.*

Tiens, beau masque !

Elle regagne sa place. Tout le monde soupe, rit, cause.

GENTZ, *se levant, un verre de champagne à la main.*

Et maintenant...

Rires et protestations.

PLUSIEURS

Encore !

GENTZ

Un mot...

L'ARLEQUIN

Gentz, allez-y !

GENTZ

Je voulais compléter mon petit brindisi.
J'ai commis tout à l'heure un oubli... volontaire.
Car le duc de Reichstadt étant là, j'ai dû taire
Le plus beau titre de Metternich. J'ai l'honneur
— Le Duc étant sorti — de boire : *Au destructeur
De Bonaparte !*

TOUT LE MONDE, *se levant dans une subite explosion de haine joyeuse.*

Au destructeur de Bonaparte !

Mouvement du Duc. Tous les verres sont levés. Flambeau vide tranquillement le sien dans le canon de son fusil.

LE DUC

Que fais-tu ?

FLAMBEAU

Je le mouille un peu, de peur qu'il parte[97] !

Tout le monde se rassied. La conversation devient générale. On se parle d'un oranger à l'autre.

LE SCARAMOUCHE, *riant.*

Ce Bonaparte !...

LE PETIT MARQUIS

En somme, un faux marbre !

TIBURCE

Du stuc !

LE DUC, *indigné.*

Hein ?

FLAMBEAU, *craignant qu'il ne se trahisse.*

Songez qu'il y va de l'Empire, mon Duc !

LE POLICHINELLE, *dédaigneux.*

Très surfait.

FLAMBEAU, *toujours bas au Duc, lui saisissant la main.*

Prenez garde !

TIBURCE

Officier secondaire
Mais qu'en Égypte on a vu sur un dromadaire...
Alors !...

L'OURS

On dit que Gentz le fait très bien !

FLAMBEAU, *entre ses dents.*

Cristi !

L'ARLEQUIN, *à Gentz.*

Fais-le !

Gentz se lève. Mouvement du Duc.

FLAMBEAU, *au Duc.*

N'oubliez pas que vous êtes sorti !

GENTZ,
faisant rapidement descendre une mèche en pointe sur son front.

La mèche !

Fronçant le sourcil.

L'œil !

Mettant la main dans son gilet.

La main !

Et satisfait.

Voilà.

Acclamations et rires.

LE DUC, *dont les doigts nerveux arrachent la dentelle de la nappe.*

Oh !

FLAMBEAU,
s'est retourné avec un mouvement furieux vers Gentz, mais la caricature même de ce qu'il aimait tant l'émeut, et calmé, il dit d'une voix sourde :

Il se moque !
Et même en se moquant c'est beau ! car il l'évoque !

LE CROCODILE

Vous savez qu'il tombait de cheval, patatras !

Rires.

FLAMBEAU, *bas au Duc.*

Voilà ce que, sur lui, trouvèrent les *ultras !*

LE PIERROT

Un causeur très médiocre !

FLAMBEAU, *ironique.*

Allez donc !

LE DUC

C'est la règle !
S'ils ne pouvaient entre eux dire du mal de l'aigle,
Que diraient le cloporte et le caméléon ?

TIBURCE

Il ne s'appelait pas, d'ailleurs, Napoléon !

FLAMBEAU, *sursautant.*

Hein ?
C'est le Duc maintenant qui le retient.

TIBURCE

Il s'est fabriqué ce nom : c'est très facile !
On veut se faire un nom magnifique...

FLAMBEAU, *à part.*

Imbécile !

TIBURCE

... Qui dans l'histoire, un jour, puisse être interpolé..
On prend trois petits sons clairs et secs : *Na-po-lé.*
Et puis un bruit sourd : *on* !

L'OURS

C'est extraordinaire !

TIBURCE

Oui : *Na-po-lé :* l'éclair !... et puis : *on,* le tonnerre.

UN TRIVELIN

Quel était son vrai nom ?

TIBURCE

Ah ! vous ne savez pas ?

LE TRIVELIN

Mais non !

TIBURCE

Il s'appelait Nicolas.

FLAMBEAU, *se levant furieux.*

Nicolas ?

TOUT LE MONDE,
l'applaudissant de si bien jouer son rôle.

Ah ! bravo ! le grognard !

GENTZ, *riant, à Flambeau.*

Nicolas !

Il lui passe un plat.

Quelques cailles ?

FLAMBEAU, *prenant le plat.*

Eh bien ! mais... Nicolas gagnait bien les batailles !

UN PAILLASSE, *avec le plus aristocratique dégoût.*

Et cette cour qu'en un clin d'œil il fagota !

TIBURCE

Quand on y parlait titre, étiquette, Gotha,
Mon cher, pour vous répondre, il n'y avait personne !

FLAMBEAU, *doucement.*

Il n'y avait donc pas le général Cambronne ?

UNE VOIX DE FEMME

Mais... la guerre !...

TIBURCE

Qu'y faisait-il ? Les bulletins !

LE POLICHINELLE

Il se tenait sur des petits tertres lointains !

Rires.

FLAMBEAU, *prêt à s'élancer.*

Nom de...

LE DUC, *le retenant.*

Chut !

TIBURCE

Une balle, un jour, fut assez bonne
Pour venir le blesser au pied, à Ratisbonne :
Juste de quoi fournir un sujet de tableau [98] !

Rires.

FLAMBEAU,
retenant à son tour le Duc, lui dit avec rage.

Du calme !

LE DUC

Mais toi-même...

FLAMBEAU, *dont la main depuis un instant tourmente son couteau.*

Otez-moi ce couteau !

TIBURCE, *renversé sur sa chaise et dégustant à petites gorgées son Johannisberg.*

Bref...

LE DUC, *dont les ongles s'enfoncent dans le poignet de Flambeau.*

Qu'il n'ajoute pas quelque chose de pire !

FLAMBEAU, *suppliant.*

Vous le supporterez !

LE DUC

Oh ! pas pour un Empire !

TIBURCE,
laissant tomber un mot entre chaque gorgée.

Bref — ce fameux héros — c'était...

FLAMBEAU, *sentant que le Duc va s'élancer, avec désespoir.*

Non, mon petit !

TIBURCE

C'était un lâche !

LE DUC, *se levant.*

Oh ! je...

UNE VOIX, *partie du fond.*

Vous en avez menti !

Brouhaha.

TOUT LE MONDE, *debout, parlant à la fois.*

Hein ? Qu'est-ce ? Quoi ? Comment ? Plaît-il ? Qui ça ?

GENTZ, *qui est resté assis.*

Tumulte.

FLAMBEAU, *bas au Duc.*

Tout est sauvé ! quelqu'un a relevé l'insulte !

TIBURCE, *blême.*

Qui s'est permis ?

L'ATTACHÉ FRANÇAIS,
qui, écartant les groupes, descend vers lui.

C'est moi.

LE SCARAMOUCHE, *bas à Tiburce.*

L'un des aides de camp
Du maréchal Maison !

TIBURCE

Quoi ? vous, me provoquant ?
Vous qui représentez le Roi ?

GENTZ, *assis, terminant sa grappe de raisin.*

C'est toujours drôle.

L'ATTACHÉ

Il s'agit de la France, et je suis dans mon rôle.
C'est contre elle tenir des propos insultants
Que d'insulter celui qu'elle aima si longtemps.

TIBURCE

Buonaparte ?

L'ATTACHÉ

Veuillez prononcer Bonaparte.

TIBURCE, *ironique.*

Soit ! Bonaparte !

L'ATTACHÉ

Non. L'Empereur.

TIBURCE

Votre carte ?
Échange de cartes.

L'ATTACHÉ, *saluant.*

Je pars demain. Donc, le duel, demain matin.

Il s'éloigne et rejoint deux amis avec qui il se met à causer à voix basse. Les violons ont repris au loin et les groupes, en chuchotant, commencent à regagner le bal.

FLAMBEAU, *qui a disparu une seconde, à droite, vers le vestiaire, revient vêtu d'un superbe manteau et dit vivement au Duc :*

Filons ! J'ai le manteau.

Il l'ouvre et le referme.

Dedans, c'est en satin.

TIBURCE, *qui s'est rassis seul à sa table, tendant nerveusement son verre à un laquais.*

De l'eau ?

LE LAQUAIS, *qui est celui que le Duc a envoyé au château, tout en remplissant le verre de Tiburce.*

Monsieur est dur pour le Corse !

TIBURCE, *levant les yeux sur lui, avec un étonnement hautain.*

Hein ?

LE LAQUAIS, *baissant la voix.*

Plus tendre,

Votre sœur, pour son fils !...

Mouvement de Tiburce.

Voulez-vous les surprendre ?

TIBURCE

Quand ?

LE LAQUAIS

Ce soir.

TIBURCE

Où ?

LE LAQUAIS

Je sais.

TIBURCE,
lui faisant signe d'aller l'attendre dehors.

Attends-moi près d'ici !

Le laquais s'éloigne. Tiburce se lève et, la main sur sa grande rapière de capitan.

Je vais débarrasser l'Autriche !

Cependant LE DUC, *avant de partir avec Flambeau qui l'attend sur le seuil, est allé vers l'attaché qui a fini de causer avec ses amis, et lui mettant la main sur l'épaule.*

Vous, merci !

L'ATTACHÉ, *se retournant.*

De quoi donc ?

Le Duc soulève son masque une seconde. L'attaché va pousser un cri.

LE DUC, *mettant un doigt sur ses lèvres.*

Chut !

L'ATTACHÉ, *bas.*

Le Duc ?

LE DUC

Un complot.

L'ATTACHÉ, *surpris de cette confiance.*

Je m'étonne...

LE DUC, *avec une grâce fière.*

Je n'ai que mon secret, Monsieur : je vous le donne.

Vite et bas.

Rendez-vous à Wagram, ce soir. Soyez-y !

L'ATTACHÉ

Moi ?

LE DUC

N'êtes-vous pas à nous ?

L'ATTACHÉ

Je suis fidèle au roi.

LE DUC

C'est bien ! Mais tu te bats pour mon père, à ma [place.

Et c'est en toi, ce soir, un peu de moi qui passe !

Il remonte, en le saluant.

A bientôt !

L'ATTACHÉ, *le suivant.*

Vous croyez me gagner ?...

LE DUC

J'en suis sûr.

Mon père a bien conquis Philippe de Ségur [99] !

L'ATTACHÉ, *avec fermeté.*

Demain je rentre en France, et je tiens à vous dire...

LE DUC, *souriant.*

Vous êtes un futur maréchal de l'Empire !

L'ATTACHÉ

... Que si l'on fait, sur vous, marcher mon régiment,
Je saurai commander le feu.

LE DUC

Parfaitement.

Il lui tend la main.

Serrons-nous donc la main, avant de nous combattre.

Les deux jeunes gens se prennent la main.

L'ATTACHÉ, *avec une extrême courtoisie.*

Avez-vous pour Paris — car j'y serai le quatre —
Quelques commissions ? L'honneur me serait doux...

LE DUC, *souriant.*

Je compte être rendu dans... l'Empire avant vous !

L'ATTACHÉ

Si pourtant avant vous j'étais dans le... Royaume ?

LE DUC

Saluez de ma part la colonne Vendôme [100].

Il sort. Le rideau tombe.

CINQUIÈME ACTE

LES AILES BRISÉES

Une plaine. Quelques buissons bas ; un tertre dont l'herbe frissonne d'un vent éternel ; une petite cabane construite de débris d'affûts et de caissons et qu'entourent de maigres géraniums ; la route qui passe ; le poteau de la route, rayé des couleurs autrichiennes ; et c'est tout. Des champs et du ciel, des épis et des étoiles. Une plaine. Une plaine immense. La plaine de Wagram[101].

SCÈNE PREMIÈRE

LE DUC, FLAMBEAU, PROKESCH.

Tous les trois, immobiles dans leurs manteaux, attendent. Silence, pendant lequel on entend le vent souffler.

LE DUC,
ouvrant son manteau pour que le vent s'y engouffre, et le refermant brusquement.

Tiens ! je prends de ton vent, Wagram, dans mon [manteau !

A Flambeau qui regarde, sur la route, vers la gauche.

Les chevaux ?

FLAMBEAU

Pas encor. Nous arrivons trop tôt.

LE DUC

Au premier rendez-vous que me donne la France,
Je dois, comme un amant, arriver en avance !

Il se met à se promener de long en large et arrive devant le poteau. Il s'arrête.

Leur poteau !... jaune et noir !... Ah ! je vais donc [pouvoir
Marcher sans rencontrer un poteau jaune et noir !
Sur de doux poteaux blancs des noms charmants vont [luire.
Oh ! lire : Chemin de Saint-Cloud ! au lieu de lire :

Il monte sur une pierre pour lire l'écriteau.

Route de Grosshofen !

Tout d'un coup se souvenant.

Tiens ! mais... mon régiment
Se rend à Grosshofen, à l'aurore !

FLAMBEAU

Comment ?

LE DUC

J'ai donné l'ordre hier, quand j'ignorais encore...

FLAMBEAU

Nous serons loin lorsqu'ils passeront, à l'aurore.

Un homme sort de la petite cabane, un vieux paysan, à barbe blanche, et manchot.

LE DUC

Cet homme ?

FLAMBEAU

Il est à nous. Sa cabane nous sert
De rendez-vous. — Ancien soldat. Dans ce désert
Explique la bataille aux étrangers.

LE PAYSAN, *apercevant un groupe, étend machinalement sa main vers l'horizon, et commence, d'une voix de guide.*

A gauche...

FLAMBEAU, *s'avançant.*

Non ; moi, je la connais !

Le paysan, le reconnaissant, sourit et salue. Flambeau allume son petit brûle-gueule français à la longue pipe allemande du vieux.

PROKESCH, *à Flambeau.*

Qu'est-ce qui le débauche
Du service autrichien ?

LE PAYSAN, *qui a entendu.*

Monsieur, j'étais mourant
Je me traînais par là. Napoléon, le Grand
Vint à passer...

FLAMBEAU

Toujours il parcourait la plaine
Le lendemain.

LE PAYSAN

Le grand Empereur prit la peine
D'arrêter son cheval, et devant lui, — devant !
Il me fit amputer par son docteur...

FLAMBEAU

Yvan.

LE PAYSAN

Donc, si son fils s'ennuie à Vienne, qu'il émigre !
Moi, je l'aide !...

A Flambeau, fièrement, en tapant sur sa manche vide.

Le bras — coupé — devant lui !

FLAMBEAU

Bigre !
On n'a pas tous les jours la satisfaction
D'avoir le bras coupé devant Napoléon !

LE PAYSAN, *avec un geste résigné.*

La guerre !...

Les deux vétérans se sont assis sur le petit banc qui tient à la cabane, et côte à côte, ils fument, laissant de temps en temps échapper rêveusement un mot.

On se battait !...

FLAMBEAU

On mourait.

LE PAYSAN

Nous mourûmes.

FLAMBEAU

On allait !...

LE PAYSAN

Nous aussi.

FLAMBEAU

On tirait, dans des brumes !...

LE PAYSAN

Nous aussi.

FLAMBEAU

Puis, après, quelque officier noirci
Venait nous dire : On est vainqueur !

LE PAYSAN

A nous aussi.

FLAMBEAU, *se levant, indigné.*

Hein ?

Il hausse les épaules et souriant.

Au fait !...

Et serrant la main au vieux.

Si quelqu'un nous entendait !

LE DUC, *immobile, au fond.*

J'écoute.

LE PAYSAN, *philosophiquement, regardant ses fleurs.*

Bah ! mes géraniums poussent bien !

FLAMBEAU, *hochant la tête.*

Je m'en doute !

Il montre le coin où fleurissent les géraniums.

Tiens ! à cet endroit même : onze petits tambours !

LE DUC, *se rapprochant.*

Onze petits tambours ?

FLAMBEAU

Je les revois toujours !
C'étaient, sous leurs shakos, onze boules pareilles
Entre l'écartement naïf de leurs oreilles [102] ;
Onze, qui sans savoir ni le but ni le plan,

Marchaient, heureux de vivre, en faisant *ran plan plan !*
On les blaguait un peu, car, ayant su lui plaire,
Ils étaient les chouchous de notre cantinière ;
Mais lorsqu'ils tricotaient la charge, ces tapins,
Lorsqu'ils tapaient, pareils à des petits lapins,
Sur leurs onze tambours de leurs vingt-deux
[baguettes,
Ce tonnerre faisait frémir nos baïonnettes,
Dont les zigzags d'acier semblaient dire, dans l'air :
« Nous n'avons pas pour rien la forme d'un éclair ! »
C'est là que le crachat d'un gros tousseur de bronze
Prit ces onze tambours en file, et...

Avec un geste qui fauche.

Tous les onze !

Il se tait une seconde, pieusement, et reprend plus bas.

Il fallait voir la cantinière !... ah ! sacrebleu !
Elle avait relevé son grand tablier bleu,
Comme ces vieilles font qui glanent dans la plaine,
Et, folle, elle glanait des baguettes d'ébène.

Secouant son émotion.

... Mais de parler de ça, ça vous enroue !...

Toussant pour s'éclaircir la voix.

Hum ! Hum !

Il cueille un géranium, et avec une brusque gaieté :

Recette pour changer un vil géranium
En Légion d'honneur : on ôte trois pétales !

Il arrache trois pétales ; les deux qui restent forment un minuscule papillon rouge, et le place à la boutonnière de son pardessus en lui disant :

Hein ? Sur mon beau revers de velours, tu t'étales ?...

Au Duc, lui désignant du menton cette décoration improvisée.

C'est bien celle que tu me donnas, Monseigneur ?

LE DUC, *mélancoliquement.*

Je l'ai donnée en rêve !

FLAMBEAU

Et je la porte en fleur.

Depuis un instant, au fond, des hommes à grands manteaux arrivent, se serrent la main se groupent.

SCÈNE II

LES MÊMES, MARMONT, LES CONSPIRATEURS.

UNE OMBRE, *se détachant du groupe et descendant vers le Duc et Flambeau.*

Sainte-Hélène.

FLAMBEAU, *répondant.*

Schœnbrünn [103].

LE DUC, *reconnaissant celui qui s'est avancé.*

Marmont !

MARMONT, *s'inclinant.*

Duc, bonne chance !

LE DUC, *désignant ceux qui restent au fond.*

Ces ombres ?

MARMONT

Vos amis.

LE DUC

Ils restent à distance ?

MARMONT

C'est que de déranger Votre Altesse ils ont peur,
Et, Sire, que déjà vous êtes l'Empereur.

LE DUC, *frissonne, et après un silence.*

Empereur ?... Moi ?... Demain ?... Je te pardonne,
J'ai vingt ans et je vais régner ! [traître !
... Ah ! mon Dieu ! que c'est beau d'avoir vingt ans et
Fils de Napoléon premier ! [d'être

Ce n'est pas vrai que je suis faible et que je tousse !
Je suis jeune, je n'ai plus peur !
Empereur ?... Moi ?... Demain ?... — Comme la nuit
[est douce !...

LA VOIX D'UN CONSPIRATEUR, *arrivant.*

Schœnbrünn.

UNE AUTRE VOIX, *répondant.*

Sainte-Hélène.

LE DUC

Empereur !...
Ah ! je la sens ce soir assez vaste, mon âme,
Pour qu'un peuple y vienne prier !
Il me semble que j'ai pour âme Notre-Dame !...

UNE VOIX

Sainte-Hélène.

UNE AUTRE

Schœnbrünn.

LE DUC

Régner!...
Régner! — C'est dans ton vent, dont le parfum de
Commence à me rapatrier [gloire
Qu'au moment de partir je devais venir boire.
Wagram, le coup de l'étrier!

Régner! Qu'on va pouvoir servir de grandes causes
Et se dévouer à présent!
Reconstruire, apaiser, faire de belles choses!
Ah! Prokesch, que c'est amusant!

Prokesch, tous ces vieux rois dont les âmes sont
Oh! comme ils doivent s'ennuyer! [sourdes,
J'ai les larmes aux yeux. Je me sens les mains lourdes
Des grâces que je vais signer!

Peuple qui de ton sang écrivis la Légende,
Voici le fils de l'Empereur!
Oh! toute cette gloire, il faut qu'il te la rende.
Et qu'il te la rende en bonheur!

Peuple, on m'a trop menti pour que je sache feindre!
J'ai trop souffert pour t'oublier!
Liberté, Liberté, tu n'auras rien à craindre
D'un prince qui fut prisonnier!

La guerre, désormais, ce n'est plus la conquête,
Mais c'est le droit que l'on défend!
(Ah! Je vois une mère, au-dessus de sa tête
Élever vers moi son enfant!)

D'autres noms, désormais, je veux qu'on s'émerveille
Que Wagram et que Rovigo
Mon père aurait voulu faire prince Corneille :
Je ferai duc Victor Hugo!

Je ferai... je ferai... je veux faire... je rêve...

Il va et vient, s'enivrant, s'enfiévrant ; on s'écarte avec respect.

Ah ! je vais régner ! J'ai vingt ans !
Une aile de jeunesse et d'amour me soulève !
Ma Capitale, tu m'attends !

Soleil sur les drapeaux ! multitudes grisées !
Ô retour, retour triomphal !
Parfum des marronniers de ces Champs-Élysées
Que je vais descendre à cheval !

Il m'acclamera donc, ce grand Paris farouche !
Tous les fusils seront fleuris !
On doit croire embrasser la France sur la bouche
Lorsqu'on est aimé de Paris !

Paris ! j'entends déjà tes cloches !

UNE VOIX

Sainte-Hélène.

UNE AUTRE

Schœnbrünn.

LE DUC

Paris ! Paris ! je vois.
Je vois déjà, dans l'eau troublante de la Seine,
Le Louvre renverser ses toits !

Et vous qui présentiez à mon père les armes
Dans la neige et dans le simoun,
Vieux soldats, sur mes mains je sens déjà vos larmes
Paris !

UNE VOIX DANS L'OMBRE

Sainte-Hélène.

UNE AUTRE

Schœnbrünn.

FLAMBEAU, *au Duc qui, épuisé, chancelle.*

Qu'avez-vous ?

LE DUC, *se raidissant.*

Moi ?... Rien ! rien !

PROKESCH, *lui prenant la main.*

Vous brûlez !

LE DUC, *bas.*

Jusqu'aux moelles !

Haut.

Mais ça s'en va quand je galope ! Et les étoiles
Scintillent comme des molettes d'éperons !
Et voici des chevaux ! et nous galoperons !

On vient d'amener des chevaux [104]. *Flambeau prend par la bride celui qui est destiné au Duc et le lui amène.*

PROKESCH, *à Marmont, lui montrant les conspirateurs.*

Pourquoi ces gens sont-ils venus ?

MARMONT

Mais pour qu'on sache
Qu'ils ont trempé dans le complot !

LE DUC

Une cravache !

UN CONSPIRATEUR, *lui en tendant une et se présentant dans un salut.*

Le vicomte d'Otrante !

LE DUC, *avec un léger recul.*

Hein ? le fils de Fouché ?

FLAMBEAU

Ce n'est pas le moment d'en être effarouché !

Il arrange le cheval.

L'étrier long ?

LE DUC

Non, court.

UN AUTRE CONSPIRATEUR, *saluant.*

Cet homme qui s'incline,
C'est Goubeaux, le meilleur agent de la cousine
De Votre Majesté...

Il salue encore.

Goubeaux.

LE DUC

Bien.

GOUBEAUX, *resaluant.*

L'agent chef.

UN AUTRE CONSPIRATEUR,
qui s'est vite avancé.

Pionnet !... Je représente ici le roi Joseph [105] ;
C'est moi qui de sa part apportai les subsides...

LE DUC, *à Flambeau qui dispose les brides.*

Le filet seulement !

UN AUTRE CONSPIRATEUR,
s'avançant et saluant.

J'ai disposé les guides,
Les relais. Vous pourrez, au village prochain,
Vous déguiser.

Il salue en se nommant.

Morchain.

FLAMBEAU

Oui, oui, Machin !

LE CONSPIRATEUR, *criant.*

Morchain !

UN AUTRE

On m'a chargé des passeports : besogne ingrate !
Voilà !

Il remet les passeports à Flambeau et ajoute avec satisfaction :

C'est merveilleux, aujourd'hui, comme on gratte !

Il salue.

Guibert !

TOUS, *parlant à la fois autour du cheval.*

Goubeaux !... Pionnet !... Morchain !...

FLAMBEAU, *les repoussant.*

Nous comprenons !

UN D'EUX, *saisissant l'étrier pour le tenir au Duc.*

Feu votre père avait la mémoire des noms !

UN AUTRE, *se précipitant, et se nommant.*

Borokowski ! C'est moi — que Monseigneur s'in-
[forme ! —
Qui fis faire pour la comtesse l'uniforme !

LE DUC, *nerveux.*

C'est bon ! c'est bon ! de tous je me souviendrai bien !
Et mieux encor de celui-là — qui ne dit rien !

Il désigne, de la cravache, un homme qui est resté dédaigneusement à l'écart enveloppé dans son manteau.

Ton nom ?

L'homme se découvre, s'avance, et le Duc reconnaît l'attaché français.

Quoi ! vous ici ?

L'ATTACHÉ, *vivement.*

Pas en partisan, Prince ;
En ami seulement !... Certes pour que je vinsse
Il fallut...

FLAMBEAU

A cheval ! Le ciel blanchit vers l'Est !

LE DUC

J'empoigne la crinière ! *Alea jacta est !*

Il met le pied à l'étrier.

L'ATTACHÉ

Duc, à ce rendez-vous, si j'ai voulu me rendre
C'était pour vous défendre, au besoin !

LE DUC, *qui allait sauter en selle, s'arrêtant.*

Me défendre ?

L'ATTACHÉ

J'ai cru que vous couriez un danger.

LE DUC,
tourné vers lui, le pied toujours à l'étrier.

Un danger ?

L'ATTACHÉ

Ce drôle — que demain je compte endommager —
Quittait le bal tantôt sans m'envoyer le moindre
Témoin. Je lui cours donc après. Je vais le joindre,
Quand dans l'ombre il accoste un autre individu...

Et je reste cloué par un mot entendu !
Il était question de tuer Votre Altesse
Surprise au rendez-vous, ce soir.

LE DUC, *avec un cri d'effroi.*

Dieu ! la comtesse !

L'ATTACHÉ

Le rendez-vous... c'était ici. Je le savais
Par vous. J'y suis venu. Tout va bien. Je m'en vais !

LE DUC

Le rendez-vous ? Mais c'est le pavillon de chasse !
Ils vont assassiner la comtesse à ma place !
Rentrons !

CRI GÉNÉRAL

Oh ! non !

UN CONSPIRATEUR

Pourquoi ?

LE DUC, *avec désespoir.*

La comtesse !...

PROKESCH, *voulant le retenir.*

Elle peut
Se faire reconnaître...

LE DUC

Ah ! tu la connais peu !
Mais cette femme-là se fera, par ces brutes,
Tuer dix fois pour que je gagne dix minutes !
Rentrons !

PLUSIEURS

Non !

LE DUC

Je ne peux pourtant — rentrons là-bas —
Souffrir qu'on m'assassine et que je n'y sois pas !

D'OTRANTE

Tous nos efforts perdus !

UN CONSPIRATEUR, *furieux.*

S'il faut qu'on reconspire !

MARMONT

Vous ne pourrez plus fuir !

UN AUTRE

Et la France ?

UN AUTRE

Et l'Empire ?

Ils sont tous autour de lui.

LE DUC

Arrière !

MARMONT

Il faut partir !

LE DUC, *avec force.*

Il faut rentrer !

PROKESCH

Oui, mais...
Rentrer, c'est abdiquer peut-être à tout jamais
La couronne !

LE DUC

Partir, c'est abdiquer mon âme !

MARMONT

On peut sacrifier quelquefois...

LE DUC

Une femme ?

MARMONT

Risquer, pour une femme, au moment du succès...

FLAMBEAU

Allons ! décidément, c'est un prince français !

LE VICOMTE D'OTRANTE,
résolument au Duc.

Voulez-vous partir ?

LE DUC

Non ! — Otez-vous, que je passe !

LE VICOMTE D'OTRANTE, *aux autres.*

S'il ne veut pas partir, qu'on l'enlève !

TOUS, *se précipitant vers le Duc.*

Oui ! Oui !

LE DUC, *levant sa cravache.*

Place !

Place ! ou levant ce jonc qui vous cravachera,
Je charge à la façon de mon oncle Murat !
A moi, Prokesch ! Flambeau !

UN CONSPIRATEUR

De force, il faut le prendre !

LE DUC, *à l'attaché français.*

Et vous ! vous qui veniez ici pour me défendre,
C'est en voulant m'ôter le scrupule et la foi
Qu'on veut m'assassiner vraiment ! défendez-moi !

L'ATTACHÉ

Non, Monseigneur, partez !

LE DUC

Moi ? Comment ? Que je laisse ?...

L'ATTACHÉ

Partez, je vais aller défendre la comtesse !

LE DUC

Et vous qui n'êtes pas, Monsieur, mon partisan,
Vous assureriez donc ma fuite ?

L'ATTACHÉ

Allez-vous-en !
Ce que j'en fais, c'est pour cette femme !

LE DUC

Sans doute,
Mais...

L'ATTACHÉ, *à Prokesch.*

Courons tous les deux ! — Prokesch connaît la route !

LE DUC, *hésitant encore.*

Je ne peux...

PLUSIEURS VOIX

Si ! si ! si !

MARMONT

C'est le meilleur parti !

On entend le galop d'un cheval.

TOUS

Partez donc !

LA COMTESSE,

apparaissant dans l'uniforme du Duc, couverte de boue, pâle, échevelée, hors d'haleine.

Malheureux, vous n'êtes pas parti !

SCÈNE III

LES MÊMES, LA COMTESSE.

LE DUC, *éperdu.*

Vous !... Mais on m'avait dit !... Pouvais-je fuir ?

LA COMTESSE, *rageusement.*

Oui, certes !

LE DUC

Une femme...

LA COMTESSE, *avec mépris.*

Une femme ! eh bien, la grande perte !

LE DUC, *balbutiant.*

Mais je...

LA COMTESSE

Mais vous deviez m'abandonner !

LE DUC

Songez...

LA COMTESSE, *furieuse.*

Je songe au temps perdu !

LE DUC

Vos dangers...

LA COMTESSE

Quels dangers ?

LE DUC

Nos alarmes pour vous étaient...

LA COMTESSE, *fièrement.*

Quelles alarmes ?
Flambeau n'a-t-il donc pas été mon maître d'armes ?

LE DUC

Mais cet homme ?...

LA COMTESSE

Partez !

LE DUC

Qu'avez-vous fait ?

LA COMTESSE

Oh rien !
Il a tiré son sabre — et j'ai tiré le mien !

LE DUC

Pour moi !... tu t'es battue ?

LA COMTESSE

« Oh ! oh ! le fils du Corse ! »
Grondait-il, « j'ignorais qu'il fût de cette force ! »
« Il ne s'en doutait pas lui-même ! »... Mais ma voix...

LE DUC, *voyant du sang à la main de la Comtesse.*

Ah ! vous êtes blessée !

LA COMTESSE,
secouant dédaigneusement le sang.

Oh ! ce n'est rien, les doigts !
... Mais ma voix me trahit : « Une femme ? » Il [recule.
— « Défends-toi donc ! » — « Je ne peux pas, c'est [ridicule !
Cette femme n'est pas le chevalier d'Eon ! »
— « Défends-toi ! cette femme est un Napoléon ! »
Sentant sa lame, alors, par la mienne rejointe,
Il fonce !... et je lui fais...

FLAMBEAU

Le coup de contre-pointe !

LA COMTESSE, *mimant le coup.*

Un ! deux !

FLAMBEAU

Vous avez dû l'étonner rudement !

LA COMTESSE

Il ne reviendra pas de son étonnement !

LE DUC, *se rapprochant, à voix basse.*

Dieu ! — mais la jeune fille, alors ?

LA COMTESSE, *haussant les épaules, à voix haute.*

Que vous importe ?

LE DUC

Chut ! — Est-elle venue ?

LA COMTESSE, *après une seconde d'hésitation.*

Eh bien... non ! Quand la porte
S'écroula tout à coup sous un poing furieux
J'étais seule !

LE DUC

Elle n'est pas venue ! Ah ?...

Et avec un léger dépit mélancolique.

Tant mieux !

LA COMTESSE

Mais des gens arrivaient au bruit. Si l'on m'arrête,
Le plan est découvert trop tôt ! Je perds la tête.
Je sors en tâtonnant. J'entends je ne sais qui
Crier d'aller chercher Monsieur de Sedlinsky...
Et je fuis en prenant votre cheval de selle !
— Je l'ai crevé ! — je n'en peux plus !...

LE DUC

Elle chancelle !

Prokesch et Marmont la soutiennent.

LA COMTESSE, *défaillante.*

Après ce que j'ai fait, ah ! j'espérais au moins
Apprendre son départ, ici, par les témoins !

UN DES CONSPIRATEURS, *qui faisait le guet sur la route, accourant, à la Comtesse.*

Vous êtes poursuivie ! et dans une minute...

Mouvement de tous pour fuir.

LE DUC, *criant.*

Soignez-la ! cachez-la ! là, dans cette cahute !

Il montre la cabane que le paysan leur ouvre vivement.

LA COMTESSE,
qu'on emporte à moitié évanouie vers la cabane.

Partez !

LE DUC, *interrogeant anxieusement ceux qui l'emportent.*

Elle n'a rien ?

LA COMTESSE

Mais partez donc ! ah ! si
Votre père, Monsieur, pouvait vous voir ici,
Faible, attendri, nerveux, flottant comme vous l'êtes...
Mais cela lui ferait hausser les épaulettes !

LE DUC, *s'élançant pour fuir.*

Adieu !

SCÈNE IV

LES MÊMES, SEDLINSKY, DES POLICIERS.

FLAMBEAU,
se retournant et apercevant des policiers qui sont arrivés en courant.

Nous sommes pris !

En un clin d'œil, la petite bande est cernée.

LA COMTESSE, *avec désespoir.*

Trop tard !

SEDLINSKY, *s'avançant vers elle.*

Oui, Monseigneur !

LA COMTESSE, *au Duc, avec rage.*

Ah ! songe-creux ! idéologue ! barguigneur !

SEDLINSKY, *qui s'est retourné vers celui qu'apostrophe la Comtesse, aperçoit le Duc. Il recule en s'écriant :*

Votre Altesse...

Se retournant vers la Comtesse.

Votre Alt...

Se retournant vers le Duc.

Votre Al...

FLAMBEAU

Ça, ça le trouble !

SEDLINSKY,
souriant et commençant à comprendre.

Tiens !...

FLAMBEAU

Vous avez soupé, Monsieur : vous voyez double !

SEDLINSKY

Tiens ! tiens !

Après avoir, d'un coup d'œil rapide, noté tous ceux qui sont là.

Retirez-vous d'abord, Monsieur Prokesch.

Prokesch s'éloigne après un regard d'adieu au Duc.

FLAMBEAU, *avec un soupir.*

Ah ! nous ne serons pas sacré par l'oncle Fesch [106] !

SEDLINSKY, *à deux policiers,*
leur désignant l'attaché français.

Reconduisez Monsieur.

A l'attaché.

Vous, dans cette aventure ?
Votre gouvernement le saura.

LE DUC, *s'avançant vivement.*

Je vous jure
Que Monsieur n'est pas du complot, et je ne puis...

L'ATTACHÉ

Oh ! pardon ! maintenant qu'on arrête, j'en suis !

LE DUC,
lui serrant la main avant qu'on ne l'emmène.

Au revoir donc !

A Sedlinsky, avec mépris.

Allons, policier, fais du zèle !

SEDLINSKY, *à deux autres agents,*
en leur montrant la Comtesse.

Vous, vous ramènerez le faux prince... chez elle.

Deux hommes s'avancent et vont empoigner brutalement la Comtesse.

LE DUC, *d'une voix qui les fait reculer.*

Avec tous les égards qu'on me doit !

LA COMTESSE,
tressaillant à cette voix impérieuse.

Ce ton bref !...

Elle se jette dans ses bras en pleurant.

Ah ! malheureux enfant, tu pouvais être un chef!

Elle sort, suivie de deux policiers.

SEDLINSKY, *affectant de ne pas regarder le reste des conspirateurs.*

Pour les autres... fermons les yeux !... qu'on en [profite !

Les conspirateurs chuchotent entre eux.

L'UN D'EUX

Je crois...

UN AUTRE, *hochant la tête avec gravité.*

... Dans l'intérêt du parti...

UN TROISIÈME

Filons vite !

Leur nombre diminue immédiatement. Le reste sort avec une lenteur plus décente. D'Otrante a pris le bras de Marmont. Ils causent avec de grands gestes nobles. On entend :

... Se réserver... Plus tard... Le moment opportun...

Et il n'y a plus personne.

FLAMBEAU, *à Sedlinsky.*

Et maintenant, rouvrez les yeux !... Il en reste un !

LE DUC

Oh ! fuis ! pour moi !

FLAMBEAU

Pour vous ?

Après une seconde d'hésitation, il va suivre les autres.

Mais SEDLINSKY, *à qui un des policiers vient de parler bas, crie :*

Halte !

On barre le chemin à Flambeau. Dix pistolets se braquent sur lui. Sedlinsky au policier qui lui a parlé :

C'est lui !

LE POLICIER

Peut-être.

Il tire de sa poche un papier qu'il passe à Sedlinsky en disant :

Réclamé par Paris...

SEDLINSKY,

parcourant des yeux le signalement, à la lueur d'une lanterne sourde que tient le policier.

Comment le reconnaître ?

Il lit.

Nez moyen... front moyen... œil moyen...

FLAMBEAU, *goguenard.*

Pas moyen !

SEDLINSKY, *feignant de lire à la suite.*

Deux balles... dans le dos.

FLAMBEAU, *bondissant.*

Ça, c'est faux.

SEDLINSKY, *souriant.*

Je sais bien.

FLAMBEAU, *voyant qu'il s'est trahi.*

Je suis perdu. — C'est bon. — Du luxe! Une
[débauche!
Fleurissons l'arme avant de la passer à gauche.

LE DUC, *à Sedlinsky.*

Le livrer à la France!

SEDLINSKY

Oui.

LE DUC

Comme un criminel?
Vous n'avez pas le droit!

SEDLINSKY

Mais nous le prendrons.

LE DUC

Ciel!

FLAMBEAU

Il était immoral que tu t'accoutumasses
A ne jamais purger, Flambeau, tes contumaces!

SEDLINSKY,
qui vient de consulter de nouveau le signalement.

Il n'est pas décoré, d'ailleurs. Port illégal!
A un policier, lui désignant la boutonnière de Flambeau.
Otez-lui donc ce rouge!

FLAMBEAU

Otez. Ça m'est égal.
D'un géranium prestement cueilli, il refleurit le revers de son pardessus.
Ça repousse tant que je veux sur ma pelure!

SEDLINSKY

Otez-lui son manteau !

On arrache à Flambeau le manteau qu'il avait emporté du bal, et il apparaît dans son uniforme de grenadier. Sedlinsky sursaute.

Hein ? Quoi ?

FLAMBEAU, *souriant.*

J'ai plus d'allure.

LE DUC, *avec angoisse.*

Mais que va-t-on te faire ?

FLAMBEAU, *froidement.*

A Ney, que lui fit-on ?

LE DUC

Non ! ce n'est pas possible !

FLAMBEAU

Un feu de peloton !

Rrrran !

LE DUC, *poussant un cri.*

Ah !

FLAMBEAU

J'ai toujours fait aux balles la risette ;
Mais ces françaises-là... non, pas de ça, Lisette !

Et sa main, doucement, gagne sa poche.

LE DUC, *courant à Sedlinsky, suppliant.*

Vous n'allez pas livrer cet homme ?

SEDLINSKY

Sans surseoir.

FLAMBEAU

Séraphin, c'est la fin ! Flambé, Flambeau ! Bonsoir !

Sans qu'on s'en aperçoive, il a tiré et ouvert son couteau. Il a l'air de se croiser tranquillement les bras ; sa main droite, où brille la lame, disparaît sous son coude gauche, on voit les bras se resserrer sur la poitrine, pour appuyer. Et il reste debout, très pâle, les bras croisés.

SEDLINSKY

Marchons !

On pousse Flambeau pour qu'il marche.

LE DUC

Mais qu'a-t-il donc ? Il chancelle ?

UN POLICIER, *grossièrement.*

Il titube !

FLAMBEAU, *envoyant d'un revers de main le chapeau du policier à vingt pas.*

Le Duc vous parle ! Otez cette espèce de tube !

Dans le geste qu'il fait, il découvre sa poitrine : elle est tachée de rouge, à gauche.

LE DUC

Flambeau ! tu t'es tué !

FLAMBEAU

Pas du tout, Monseigneur !
Mais je me suis refait la Légion d'honneur !

Il tombe.

LE DUC, *s'élançant devant lui et arrêtant Sedlinsky et les policiers qui vont pour le relever.*

Je ne veux pas qu'un seul de vos hommes le touche !

Ce clair soldat touché par un policier louche!...
Je ne veux pas. — Laissez-nous seuls. — Allez-vous-
[en!

FLAMBEAU, *d'une voix étouffée.*

Monseigneur...

SEDLINSKY, *désignant à ses hommes le vieux paysan qui s'est approché de Flambeau avec émotion.*

Emmenez ce gueux de paysan!

On sépare les deux vieux soldats et on entraîne l'Autrichien.

LE DUC

J'attendrai là mon régiment. L'aube est prochaine.
L'étendard saluera de son bouquet de chêne
Sur l'air triste et guerrier que mes Hongrois joue-
[ront...

Il regarde Flambeau.

Et ce sont des soldats qui le ramasseront!

SEDLINSKY, *bas à un policier.*

Les chevaux?

LE POLICIER, *bas.*

Supprimés.

SEDLINSKY

Bien. Alors qu'on le laisse!
Il ne peut fuir.

Haut, avec une affectation de douceur.

On peut céder à Son Altesse...

LE DUC, *violemment.*

Allez-vous-en!

SEDLINSKY,
reculant, et d'un ton de condoléance.

Oui... oui... je comprends votre émoi!

LE DUC, *le balayant du geste.*

Je vous chasse!

SEDLINSKY, *voulant se redresser.*

Pardon...

LE DUC, *montrant la plaine de Wagram.*

Je suis ici chez moi!

Sedlinsky et ses hommes s'éloignent.

SCÈNE V

LE DUC, FLAMBEAU

FLAMBEAU, *se soulevant sur les poignets.*

C'est drôle tout de même, — ici — sur cette terre,
Où je me suis déjà fait tuer pour le père,
De venir retomber pour le fils aujourd'hui!

LE DUC,
agenouillé près de lui, avec désespoir.

Non! ce n'est pas pour moi que tu meurs, c'est pour
[lui!
Pas pour moi! pas pour moi! je n'en vaux pas la
[peine!

FLAMBEAU, *avec égarement.*

Pour lui?

LE DUC, *vivement.*

Mais oui, pour lui !
Et dans une brusque inspiration.
C'est Wagram, cette plaine !
Il lui crie tout bas.
Wagram !

FLAMBEAU, *rouvrant des yeux vagues.*

Wagram !...

LE DUC, *d'une voix pressante, essayant de ramener dans le passé cette âme qui vacille.*

Vois-tu Wagram ?... Reconnais-tu
La plaine, la colline et le clocher pointu ?

FLAMBEAU

Oui...

LE DUC

Sens-tu, sous ton corps, la terre qui tressaille ?
C'est le champ de bataille !... Entends-tu la bataille ?

FLAMBEAU, *dont les yeux se réveillent.*

La bataille !...

LE DUC

Entends-tu ces confuses rumeurs ?

FLAMBEAU, *se cramponnant à cette belle illusion.*

Oui... Oui... c'est à Wagram, n'est-ce pas, que je
[meurs ?

LE DUC

Vois-tu passer, traînant son cavalier par terre,
Ce cheval schabraqué [107] d'une peau de panthère ?

Il se relève, et il raconte à Flambeau couché dans l'herbe :

Nous sommes à Wagram. L'instant est solennel.
Davoust s'est élancé pour tourner Neusiedel.
L'Empereur a levé sa petite lunette.
On vient de te blesser d'un coup de baïonnette.
Je t'ai transporté là sur ce talus, et j'ai...

FLAMBEAU

Est-ce que les chasseurs à cheval ont chargé ?

LE DUC,
montrant du doigt de lointains brouillards.

Tout ce bleu qui du blanc des baudriers se raye,
Ce sont des tirailleurs, là-bas !

FLAMBEAU, *avec un faible sourire.*

Général Reille.

LE DUC, *ayant l'air de suivre la bataille.*

Mais l'Empereur devrait envoyer Oudinot !
Mais il laisse enfoncer sa gauche !

FLAMBEAU, *clignant de l'œil.*

Ah ! le finaud !

LE DUC

On se bat ! on se bat ! Macdonald se dépêche,
Et Masséna blessé passe dans sa calèche !

FLAMBEAU

Si l'Archiduc s'étend sur sa droite, il se perd !

LE DUC, *criant.*

Tout va bien !

FLAMBEAU, *vivement.*

On se bat ?

LE DUC, *avec une fièvre croissante.*

Le prince d'Auersperg
Est pris par les lanciers polonais de la Garde !

FLAMBEAU, *essayant de se soulever.*

Et l'Empereur ? que fait l'Empereur ?

LE DUC

Il regarde !

FLAMBEAU, *soulevé sur les poignets.*

L'Archiduc se prend-il au piège du Petit ?

LE DUC

Tu vois, cette poussière, au loin, c'est Nansouty !

FLAMBEAU, *avidement.*

L'Archiduc étend-il l'aile de son armée ?

LE DUC

Tu vois, c'est Lauriston, là-bas, cette fumée !

FLAMBEAU, *haletant.*

Et l'Archiduc ?... que fait l'Archiduc ?... le vois-tu ?

LE DUC

L'Archiduc élargit son aile !

FLAMBEAU

Il est foutu !

Il retombe.

LE DUC, *avec ivresse.*

Cent canons au galop !

FLAMBEAU, *se débattant sur le sol.*

Je meurs !... J'étouffe !... A boire !
— Et... que fait... l'Empereur ?

LE DUC

Un geste.

FLAMBEAU, *fermant doucement les yeux.*

La victoire !

Silence.

LE DUC

Flambeau !...

Silence. Puis, le râle de Flambeau s'élève. Le Duc regarde autour de lui avec effroi. Il se voit seul dans cette immense plaine avec ce mourant. Il frissonne, il recule un peu.

Mais ce soldat couché là, maintenant,
Me fait peur ! — Eh bien ! quoi ! ça n'a rien d'éton-
[nant
Qu'un grenadier français dans cette herbe s'endorme,
Et cette herbe connaît déjà cet uniforme !

Il se penche sur Flambeau en lui criant :

Oui, la victoire !... Au bout des fusils, les shakos !

FLAMBEAU, *dans son râle.*

A boire !

DES VOIX, *dans le vent.*

A boire !... A boire ![108]...

LE DUC, *tressaillant.*

Oh ! — Quels sont ces échos ?

UNE VOIX, *très loin.*

A boire !

LE DUC, *essuyant une sueur à son front.*

Dieu !

FLAMBEAU, *d'une voix rauque.*

Je meurs...

DES VOIX, *de tous côtés, dans la plaine.*

Je meurs... Je meurs...

LE DUC, *avec épouvante.*

Son râle
Se multiplie au loin...

UNE VOIX, *se perdant.*

Je meurs...

LE DUC

... sous le ciel pâle !
— Ah ! je comprends !... Le cri de cet homme qui [meurt
Fut, pour ce val qui sait tous les râles par cœur,
Comme le premier vers d'une chanson connue ;
Et quand l'homme se tait, la plaine continue !

LA PLAINE, *au loin.*

Ah !... ah !...

LE DUC

Ah ! je comprends !... plainte, râle, sanglot,
C'est Wagram, maintenant, qui se souvient tout haut !

LA PLAINE, *longuement.*

Ah !...

LE DUC, *regardant Flambeau qui s'est raidi dans l'herbe.*

Il ne bouge plus !

Avec terreur.

Il faut que je m'en aille !
Il a vraiment trop l'air tué dans la bataille !

Sans le quitter des yeux, il s'éloigne, à reculons, en murmurant.

Ce devait être tout à fait comme cela !
Cet habit bleu... ce sang...

Et tout d'un coup il prend la fuite. Mais il s'arrête, comme si le soldat mort était encore devant lui.

Un autre...

Il veut s'enfuir d'un autre côté, mais il recule encore en criant :

Un autre, là !...

Une troisième fois il est arrêté.

Là...

Il regarde autour de lui.

Partout, s'allongeant, les mêmes formes bleues...
Il en meurt !...

Reculant toujours comme devant un flot qui monte, il s'est réfugié au sommet du tertre d'où il découvre toute la plaine.

Il en meurt ainsi pendant des lieues !...

TOUTE LA PLAINE

Je meurs... Je meurs... Je meurs...

LE DUC

Ah ! nous nous figurions
Que la vague immobile et lourde des sillons
Ne laissait rien flotter ! Mais les plaines racontent,
Et la terre, ce soir, a des morts qui remontent !

LA TERRE, *sourdement.*

Ah !...

Un murmure de voix indistinctes grossit, se rapproche dans les herbes mystérieusement agitées.

LE DUC, *grelottant la fièvre.*

Et que disent-ils, dans cette ombre, en rampant ?

UNE VOIX, *dans les hautes herbes.*

Mon front saigne !

UNE AUTRE

Ma jambe est morte !

UNE AUTRE

Mon bras pend !

UNE AUTRE, *plus oppressée.*

J'étouffe sous le tas !

LE DUC, *avec horreur.*

C'est le champ de bataille !
Je l'ai voulu, c'est lui !

Les voix montent et se précisent. On entend un grouillement sinistre : des plaintes, des râles, des imprécations.

UNE VOIX

De l'eau sur mon entaille !

UNE AUTRE

Regarde, et dis-moi donc ce que j'ai de cassé !

UNE AUTRE

Ne me laissez donc pas crever dans le fossé !

LE DUC

Ah ! des buissons de bras se crispent sur la plaine !

Il veut marcher.

Et je foule un gazon d'épaulettes de laine !

UN CRI, *à droite.*

A moi !

LE DUC, *chancelant.*

J'ai glissé sur un baudrier de cuir !

Il va vers la gauche, faisant à chaque instant le mouvement d'enjamber.

UNE VOIX, *à gauche.*

Dragon ! tends-moi les mains !

UNE AUTRE, *répondant froidement.*

Je n'en ai plus.

LE DUC, *éperdu.*

Où fuir ?

UNE VOIX MOURANTE, *tout près.*

A boire !

CRI AU LOIN

Les corbeaux !

LE DUC

Oh ! c'est épouvantable !
Oh ! les soldats de bois alignés sur ma table !

L'OMBRE, LE VENT, LES BROUSSAILLES

Oh !...

LE DUC, *avec désespoir.*

Spectres chamarrés de blessures, vos yeux
M'épouvantent ! Du moins, vous êtes glorieux !
Vous portez de ces noms dont la patrie est fière !

A l'un de ceux qu'il croit voir.

Comment t'appelles-tu ?

UNE VOIX

Jean.

LE DUC, *à un autre.*

Toi ?

UNE VOIX

Paul.

LE DUC

Et toi ?

UNE VOIX

Pierre.

LE DUC, *fiévreusement, à d'autres.*

Et toi ?

UNE VOIX

Jean.

LE DUC

Et toi ?

UNE VOIX

Paul.

LE DUC

Et toi, dont les pieds nus
Saignent sans cesse ?

UNE VOIX

Pierre.

LE DUC, *pleurant.*

O noms, noms inconnus !
O pauvres noms obscurs des ouvriers de gloire !

UNE PLAINTE, *derrière lui.*

Soulève-moi la tête avec mon sac !

UNE VOIX MOURANTE

A boire !

LE CHAMP DE BATAILLE,
dans un râle fait de milliers de râles.

Ah !...

TUMULTE DE VOIX

Les chevaux m'ont piétiné sous leurs sabots !
— Je meurs ! — Je vais mourir ! — Au secours !

CRI AU LOIN

Les corbeaux !

UNE VOIX, *râlante et gouailleuse.*

Ah ! bon Dieu de bon Dieu ! mon compte, tu le règles !

CRIS AU LOIN

Les corbeaux !... Les corbeaux !...

LE DUC

Hélas ! où sont les aigles ?

DIALOGUE DANS LE VENT

De l'eau ! — Mais c'est du sang, le ruisseau ! — Donne-m'en !
J'ai soif !

CRIS DE TOUS LES CÔTÉS

J'ai mal ! — Je meurs ! — Aï !

UNE VIEILLE VOIX ENROUÉE

Sacré nom !

UNE JEUNE VOIX

Maman !

LE DUC, *immobile, glacé,*
deux filets de sang lui coulant des lèvres.

Ah !...

UN GÉMISSEMENT SUR LA ROUTE

Par pitié ! le coup de grâce, dans l'oreille !

LE DUC

Ah ! je comprends pourquoi la nuit je me réveille !...

UN RÂLE DANS L'HERBE

Mais ces chevau-légers sont d'ignobles tueurs !

LE DUC

Pourquoi d'horribles toux me mettent en sueurs!...

UN CRI DANS UN BUISSON

Oh! ma jambe est trop lourde! il faut qu'on me l'arrache!

LE DUC

Et je sais ce que c'est que le sang que je crache!

TOUTE LA PLAINE, *hurlant de douleur.*

Ah!... ah!...

Dans les ombres blêmissantes qui précèdent l'aube, au grondement d'un orage lointain, sous des nuages bas et noirs qui courent, tout prend une forme effrayante; des panaches ondulent dans les blés, les talus se hérissent de colbacks fantastiques, un grand coup de vent fait faire aux buissons des gestes inquiétants.

LE DUC

Et tous ces bras! tous ces bras que je vois!
Tous ces poignets sans mains, toutes ces mains sans [doigts!
Monstrueuse moisson qu'un large vent qui passe
Semble coucher vers moi pour me maudire!...

Et défaillant, jetant en avant des mains suppliantes.

Grâce!
Grâce, vieux cuirassier qui tends en gémissant
D'atroces gants crispins aux manchettes de sang!
Grâce, pauvre petit voltigeur de la Garde
Qui lèves lentement cette face hagarde!
— Ne me regardez pas avec ces yeux! — Pourquoi
Rampez-vous, tout d'un coup, en silence, vers moi?
Dieu! vous voulez crier quelque chose, il me [semble!...

Pourquoi reprenez-vous haleine tous ensemble ?
Pourquoi vous ouvrez-vous, bouches pleines d'hor-
[reur ?

Et courbé par l'épouvante, voulant fuir, ne pas entendre :

Quoi ? Qu'allez-vous crier ? Quoi ?

TOUTES LES VOIX

Vive l'Empereur !

LE DUC, *tombant à genoux.*

Ah ! oui ! c'est le pardon à cause de la gloire !

Il dit doucement et tristement à la Plaine :

Merci.

Et se relevant :

Mais j'ai compris. Je suis expiatoire.
Tout n'était pas payé. Je complète le prix.
Oui, je devais venir dans ce champ. J'ai compris.
Il fallait qu'au-dessus de ces morts je devinsse
Cette longue blancheur, toujours, toujours plus
[mince,
Qui, renonçant, priant, demandant à souffrir,
S'allonge pour se tendre, et mincit pour s'offrir !
Et lorsque entre le ciel et le champ de bataille,
Là, de toute mon âme et de toute ma taille,
Je me dresse, — je sens que je monte, je sens
Qu'exhalant ses brouillards comme un énorme
[encens,
Toute la plaine monte afin de mieux me tendre
Au grand ciel apaisé qui commence à descendre,
Et je sens qu'il est juste et providentiel
Que le champ de bataille ainsi me tende au ciel,
Et m'offre, pour pouvoir, après cet Offertoire,
Porter plus purement son titre de victoire !

Il se dresse en haut du tertre, tout petit dans

l'immense plaine, et se détachant les bras en croix, sur le ciel.

Prends-moi ! prends-moi, Wagram ! et, rançon de [jadis,
Fils qui s'offre en échange, hélas, de tant de fils,
Au-dessus de la brume effrayante où tu bouges,
Élève-moi, tout blanc, Wagram, dans tes mains [rouges !
Il le faut, je le sais, je le sens, je le veux,
Puisqu'un souffle a passé ce soir dans mes cheveux,
Puisque par des frissons mon âme est avertie,
Et puisque mon costume est blanc comme une hostie !

Il murmure comme si quelqu'un *seulement devait l'entendre.*

Père ! à tant de malheur que peut-on reprocher ?
Chut !... J'ajoute tout bas Schœnbrünn à ton rocher !

Il reste un moment les yeux fermés, et dit :

... C'est fait [109] !...

L'aube commence à poindre... Il reprend d'une voix forte :

Mais à l'instant où l'aiglon se résigne
A la mort innocente et ployante d'un cygne,
Comme cloué dans l'ombre à quelque haut portail,
Il devient le sublime et doux épouvantail
Qui chasse les corbeaux et ramène les aigles !
Vous n'avez plus le droit de crier, champs de seigles !
Plus d'affreux rampements sous ces bas arbrisseaux :
J'ai nettoyé le vent et lavé les ruisseaux !
Il ne doit plus rester, plaine, dans tes rafales,
Que les bruits de la Gloire et les voix triomphales !

Tout se dore. Le vent chante.

Oui ! j'ai bien mérité d'entendre maintenant
Ce qui fut gémissant devenir claironnant !...

De vagues trompettes sonnent. Une rumeur fière s'élève. Les Voix, qui gémissaient tout à l'heure, lancent maintenant des appels, des ordres ardents.

De voir ce qui traînait de triste au ras des chaumes
S'enlever tout d'un coup en galops de fantômes !

Des brumes qui s'envolent semblent galoper. On entend un bruit de chevauchée.

LES VOIX, *au loin.*

En avant !

LE DUC

Maintenant, le côté glorieux !
La poudre que la charge, en passant, jette aux yeux !...

LES VOIX

Chargez !

D'invisibles tambours battent des charges.

LE DUC

... Les rires fous des grands hussards farouches !

LES VOIX, *poussant des rires épiques.*

Ha ! ha !

LE DUC

Et maintenant, ô Déesse aux cent bouches,
Victoire à qui je viens d'arracher tes bâillons,
Chante dans le lointain !...

LES VOIX, *au loin, dans une* Marseillaise *de rêve.*

... Formez vos bataillons !...

LE DUC

La Gloire !...

Le soleil va paraître. Les nuages sont pleins de

pourpres et d'éclairs. Le ciel a l'air d'une Grande Armée.

Oh Dieu ! me battre en ce flot qui miroite !...

LES VOIX

Feu ! — Colonne en demi-distance sur la droite !

LE DUC

... Me battre en ce tumulte auquel tu commandas,
O mon père !...

Dans le bruit de bataille qui s'éloigne, on entend, très loin, entre deux batteries de tambours, une voix métallique et hautaine.

LA VOIX

Officiers... Sous-officiers... Soldats...

LE DUC, *en délire, tirant son sabre.*

Oui ! je me bats !... — Fifre, tu ris ! — Drapeau, tu [claques !
— Baïonnette au canon ! — Sus aux blanches casa- [ques !

Et tandis que les fanfares de rêve s'éloignent et se perdent vers la gauche, dans le vent qui les balaye, tout d'un coup, à droite, une fanfare réelle éclate, et c'est, brusque comme un réveil, le contraste, avec les furieux airs français qui s'envolent parmi les dernières ombres, d'une molle marche de Schubert, autrichienne et dansante, qui arrive dans le rose du matin.

LE DUC, *qui s'est retourné en tressaillant.*

Qu'est-ce qui vient de blanc, là, dans le jour levant ?
Mais c'est l'infanterie autrichienne !

Hors de lui, entraînant d'imaginaires grenadiers.

En avant !

Les ennemis ! — Qu'on les enfonce ! — Qu'on y entre !
Suivez-moi ! — Nous allons leur passer sur le ventre !

Le sabre haut, il se rue sur les premiers rangs d'un régiment autrichien qui paraît sur la route.

UN OFFICIER, *se jetant sur lui et l'arrêtant.*

Prince ! Que faites-vous ? C'est votre régiment [110] !

LE DUC, *réveillé, avec un cri terrible.*

Ah ! c'est mon ?...

Il regarde autour de lui. Le soleil s'est levé. Tout a repris un air naturel. De tant de morts il ne reste que Flambeau. Le Duc est au milieu d'une grande plaine calme et souriante. Des soldats blancs défilent devant lui. Il voit son destin, l'accepte ; le bras levé pour charger s'abaisse lentement, le poing rejoint la hanche, le sabre prend la position réglementaire, et, raide comme un automate, le Duc, d'une voix machinale, d'une voix qui n'est plus que celle d'un colonel autrichien :

Halte ! — Front ! — A droite... alignement...

Le commandement s'éloigne, répété par les officiers. — Et le rideau tombe pendant que l'exercice commence.

SIXIÈME ACTE

LES AILES FERMÉES

Quelque temps après. A Schœnbrünn. La chambre du duc de Reichstadt, sombre et somptueuse.

Au fond, la haute porte noire et dorée qui donne sur le petit Salon de Porcelaine. A droite, la fenêtre. A gauche, une tapisserie dans laquelle se dissimule une petite porte.

Le mobilier tel qu'il est encore aujourd'hui : fauteuils aux bois noirs et dorés, paravent, prie-Dieu, tables et consoles.

Désordre fiévreux d'une chambre de malade. Des fourrures, des livres, des fioles, des tasses, des oranges, et partout, sur tous les meubles, d'énormes bouquets de violettes.

Au premier plan, vers la gauche, un étroit lit de camp. A son chevet, au milieu d'une table basse encombrée aussi de médicaments et de fleurs, un petit bronze de Napoléon Ier.

Au lever du rideau, le Duc, horriblement défait, son visage aminci penché sur les trois tours d'une cravate de batiste chiffonnée, ses cheveux blonds, qu'on ne coupe plus, retombant en mèches trop longues, est assis, tout frissonnant, sur le bord du lit. Il s'enveloppe tristement d'un grand manteau qui lui sert de robe de chambre et sous lequel il est en culotte blanche, sans veste, son corps fluet flottant dans le linge bouffant de la chemise et ses mains amaigries perdues dans les manchettes plissées.

Il regarde fixement devant lui.

Debout, dans un coin de la chambre, le docteur et le général Hartmann, vieux soldat chamarré[111]*, de service auprès du prince, causent à voix basse.*

La porte du fond s'entre-bâille avec mystère, laissant filtrer une lueur jaune et tremblante. L'Archiduchesse se glisse par l'entre-bâillement, jette un regard derrière elle comme pour s'assurer que quelque chose est prêt, et referme vite sans bruit. Elle est toute pâle dans ses dentelles.

Après avoir échangé, tout bas, quelques mots avec les deux hommes qui hochent la tête en regardant le Duc, elle s'approche de lui sans qu'il s'en aperçoive, et lui prend doucement la main.

Il tressaille, la reconnaît avec surprise.

SCÈNE I

LE DUC, L'ARCHIDUCHESSE, LE DOCTEUR,
LE GÉNÉRAL HARTMANN.

LE DUC, *à l'Archiduchesse.*

Vous!... Mais je vous croyais malade?...

L'ARCHIDUCHESSE, *avec une gaieté forcée.*

Eh! oui, ma foi!
Je viens d'être malade en même temps que toi.
Je vais mieux. Je me lève. Et toi? ton état?

LE DUC

Pire,
Puisque vous vous levez pour me voir.

L'ARCHIDUCHESSE

Tu veux rire!
Au docteur.
Votre malade est-il raisonnable, Docteur?

LE DOCTEUR

Oui, maintenant il prend bien son lait.

L'ARCHIDUCHESSE

Quel bonheur !

Ah ! c'est gentil ! ah ! c'est...

LE DUC

Ah ! c'est dur tout de même,
D'être — lorsqu'on rêva la louange suprême
De l'Histoire, et qu'on fut une âme qui brûlait ! —
Loué pour la façon dont on prend bien son lait !

Il saisit un des bouquets de violettes posés sur la table auprès de lui et le passe avec délice sur sa figure en soupirant :

O boule de fraîcheur sur ma fièvre posée,
Comme une houppe à se mettre de la rosée !...

L'ARCHIDUCHESSE,
regardant les fleurs qui remplissent la chambre.

Tout le monde à présent t'en apporte ?

LE DUC

Oui.

Et avec un sourire triste.

Déjà.

L'ARCHIDUCHESSE

Chut !...

Elle échange un regard avec le docteur qui semble l'encourager, et, après une hésitation, se rapprochant du prince, elle commence, d'une voix embarrassée.

Pour remercier Dieu qui nous protégea
— Car nous entrons tous deux, Franz, en convales-
[cence, —

Je compte, ce matin, communier...

Le Duc la regarde. Elle continue, plus troublée.

Je pense

Qu'il serait très joli que tous les deux...

Et brusquement.

Pourquoi

Ne pas communier tout à l'heure avec moi?

LE DUC,

après l'avoir regardée dans les yeux.

Voilà pourquoi tu viens, pieusement coquette.

A voix basse.

C'est la fin.

L'ARCHIDUCHESSE

Là! j'en étais sûre!... Et l'étiquette?

LE DUC

L'étiquette?

L'ARCHIDUCHESSE

Mais oui! Lorsqu'un prince autrichien
Est très mal, on ne peut le tromper. Tu sais bien
Qu'il faut que la Famille Impériale assiste
Lorsqu'il doit recevoir le...

Elle s'arrête.

LE DUC

Le...?

L'ARCHIDUCHESSE

Pas de mot triste!

LE DUC, *regardant autour de lui.*

Au fait, nous sommes seuls!

L'ARCHIDUCHESSE,
montrant la porte du fond.

J'ai fait, dans le Boudoir
De Porcelaine, là, dresser un reposoir ;
Pas le moindre archiduc, la moindre archiduchesse ;
Le prélat de la cour pour nous seuls dit la messe.
Tu vois qu'il ne s'agit que de communier,
Et que ce sacrement n'est pas le...

LE DUC

Le dernier ?
C'est vrai.

L'ARCHIDUCHESSE

Tu vois !...

Elle lui offre gentiment son bras.

Viens-tu ?...

Il se lève en chancelant. On entend sonner une clochette à droite.

Tiens ! la messe commence !

Le Duc, appuyé sur l'Archiduchesse, se dirige vers la porte du petit salon que le docteur et le général Hartmann ouvrent aussitôt.

LE DUC

Oui... c'est vrai qu'il faudrait cette illustre assistance !

L'ARCHIDUCHESSE

Nous n'aurons que l'enfant de chœur et le prélat !

LE DUC, *observant en passant le docteur et le général qui sourient.*

Ce n'est donc pas pour aujourd'hui...

La porte se referme sur l'archiduchesse et sur le prince. Le sourire des deux hommes s'efface.

Le général Hartmann va rapidement ouvrir la petite porte dans la tapisserie, et l'on voit entrer silencieusement toute la Famille Impériale.

LE GÉNÉRAL HARTMANN,
bas, aux archiducs et archiduchesses.

Mettez-vous là.

Un doigt sur les lèvres, il leur fait signe de se placer.

SCÈNE II

LE GÉNÉRAL HARTMANN, LE DOCTEUR,
MARIE-LOUISE,
LA FAMILLE IMPÉRIALE, METTERNICH, *puis* PROKESCH,
LA COMTESSE CAMERATA, THÉRÈSE DE LORGET.

Les princes et les princesses, avec mille précautions pour n'être pas entendus, se placent sur plusieurs rangs, tournés vers cette porte fermée derrière laquelle on entend, de temps en temps, une sonnette. Marie-Louise est au premier rang. Il y a des archiducs très âgés et des archiducs enfants; et des adolescents qui sont blonds du même blond que le Duc. Dans l'ombre de la porte ouverte, on voit briller des uniformes. Metternich, en grand costume, se met au dernier rang de la Famille Impériale.

LE GÉNÉRAL HARTMANN,
voyant que tout le monde s'est immobilisé, reprend d'une voix basse et solennelle :

Lorsque, les yeux fermés et l'âme anéantie,
Le Duc se penchera pour recevoir l'hostie...

UNE PRINCESSE,
aux enfants qu'on a fait mettre devant.

Chut!... Silence!...

LE GÉNÉRAL HARTMANN

Pendant cette minute où rien
Ne peut faire tourner la tête d'un chrétien,
J'ouvrirai doucement la porte. Une seconde
Vos Altesses verront, de loin, la tête blonde.
Puis je refermerai sans bruit, d'un geste prompt.
Et le duc de Reichstadt relèvera le front
Sans se douter qu'il a, selon l'usage antique,
Devant toute la Cour reçu le viatique[112].

A ce moment Prokesch[113] *entre à gauche, introduisant deux femmes : la Comtesse Camerata et Thérèse.*

METTERNICH, *aux nouveaux arrivants.*

Silence...

PROKESCH,
tout bas, à la Comtesse et à Thérèse.

On m'a permis de vous placer ici
Derrière la Famille Impériale. Ainsi
Vous pourrez, par-dessus ces têtes inclinées
De princes sur lesquels soufflent les Destinées,
D'enfants pâles auxquels on fait joindre les doigts,
Apercevoir le Duc une dernière fois!

THÉRÈSE

Merci, merci, Monsieur.

MARIE-LOUISE

Oh! surtout que personne
Ne bouge quand la porte...

UNE PRINCESSE

Ah ! la clochette sonne !..

UNE AUTRE

C'est l'Élévation !...

Toutes les femmes s'agenouillent.

LE GÉNÉRAL HARTMANN

Tout doucement !

LA COMTESSE, *qui est restée debout, apercevant Metternich incliné à côté d'elle, lui touche le bras.*

Eh bien !
Monsieur de Metternich, vous ne regrettez rien ?

METTERNICH,
se retourne, la regarde, et fièrement :

Non. J'ai fait mon devoir. J'en ai souffert, peut-être..
C'est à l'amour de mon pays, et de mon maître
Et du vieux monde, que j'ai, Madame, obéi !

LA COMTESSE

Vous ne regrettez rien ?

METTERNICH, *après une seconde de silence.*

Non. Rien.
Et comme la clochette sonne, il dit :
L'Agnus Dei.

MARIE-LOUISE,
au général qui entrouve la porte et regarde par la fente.

Prenez garde, en ouvrant, que la porte ne grince !

METTERNICH,
reprenant d'une voix sourde.

Je ne regrette rien... mais c'était un grand prince !
Et quand je m'agenouille, à cette heure, en ce lieu,
Il plie le genou.
Ce n'est pas seulement devant l'Agneau de Dieu !

LE GÉNÉRAL HARTMANN,
regardant toujours par la porte entre-bâillée.

Le prélat sort le grand ciboire... il le découvre...

TOUS, *sentant le moment approcher.*

Oh !...

LE GÉNÉRAL HARTMANN,
les mains sur la porte.

Silence absolu : je vais ouvrir !...

TOUS

Oh !...

LE GÉNÉRAL

J'ouvre !

Il pousse sans bruit les battants. Et l'on aperçoit ce petit salon si gai où tout est en porcelaine, les murs blancs et bleus, le lustre de faïence allumé, des bouquets de violettes, des enfants de chœur, une brume d'encens, l'or tendre des cierges, le doux luxe de l'autel, et, tournant le dos, agenouillés tous les deux — elle le soutenant d'un bras passé autour des épaules — l'archiduchesse et le Duc qui attendent et le prélat qui descend vers eux, l'hostie déjà tremblante au-dessus du ciboire. Seconde de profonde émotion et de silence. Tout le monde est prosterné, retenant son souffle et ses larmes.

THÉRÈSE, *lentement, se soulève,*
se soulève pour regarder par-dessus les têtes,
regarde, voit, et dans un sanglot qui lui échappe :

Le revoir ainsi ! Lui !... Lui !...

Mouvement d'effroi. Le général Hartmann referme vivement la porte. Tout le monde se lève.

LE GÉNÉRAL,
précipitamment, aux archiducs.

Sortez !... Le Duc vient
D'entendre ce sanglot !... Sortez vite !

Tous ont reflué vers la porte de gauche, mais la porte du Salon de Porcelaine s'ouvre brusquement, le Duc paraît sur le seuil, les voit tous là debout devant lui et après un long regard qui comprend :

LE DUC

Ah ?... Très bien.

SCÈNE III

LES MÊMES, LE DUC, L'ARCHIDUCHESSE.

La Famille Impériale se retire peu à peu.

LE DUC,
calme et avec une majesté soudaine.

J'assurerai d'abord de ma reconnaissance
Le cœur qui, se brisant, a rompu le silence...
Que celle qui pleura n'en ait aucun remord :
On n'avait pas le droit de me voler ma mort.

Aux archiducs et aux archiduchesses qui s'éloignent avec respect.

Laissez-moi, maintenant, ma famille autrichienne!
« *Mon fils est né prince français! Qu'il s'en souvienne*
Jusqu'à sa mort[114] *!* » Voici l'instant : il s'en souvient!

Aux princes qui sortent.

Adieu!

Et cherchant du regard autour de lui.

Quel est le cœur qui s'est brisé?

THÉRÈSE,
qui est restée agenouillée humble, dans un coin.

Le mien.

LE DUC,
faisant un pas vers elle, avec douceur.

Vous n'êtes pas très raisonnable. Sur un livre
Vous avez autrefois pleuré de me voir vivre
En Autrichien, avec à mon habit des fleurs...
Maintenant, vous pleurez en voyant que j'en meurs.

L'Archiduchesse et la Comtesse le mènent jusqu'à un fauteuil dans lequel il tombe.

THÉRÈSE, *qui s'est relevée,*
se rapproche, et d'une voix timide.

Le rendez-vous...

LE DUC

Eh bien?

THÉRÈSE

J'y étais.

LE DUC

Vous?... pauvre âme!

THÉRÈSE

Oui...

LE DUC, *mélancoliquement.*

Pourquoi ?

THÉRÈSE

Parce que je vous aime.

LE DUC, *à la Comtesse.*

Madame,
Vous me l'aviez caché qu'elle y était... Pourquoi ?

LA COMTESSE

Parce que je vous aime.

LE DUC

Et qui donc, près de moi,
Vous a, toutes les deux, fait venir ?

La Comtesse et Thérèse lèvent les yeux vers l'Archiduchesse.

Vous ?

L'ARCHIDUCHESSE

Moi-même.

LE DUC

Pourquoi cette bonté ?

L'ARCHIDUCHESSE

Parce que je vous aime.

LE DUC, *avec un sourire.*

Les femmes m'ont aimé comme on aime un enfant.

Elles font un geste de protestation.

Si ! Si !

A Thérèse.

l'enfant qu'on plaint,

A l'Archiduchesse.

qu'on gâte,

A la Comtesse.

et qu'on défend !

Et leurs doigts maternels, toujours, au front du prince,
Cherchaient les boucles d'or du portrait de
[Lawrence[115] !

LA COMTESSE

Non ! nous avons connu ton âme et ses combats !

LE DUC, *secouant tristement la tête.*

Et l'Histoire, d'ailleurs, ne se souviendra pas
Du prince que brûlaient toutes les grandes fièvres ;
Mais elle reverra, dans sa voiture aux chèvres[116],
L'enfant au col brodé qui, rose, grave, et blond,
Tient le globe du monde ainsi qu'un gros ballon !

MARIE-LOUISE

Parlez-moi ! — Je suis là !... — Qu'une parole m'ôte
Le poids de mes remords ! J'étais — est-ce ma
[faute ? —
Trop petite à côté de vos rêves trop grands !
Je n'ai qu'un pauvre cœur d'oiseau, je le comprends !
C'est la première fois, aujourd'hui, qu'il s'arrête,
Cet éternel grelot qui tourne dans ma tête !
— Vous pourriez bien, de moi, vous occuper un peu...
Pardonnez-moi, mon fils !

LE DUC

Inspirez-moi, mon Dieu,
La parole profonde, et cependant légère,
Avec laquelle on peut pardonner à sa mère !

A ce moment un laquais, qui est entré sans bruit, s'avance vers Marie-Louise. Elle l'aperçoit et comprend.

MARIE-LOUISE, *essuyant ses larmes, au Duc.*

Ce berceau... qu'hier soir vous avez fait prier
D'apporter...

LE LAQUAIS

Il est là.

Le Duc fait signe qu'il veut le voir. Tandis qu'on va le chercher, il aperçoit Metternich pâle et immobile. Il se lève.

LE DUC

Monsieur le Chancelier,
Je meurs trop tôt pour vous : versez donc une larme !

METTERNICH

Mais...

LE DUC, *fièrement.*

J'étais votre force, et ma mort vous désarme !
L'Europe qui jamais n'osait vous dire non
Quand vous étiez celui qui peut lâcher l'Aiglon,
Demain, tendant l'oreille et reprenant courage,
Dira : « Je n'entends plus remuer dans la cage ! »

METTERNICH

Monseigneur...

On apporte le grand berceau de vermeil du Roi de Rome.

LE DUC

Le berceau dont Paris m'a fait don !
Mon splendide berceau, dessiné par Prudhon [117] !
J'ai dormi dans sa barque aux balustres de nacre,
Bébé dont le baptême eut la pompe d'un sacre !
— Approchez ce berceau du petit lit de camp

Où mon père a dormi dans cette chambre, quand
La Victoire éventait son sommeil de ses ailes !

Le berceau est maintenant contre le petit lit.

— Plus près, — faites frôler le drap par les dentelles !
Oh ! comme mon berceau touche mon lit de mort !

Il met la main entre le berceau et le lit en murmurant.

Ma vie est là, dans la ruelle...

THÉRÈSE,
éclatant en sanglots sur l'épaule de la Comtesse.

Oh !...

LE DUC

Et le sort,
Dans la ruelle mince — oh ! trop mince et trop [noire ! —
N'a pu laisser tomber une épingle de gloire !
— Couchez-moi sur ce lit de camp !...

Le docteur et Prokesch, aidés par la Comtesse, le conduisent au lit de camp.

PROKESCH, *au docteur.*

Comme il pâlit !...

La Comtesse a tiré de sa poitrine un grand cordon de la Légion d'honneur, et tout en installant le prince dans ses coussins, elle le lui passe légèrement sans qu'il s'en aperçoive.

LE DUC,
voit soudain la moire rouge sur son linge,
sourit, cherche des mains la croix,
et la porte à ses lèvres.
Puis il dit en regardant le berceau.

J'étais plus grand dans ce berceau que dans ce lit !

Des femmes me berçaient... Oui, j'avais trois ber-
[ceuses
Qui chantaient des chansons vieilles et merveilleuses !
Oh ! les bonnes chansons de Madame Marchand [118] !
Qui donc, pour m'endormir, me bercera d'un chant ?

MARIE-LOUISE, *agenouillée près de lui.*

Mais ta mère, mon fils, peut te bercer, je pense !

LE DUC

Est-ce que vous savez une chanson de France ?

MARIE-LOUISE

Moi ?... Non...

LE DUC, *à Thérèse.*

Et vous ?

THÉRÈSE

Peut-être...

LE DUC

Oh ! chantez à mi-voix :
Il pleut, bergère...

Elle fredonne l'air.

ou bien : Nous n'irons plus au bois...

Elle fredonne encore.

Et chantez : Sur le pont d'Avignon... pour me faire
Endormir doucement dans l'âme populaire...

Elle murmure maintenant la ronde qu'il demande.

Il en est une encore... oui... que j'aimais beaucoup :
Ah ! ah ! c'est celle-là qu'il faut chanter surtout !

Il se soulève, l'œil hagard, et chante :

Il était un p'tit homme,
Tout habillé de gris !...

Sa main va vers la statuette de l'Empereur, et il retombe.

THÉRÈSE

Tombe, mil huit cent trente après mil huit cent onze !

LA COMTESSE

Comme un cristal brisé par un écho de bronze !...

L'ARCHIDUCHESSE

Comme un accord de harpe après des airs guerriers !...

THÉRÈSE

Comme un lys qui sans bruit tombe sur des lauriers !

LE DOCTEUR, *après s'être penché sur le prince.*

Monseigneur est très mal. Il faut que l'on s'écarte !

Les trois femmes s'éloignent du lit.

THÉRÈSE

Adieu, François !

L'ARCHIDUCHESSE

Adieu, Franz !

LA COMTESSE

Adieu, Bonaparte !

MARIE-LOUISE,
qui, près du lit, a reçu la tête du Duc sur son épaule.

Sur mon épaule, là, son front s'appesantit !

LA COMTESSE,
s'agenouillant au bout de la chambre.

Roi de Rome !

L'ARCHIDUCHESSE, *de même.*

Duc de Reichstadt !

THÉRÈSE, *de même.*

Pauvre petit !

LE DUC, *délirant.*

Les chevaux ! Les chevaux !

LE PRÉLAT, *qui est entré depuis un moment avec des enfants de chœur portant des cierges allumés.*

Mettez-vous en prière !

LE DUC

Les chevaux pour aller au-devant de mon père !

De grosses larmes coulent sur ses joues.

MARIE-LOUISE, *au Duc qui la repousse.*

Mais je suis là, mon fils, pour essuyer vos pleurs !

LE DUC

Non ! laissez approcher les Victoires, mes sœurs !
Je les sens, je les sens, ces glorieuses folles,
Qui viennent dans mes pleurs laver leurs auréoles !

MARIE-LOUISE

Que dis-tu ?

LE DUC, *tressaillant.*

Qu'ai-je dit ? Je n'ai rien dit !... Hein ! Quoi ?

Il regarde autour de lui comme s'il craignait qu'on n'eût compris.

Non !... Rien !...

Et mettant un doigt sur ses lèvres.

C'est un secret entre mon père et moi.

Il désigne le voile de dentelles du berceau.

Donnez, que de ce voile exquis je m'enveloppe
Pour pousser le soupir qui délivre l'Europe !
Trop de gens ont besoin de ma mort... et je meurs
D'avoir été tué, tout bas, dans trop de cœurs !

Il ferme un instant les yeux.

Ah ! mon enterrement sera laid... Des arcières...
Quelques laquais portant des torches aux portières...
Les capucins diront leurs chapelets de buis...
Et puis ils me mettront dans leur chapelle... et puis...

Il pâlit affreusement, se mord les lèvres.

MARIE-LOUISE

Explique ce que sont tes douleurs ?

LE DUC

Surhumaines...
Et puis la Cour prendra le deuil pour six semaines !

LA COMTESSE

Voyez ! au lieu du drap, il ramène sur lui
Le voile du berceau !

LE DUC, *haletant.*

Ce sera très laid... oui...
Mais il faut en mourant... oui... que je me souvienne...
Qu'on baptise à Paris mieux qu'on n'enterre à
[Vienne !

Appelant.

Général Hartmann !...

LE GÉNÉRAL HARTMANN, *s'avançant.*

Prince...

LE DUC, *balançant d'une main le berceau.*

Oui... j'attendrai la mort
En berçant le passé dans ce grand berceau d'or!

De l'autre main il tire un livre qui est sous son oreiller, et le tend au général.

Général...

Le général prend le livre. Le Duc se remet à balancer le berceau.

Le passé... je le berce... et c'est comme
Si le Duc de Reichstadt berçait le Roi de Rome!
— Général, voyez-vous l'endroit marqué?

LE GÉNÉRAL HARTMANN, *qui a ouvert le livre.*

Je vois.

LE DUC

Bien. Pendant que je meurs, lisez à haute voix.

MARIE-LOUISE, *criant.*

Non! non! je ne veux pas, mon enfant, que tu meures!

LE DUC, *solennellement,*
après s'être remonté sur ses coussins.

Vous pouvez commencer à lire.

LE GÉNÉRAL HARTMANN,
lisant debout au pied du lit.

Vers sept heures,
Les chasseurs de la Garde apparaissent, formant
La tête du cortège[119]...

MARIE-LOUISE, *comprenant ce qu'il se fait lire,*
tombe à genoux en pleurant.

Oh! Franz!

LE GÉNÉRAL HARTMANN

A ce moment,
La foule, où l'on peut voir sangloter plus d'un homme,
Pousse un immense cri : « Vive le Roi de Rome ! »

MARIE-LOUISE

Franz !

LE GÉNÉRAL HARTMANN

Les coups de canon s'étant précipités,
Le Cardinal vient recevoir Leurs Majestés ;
Le cortège entre ; il est réglé par les usages :
Les huissiers, les hérauts d'armes, leur chef, les pages,
Les divers officiers d'ordonnance, les...

Voyant que le Duc a fermé les yeux, il s'arrête.

LE DUC, *rouvrant les yeux.*

Les ?...

LE GÉNÉRAL HARTMANN

Les chambellans avec les préfets du palais ;
Les ministres ; le grand écuyer...

LE DUC, *d'une voix défaillante.*

Veuillez lire !

LE GÉNÉRAL HARTMANN

Les grands aigles ; les grands officiers de l'Empire ;
La princesse Aldobrandini tient le chrémeau ;
Les comtesses Vilain XIV et de Beauveau
Ont l'honneur de porter l'aiguière et la salière...

LE DUC, *de plus en plus pâle et se raidissant.*

Lisez toujours, Monsieur. Soulevez-moi, ma mère.

Marie-Louise aidée de Prokesch le soulève sur ses oreillers.

LE GÉNÉRAL HARTMANN

Puis le grand-duc, auprès du petit souverain
Remplaçant l'Empereur d'Autriche, son parrain;
Puis vient la reine Hortense; au côté de la reine
Vient Son Altesse Impériale la Marraine.
Enfin le roi de Rome est apparu, porté
Par Madame de Montesquiou. Sa Majesté,
Dont la foule put admirer la bonne mine,
Avait un grand manteau d'argent doublé d'hermine
Que le duc de Valmy soulevait de deux doigts
Puis les princes...

LE DUC

Passez les princes!

LE GÉNÉRAL HARTMANN, *passant une page.*

... Puis les rois...

LE DUC

Passez les rois. La fin de la cérémonie!

LE GÉNÉRAL HARTMANN,
après avoir passé plusieurs pages.

Alors...

LE DUC

J'entends moins bien. Plus haut.

LE DOCTEUR, *à Prokesch.*

C'est l'agonie.

LE GÉNÉRAL HARTMANN
d'une voix éclatante.

Alors, quand le héraut eut trois fois, dans le chœur,
Crié : « Vive le roi de Rome! » l'Empereur,
Avant qu'on ne rendît l'enfant à sa nourrice,
Le prit entre les bras de...

Il hésite en regardant Marie-Louise.

LE DUC, *vivement,*
et posant avec une noblesse infinie la main
sur les cheveux de Marie-Louise agenouillée.

De l'Impératrice !

A ce mot qui pardonne et qui la recouronne, la mère éclate en sanglots.

LE GÉNÉRAL HARTMANN

L'éleva pour l'offrir à l'acclamation ;
Le *Te Deum*...

LE DUC, *dont la tête se renverse.*

Maman !

MARIE-LOUISE, *se jetant sur son corps.*

François !

LE DUC, *rouvrant les yeux.*

Napoléon !

LE GÉNÉRAL HARTMANN

... Le *Te Deum* emplit le vaste sanctuaire,
Et le soir même, dans la France tout entière,
Avec la même pompe, avec le même élan...

LE DOCTEUR,
touchant le bras du général Hartmann.

Mort.

Silence. Le général referme le livre.

METTERNICH

Vous lui remettrez son uniforme blanc !

FIN.

Dans la Crypte des Capucins [120],
à Vienne.

Et maintenant il faut que Ton Altesse dorme,
— Âme pour qui la Mort est une guérison, —
Dorme, au fond du caveau, dans la double prison
De son cercueil de bronze et de cet uniforme.

Qu'un vain paperassier cherche, gratte, et s'informe ;
Même quand il a tort, le poète a raison.
Mes vers peuvent périr, mais, sur son horizon,
Wagram verra toujours monter ta blanche forme !

Dors. Ce n'est pas toujours la Légende qui ment.
Un rêve est moins trompeur, parfois, qu'un document.
Dors ; tu fus ce Jeune homme et ce Fils, quoi qu'on dise.

Les cercueils sont nombreux, les caveaux sont étroits,
Et cette cave a l'air d'un débarras de rois...
Dors dans le coin, à droite, où la lumière est grise.

*

Dors dans cet endroit pauvre où les archiducs blonds
Sont vêtus d'un airain que le Temps vert-de-grise.
On dirait qu'un départ dont l'instant s'éternise
Encombre les couloirs de bagages oblongs.

Des touristes anglais traînent là leurs talons,
Puis ils vont voir, plus loin, ton cœur, dans une église.
Dors, tu fus ce Jeune homme et ce Fils, quoi qu'on dise.
Dors, tu fus ce martyr ; du moins, nous le voulons.

... Un capucin pressé d'expédier son monde
Frappe avec une clef sur ton cercueil qui gronde,
Dit un nom, une date — et passe, en abrégeant...

Dors ! mais rêve en dormant que l'on t'a fait revivre,
Et que, laissant ton corps dans son cercueil de cuivre,
J'ai pu voler ton cœur dans son urne d'argent.

DOSSIER

CHRONOLOGIE

1868. 1er avril. Naissance à Marseille d'Edmond Rostand, 14, rue Montaux. Son père, Eugène Rostand, est journaliste et poète.

1878. Après avoir suivi les cours d'une institution privée, il entre au lycée de Marseille, où il fera ses études jusqu'à la seconde, en brillant élève. Les étés, la famille Rostand séjourne à Luchon.

1884. Il entre au Collège Stanislas, à Paris ; il habite d'abord chez les Gorsse, amis de sa famille.

1887. Sur le sujet : *Deux romanciers de Provence, Honoré d'Urfé et Émile Zola,* Rostand remporte le prix de l'Académie de Marseille.

1888. L'été, à Luchon, il fait la connaissance de Rosemonde Gérard (petite-fille du maréchal de France). A la rentrée, il suit les cours de la Faculté de Droit et fréquente le salon de Leconte de Lisle pour y rencontrer Rosemonde.

1889. *Le Gant rouge,* vaudeville en quatre actes, écrit par Rostand et Henry Lee, demi-frère de Rosemonde Gérard, est joué au théâtre de Cluny. C'est un échec.

1890. 8 avril. Edmond Rostand épouse Rosemonde Gérard. Massenet est le témoin de la mariée.
10 avril. Parution, chez Lemerre, d'un recueil de poèmes, *Les Musardises,* qui reçoit un bon accueil de la critique.
Les Deux Pierrots, un acte en vers, est refusé à la Comédie-Française.

1891. 26 mai. Naissance de Maurice (qui deviendra poète et dramaturge).

1892-1893. Rostand travaille à plusieurs projets de pièces. Pendant l'été 1893, en vacances à Luchon, il lit l'une d'elles, *Les Romanesques,* à Le Bargy, sociétaire de la Comédie-Française. La pièce est ensuite acceptée.

1894. 21 mai. Création des *Romanesques* à la Comédie-Française : c'est un succès.
Peu après, il lit à Sarah Bernhardt *La Princesse lointaine*, écrite pour elle.
30 octobre. Naissance de Jean.
Rostand écrit *Un rêve*, poème qu'il utilisera en partie dans *L'Aiglon*.

1895. 5 avril. *La Princesse lointaine* est créée au théâtre de la Renaissance, avec une distribution prestigieuse : outre Sarah, De Max et Lucien Guitry, et un grand luxe scénique ; mais ce n'est pas le succès attendu.
3 mai. Lettre de Jules Renard à Rostand : « Ce qui me plaît de vous, c'est un mélange de sensibilité et d'ironie, et votre adresse à le composer. » Renard sera un ami fidèle, mais souvent aigre et jaloux, du ménage Rostand.
Octobre-décembre. Rostand écrit *La Maison des amants*, pièce destinée à Mounet-Sully, Julia Bartet et Marguerite Moréno. Il abandonne l'œuvre très largement rédigée.

1896. 9 décembre. Rostand participe à la grande journée d'hommage à Sarah Bernhardt.
Pendant « l'Affaire », il est dreyfusard.

1897. 14 avril. Création de *La Samaritaine*, avec Sarah Bernhardt. Cet « Évangile en trois tableaux » (musique de Gabriel Pierné) est bien accueilli.
Henri Welschinger publie *Le Roi de Rome*, biographie dont il offre un exemplaire à Rostand ; celui-ci l'utilise abondamment dans *L'Aiglon*.
1er juillet. Rostand publie des *Poésies* dans la *Revue de Paris*.
28 décembre. Première de *Cyrano de Bergerac* à la Porte Saint-Martin : triomphe.

1898. 1er janvier. Rostand est fait chevalier de la Légion d'honneur.
6 janvier. Félix Faure, président de la République, assiste en famille à *Cyrano*.
Rostand travaille à *L'Aiglon*.
Dans une lettre aimable et juste, publiée en préface, il réfute les attaques d'Émile Magne dans *Les Erreurs de documentation de « Cyrano de Bergerac »*.
Rostand fait un voyage à Schönbrunn pour étudier les lieux où se passe *L'Aiglon*.

1899. Nouveau voyage à Vienne, où Sarah joue en tournée ; tous deux visitent Schönbrunn.

1900. 15 mars. Création de *L'Aiglon* avec Sarah Bernhardt et Lucien Guitry. Le succès est grand mais se manifeste une déception par rapport à *Cyrano*.

Début de la maladie : troubles pulmonaires et angoisses neurasthéniques qui poursuivront sans cesse Rostand. Son médecin lui suggère un séjour à Cambo, dans les Pyrénées.

1901. Il s'installe dans la villa Etchegorria, à Cambo, où il passera la majeure partie de son temps.
Il donne une préface aux *Poèmes d'enfance* de Jacques d'Adelsward-Fersen.
30 mai. Élection à l'Académie française, au fauteuil d'Henri de Bornier.
20 septembre. Pour la visite du tzar en France, Rostand écrit un *Poème à S. M. L'Impératrice de Russie,* dit par Julia Bartet à une réception officielle. Le vers

Oh ! oh ! c'est une impératrice !

laisse le public perplexe.
Il commence *Chantecler.*

1902. 26 février. Pour le centenaire de Victor Hugo, il publie dans *Le Gaulois* « Un soir à Hernani », écrit au cours d'un voyage en Espagne, et particulièrement dans le village d'Ernani. Il a beaucoup de difficultés à écrire et ne parvient pas à terminer son discours de réception à l'Académie (à un ami : « J'en ai déjà écrit un mot : *Messieurs* »).

1903. 4 mai. Réception à l'Académie française : c'est un événement littéraire et surtout mondain. Dans la *Nouvelle Revue,* peu avant, Willy a publié de supposés fragments — en vers ! — du discours de Rostand ; la supercherie réussit.
Jehan Rictus publie, lui, un violent pamphlet : *Un « bluff » littéraire : le cas Edmond Rostand.*

1904-1905. Décidément conquis par la région, Rostand se fait construire à Cambo une splendide villa, baptisée Arnaga. *Chantecler* est quasiment achevé ; mais le désir de perfection obsède le poète qui ne se résout pas à mettre un point final.

1906-1907. De plus en plus neurasthénique, Rostand est réduit à une paradoxale inactivité, faite d'une surabondance de projets : un *Faust* ou une *Jeanne d'Arc* pour Sarah, une *Pénélope* ou une *Castiglione...* Il travaille à une nouvelle version de *La Princesse lointaine.*

1908. Décembre. Il remet enfin le texte de *Chantecler* à Coquelin qui doit, après *Cyrano,* le créer. Le numéro de Noël de *L'Illustration* publie une pantomime, *Le Bois sacré.*

1909. 27 janvier. Alors que sont commencées les répétitions de *Chantecler,* Coquelin meurt subitement. Après bien des hésitations, le rôle est donné à Lucien Guitry.

1910. 7 février. Création de *Chantecler* à la Porte Saint-Martin. Tant attendue qu'elle en était devenue mythique, l'œuvre surprend mais déçoit.

15 avril. Adieux de Sarah Bernhardt avant sa tournée aux États-Unis. Rostand rencontre Gabriele D'Annunzio.

20 avril. Représentation de la pantomime *Le Bois sacré* au théâtre Sarah-Bernhardt.

Rostand lit et apprécie *Impressions d'Afrique* de Raymond Roussel.

1911. Nouvelle édition, très remaniée, des *Musardises,* chez Fasquelle.

Rostand écrit *La Dernière Nuit de Don Juan* qu'il laisse inachevé.

Lors d'un gala donné à l'Opéra en l'honneur du vieux Massenet (qui meurt l'année suivante), Mounet-Sully dit un sonnet de Rostand dédié au musicien.

Peu à peu s'opère une rupture du couple Rostand ; Rosemonde retourne vivre à Paris.

1912. Nouvelles rencontres avec D'Annunzio qui, séjournant à Arcachon, visite Arnaga. Sarah souhaitait que les deux poètes écrivent ensemble à son intention une *Jeanne d'Arc.*

1913. 27 février. Création au Metropolitan Opera de New York d'un *Cyrano* mis en musique par Walter Damrosch.

3 mai. La millième de *Cyrano* est fêtée à la Porte Saint-Martin, lors d'une reprise avec Le Bargy.

1914. Anna de Noailles s'installe à Cambo, en voisine des Rostand, à la villa Brimborion.

Pendant la guerre, éloigné du front par sa santé, Rostand manifestera sa préoccupation et sa solidarité de multiples façons. Il échangera entre autres une correspondance avec son ami Henri Barbusse, dont il louera *Le Feu.*

1915. 20 janvier. Mort d'Eugène Rostand, père du poète. Avec Édouard Ganche et Maurice Barrès, Rostand participe à l'hommage rendu au musicien Albéric Magnard, tué par les Allemands.

Novembre. Rostand passe cinq jours sur le front, de la Champagne à la Lorraine.

1916. Il s'intéresse au cinéma, et apprécie le *Forfaiture* de Cecil B. de Mille : « J'ai été voir *Forfaiture.* C'est étonnant. Le Japonais est inouï. Voilà ce qu'on devrait faire chez nous. Cela prouve que le “ ciné ” a un avenir énorme... » (lettre à Mary Marquet).

12 septembre. Mort de sa mère.

6 octobre. Publication de poèmes de guerre, *Le Vol de la Marseillaise.*

1918. Rentré à Paris début novembre, Rostand est atteint de la grippe espagnole.
2 décembre. Mort d'Edmond Rostand, à cinquante ans.

NOTICE

Personnages et situations mis en scène dans *L'Aiglon* se fondent le plus souvent sur des faits historiques, que Rostand respecte parfois avec une minutie maniaque. Pour créer un semblant d'intrigue, il introduit néanmoins deux personnages fictifs (Flambeau et Thérèse de Lorget) et confère au personnage réel de la comtesse Camerata un rôle largement imaginaire.

Beaucoup d'histoire, un peu de fiction, mais aussi énormément de littérature. Car le malheureux duc de Reichstadt fut, dès l'enfance, dévoré vif par les écrivains : propagande napoléonienne, d'abord, puis, lorsqu'il fut loin de France, nostalgie et rêves d'un retour impérial s'emparèrent de son visage, l'érigèrent en symbole ; poésie, théâtre, roman, rien ne lui fut épargné — au point qu'on peut se demander s'il n'est pas mort, un peu, d'avoir été ainsi exploité.

Cet excès de littérature qui l'accabla nous le rend paradoxalement plus mystérieux. De sa vie, les événements nous sont bien connus par d'abondants documents d'archives. Au centre, le jeune homme blond et fragile, élégant jusqu'au désespoir, demeure pourtant mal connu, et nul ne peut dire ce qu'il pensa, ce qu'il rêva ; archiduc autrichien ou prince français, Roi de Rome ou duc de Reichstadt, il demeure insaisissable.

Cependant pour construire son drame, Rostand refusa cette ambiguïté et choisit, entre les visages possibles, une version nationaliste, l'Aiglon porté par le seul souvenir de l'Aigle et la haine de l'Autrichien.

La vie de l'Aiglon.

Il peut n'être pas inutile de rappeler au lecteur de Rostand les grandes lignes de la vie du personnage. Le seul besoin politique d'avoir un héritier poussa Napoléon à se séparer de la stérile

Joséphine ; il décida, dit-on, le divorce à Schönbrunn, le 12 octobre 1809, alors qu'il venait d'échapper à un attentat. Le choix de l'épouse nouvelle fut vite mené, et arrêté sur Marie-Louise, fille de l'empereur François Ier (François II, tant qu'il fut empereur d'Allemagne) ; le contrat fut signé le 11 février 1810, le mariage célébré le 11 mars ; l'enfant naquit le 10 mars de l'année suivante.

Il reçut le titre de Roi de Rome ; des cérémonies et des cadeaux fastueux marquèrent les premiers mois de ce fils qui venait consolider le pouvoir de Napoléon. Ses premières années se passèrent à Saint-Cloud, avec pour gouvernante Mme de Montesquiou, entrée dans la légende comme « maman Quiou ».

En 1814, le 25 janvier, Napoléon quittait à jamais sa femme et son fils qui, au moment de l'abdication, gagnèrent Vienne. Le petit Roi de Rome, Napoléon II, perdait alors son titre et devenait « prince de Parme » (avant de recevoir, en 1818, le nom de duc de Reichstadt), restant prisonnier de l'Autriche à Schönbrunn.

C'est une autre existence qui commençait alors pour l'enfant : coupé non seulement de son père, mais de presque tout ce qui était français, il reçut une éducation de prince autrichien. Ses précepteurs, en particulier le comte de Dietrichstein, furent loin d'être les bourreaux bornés qu'on a dit, ou les sots qu'en fait Rostand ; mais il est certain que cette éducation, dont Marie-Louise ne s'occupa que de loin (elle avait à Parme de nouveaux enfants), reposait avant tout sur un déni d'identité. L'Aiglon, pour Metternich, était d'abord un possible enjeu politique.

Nous ne pouvons ici analyser la personnalité attachante de l'adolescent[1]. Au moment où Rostand le met en scène, en 1830, c'est un jeune homme blond et fragile, fort séduisant (on lui prête maintes idylles, d'ailleurs imaginaires), populaire à Vienne. Il est toujours d'une parfaite élégance (« Personne n'a des sticks pareils ») et manifeste un goût marqué pour le théâtre, spécialement les opéras de Bellini : idéale silhouette romantique, en un mot, si l'on y ajoute les chevauchées solitaires dans la campagne autour de Vienne.

On évoqua plus d'une fois la possibilité de lui donner un trône (en Grèce ou en Italie) ; mais son nom de Bonaparte dans une Europe agitée effrayait décidément trop ; ses espoirs d'échapper à sa prison dorée de Schönbrunn furent toujours déçus. Paul Morand résume parfaitement sa situation : « C'est un prisonnier d'État, enfermé dans la pire des forteresses : sa famille. »

Il mourut le 22 juillet 1832.

1. Pour plus de détails, on se reportera aux volumes signalés dans la bibliographie, spécialement ceux de Prokesch-Osten, de Welschinger et, plus récents, de J. Bourgoing ou A. Castelot.

Avant Rostand.

De son vivant, l'Aiglon est déjà, sur les scènes parisiennes, un héros de théâtre : ainsi est créé, au théâtre des Nouveautés, le 28 décembre 1830, *Le Fils de l'Homme,* signé P. de Lussan (en qui on a vu Eugène Sue). C'est une femme, dès ce moment, qui joue le duc de Reichstadt : Virginie Déjazet. On y trouve une leçon d'histoire dont Rostand reprendra le principe ; le duc demande à son précepteur : « Que pensez-vous de Napoléon Bonaparte ? » et s'entend répondre : « C'était un feld-maréchal de Louis XVIII qui l'avait fait marquis et chevalier de ses ordres en récompense de bons et loyaux services. »

La mort de l'Aiglon suscite de nouvelles productions, puis c'est le silence jusqu'en 1850, où l'actualité, c'est-à-dire la propagande du futur Napoléon III, le ressuscite : le 13 juin 1850, l'Ambigu donne *Le Roi de Rome,* cinq actes de Desnoyer et Beauvallet ; à nouveau le rôle est travesti (interprété par Émilie Guyon). Nous avons déjà signalé que cette pièce fut reprise en 1898.

Mais le précurseur le plus intéressant de Rostand fut Émile Pouvillon (1840-1906). Nous ne savons pas ce qui conduisit ce romancier régionaliste, chantre du Quercy, à s'intéresser à l'Aiglon. Toujours est-il qu'il publia en 1898 un *Roi de Rome,* et le proposa, en vain, à Sarah Bernhardt ; peut-être refusa-t-elle en raison de la médiocrité du texte, ou plutôt parce qu'elle attendait déjà l'œuvre de Rostand.

Il peut être intéressant de résumer ici la pièce de Pouvillon ; on verra combien elle est souvent proche de *L'Aiglon ;* mais Pouvillon ne réussit jamais à mettre en valeur la situation et se cantonne dans un dialogue d'une parfaite banalité réaliste (en prose). Sa platitude absolue en fait un précurseur des auteurs de dramatiques télévisées.

Un prologue évoque d'abord 1814, le départ de Napoléon, la fuite de Marie-Louise et de son fils. L'action comporte ensuite quatre journées.

I. Vienne, 1831. Bal à l'ambassade d'Angleterre (bal dont parle Rostand à l'acte I). Une invitée : « Qui est ce grand jeune homme qui vient de nous coudoyer ? » Un invité : « Comment ? Vous ne le connaissez pas ? [...] C'est le duc de Reichstadt. » Sur le même ton se fait l'entrée de Thérèse de Lorget. Suivent des scènes où paraissent Metternich et Dietrichstein, des dialogues entre l'Aiglon et Prokesch, puis Marmont — avec référence au testament : « Je n'oublie pas le testament de mon père. Je vivrai, je mourrai en prince français. » Passage de la Camerata, hystérique et surexcitée, puis scène amoureuse entre l'Aiglon et la belle Olga de Melk. L'acte enfin s'achève par une scène à trois : le duc, l'empereur et Metternich (comme au deuxième acte chez Rostand). Le chancelier brise l'accord du grand-père et du petit-fils. Reichstadt s'écroule en spasmes, et Metternich clôt : « Le docteur Malfatti a raison. Ce candidat au trône pourrait bien être un candidat à la tombe. »

II. La deuxième journée nous montre un complot d'évasion vers la France, monté par Chambert, ex-conscrit de 1813, bien proche de Flambeau. Tout est prêt, tout pourrait réussir. Mais Olga ne veut pas perdre son bel amant et le dénonce à la police : « Pardonne-moi, Franz. Je t'aime trop pour ne pas te trahir. »

III. Le ministre de la police se présente chez l'Aiglon et lui propose un pacte : qu'il s'engage à ne plus comploter et Chambert aura la vie sauve. Malgré l'indignation du vieux soldat, le duc signe cette « abdication » ; ensuite il part, seul, à cheval, dans la nuit. Grande vision qui, modestement, annonce l'acte V de Rostand, avec les champs de bataille :

Le paysage change, déformé par le rêve, bouleversé par le souvenir. Ces maisons d'idylle, ces maisons vertes, ces maisons roses, elles ont été, il n'y a pas plus de vingt ans, éclaboussées par le sang des batailles ; cavaliers et fantassins se sont fusillés, sabrés, exterminés pendant deux jours sur ces chemins, à travers ces guérets où la charrue heurte encore des débris de casques, des tronçons d'épées. Ces villages, c'est Aspern, c'est Essling !

Reichstadt galope comme un fou. Dialogue de pâtres à son passage :

— De ce train-là, le monsieur sera ce soir à Pest !

— A moins qu'il ne couche au cimetière.

IV. Deux tableaux composent la dernière journée : à Schönbrunn, sous les fenêtres du jeune agonisant, bavardent grisettes et ménagères, espérant l'entrevoir. Passe la lamentable Olga.

Puis la chambre du duc. C'est l'agonie. On attend Marie-Louise en lisant les journaux. L'Aiglon délire (une souris rouge va lui ronger la jambe avant de se réincarner en Neipperg). Marie-Louise arrive enfin : nouveaux délires, mort de l'Aiglon.

Épilogue : dans la crypte des Capucins à Vienne. Un moine fait visiter les tombeaux à deux hommes, trois mois plus tard. L'un des deux visiteurs n'est autre que le prince Louis-Napoléon, qui se promet d'accomplir de grandes choses et conclut : « Dors, cousin, moi, je veille. Oublie, si tu peux ; moi, je me souviendrai. »

Hormis les scènes amoureuses et leur conséquence mélodramatique (la dénonciation), peu d'éléments qui ne trouvent un équivalent chez Rostand, — ce qui est, somme toute, logique, puisqu'ils racontent la même brève existence. Mais cette proximité même met en valeur l'art de Rostand, prompt à détourner les stéréotypes, à retourner, d'un mot, d'une image, le réalisme en cauchemar ou en féerie.

Un souvenir d'enfance d'Edmond Rostand.

Tant d'antécédents ne pèsent pas très lourd dans la genèse de *L'Aiglon*. Rostand s'est, pour l'essentiel de sa documentation historique, appuyé sur la biographie du *Roi de Rome* par Henri Welschinger parue en 1897 et offerte par l'auteur au poète, information qu'il compléta par la lecture de différents mémoires, en particulier de l'émouvant volume de Prokesch. L'impulsion chez Rostand venait pourtant de beaucoup plus loin, et il l'a conté à un journaliste du *Gaulois*, le 7 mars 1900, peu avant la création :

L'idée m'en est venue enfant. J'avais à Marseille, dans ma chambrette, au pied de mon lit, l'eau-forte d'un portrait exquis de Lawrence représentant le duc de Reichstadt à l'âge de douze ou quatorze ans, debout dans un paysage de montagne, vêtu d'un long manteau, la tête nue, sur un fond de brume. C'est encore l'adolescent. Mais on sent déjà poindre le jeune homme mince et pâle que la légende va immortaliser. En ouvrant les yeux, chaque matin, l'enfant impérial me souriait de son sourire mélancolique d'exilé. Et j'eus l'ardent désir de rendre un jour, moi aussi, cette image dans quelque poème.

L'Aiglon est tout entier une longue rêverie sur ce visage d'enfance, visage perdu car Rostand adulte ne parvint pas à retrouver la gravure de sa chambre, et dut la réinventer. Recherches historiques et « ficelles » de théâtre ont moins d'importance dans la pièce que cette vérité : la scène réelle en est la chambre, ou la cervelle, d'un enfant.

UN RÊVE

Ce poème, peu connu, datant de 1894, est important pour la genèse de *L'Aiglon*. Il représente en effet une première esquisse de la grande scène de l'acte V où le duc de Reichstadt, seul, est en proie aux réminiscences de la bataille de Wagram. Le rêve de Rostand devient celui de l'Aiglon. Les plaintes des blessés réapparaîtront parfois identiques dans la pièce.

Un rêve, qui n'est pas complètement achevé, ne fut pas publié par Rostand et parut après sa mort.

J'étais seul, sur un grand plateau, sous un ciel sombre,
Seul au milieu des morts et des mourants sans nombre
Et des blessés criant : « Je ne veux pas mourir ! »
J'avais là des milliers de gens à secourir.
Je me tordais les mains d'être seul, si débile.
Plus d'un qui remuait devenait immobile.
Je devinais qu'ils étaient là depuis des jours,
Qu'on n'aurait plus longtemps à leur porter secours.
Je montai sur un tertre et, dans les ombres bleues,
Je vis qu'il en mourait ainsi pendant des lieues !
Et je tendais les bras vers eux tous, désolé,
Souffrant affreusement d'être en vain appelé
D'un bout à l'autre bout de ce champ de bataille !

Et j'entendais : « Un peu d'eau fraîche à mon entaille !
— J'ai soif ! viens me passer la gourde de ce mort !
— Prêtez-moi votre main pour un dernier effort !
— Du rhum ! je meurs ! — Veux-tu me cueillir une touffe
De ces fleurs ? — Otez-moi ce cadavre, il m'étouffe !
— A boire ! — Je m'endors, secouez ma torpeur !
— A ce vol de corbeaux, venez donc faire peur !
Elle revient toujours sur moi leur bande noire !

— Soulève-moi la tête avec un sac ! — A boire !
— Là, cherche dans ma poche un portrait effacé...
— Regarde et dis-moi donc ce que j'ai de cassé.
— Ton manteau ! — Va chercher les porteurs de civière !
....
— Viens retirer ma jambe, elle est sous mon cheval !
A boire ! — Hé là ! pour moi ne ferez-vous... j'ai mal !...
Ce qu'on eût fait pour vous en détresse pareille ?
— Un coup de pistolet, par pitié, dans l'oreille !
A moi ! — Non, non ! à moi ! — Je vais mourir ! — Je meurs !
A boire ! — A boire ! » Hélas ! et bien d'autres rumeurs !

Le temps passait. Les cris s'affaiblissaient. L'horrible
Était que je sentais qu'il était très possible
D'en sauver. Je pouvais en sauver deux ou trois.
Mais mon cœur ne pouvait se résigner au choix.
J'allais de-ci, de-là, ne sachant plus que faire.
Je murmurais : « Grand Dieu ! faut-il que je préfère ?
Oh ! lesquels secourir ? » Je ne décidais pas ;
Et la pitié faisait vagabonder mes pas !
Je craignais de commettre une injustice énorme,
D'en soigner un, peut-être, en voyant l'uniforme
Ami, de négliger quelqu'un des ennemis !
Pourquoi cet officier galonné, si bien mis,
Plutôt que ce soldat sans souliers et sans grade ?
J'avance brusquement, et puis je rétrograde !
Un enfant m'attendrit, — j'aperçois un aïeul !
Je pense trop à tous pour m'occuper d'un seul !
Enfin, désespéré devant la tâche immense,
Ne sachant plus par quel il faut que je commence,
Estimant qu'en sauver deux ou trois serait vain,
Je me laisse tomber sur les bords d'un ravin,
Et sanglotant, criant : « Que faut-il que je fasse ? »
Couvrant éperdument de mes deux mains ma face
Je demeure écroulé, gémissant, inactif.
Désespéré.
J'entends un murmure plaintif.
J'ouvre les yeux. Je vois, dans l'atroce herbe brune,
Sinuer un ruisseau tout argenté de lune,
Lequel s'est, par hasard, et bien que traversant
Tous ces corps emmêlés, conservé pur de sang.
Un homme va et vient, met les genoux en terre,
Puis à ce ruisselet s'élance, désaltère
Un blessé, puis revient, trempe un linge dans l'eau
Et va panser le front d'un malheureux nouveau.

Il est seul comme moi. Que fera-t-il ? N'importe !
Il soulève des fronts, encourage, transporte,
Soigne, abreuve. Il s'est mis près du premier qui gît.
Il est seul, comme moi. Nul ne l'aide. Il agit.
Il sauve ceux qu'il peut. Les autres, s'il y pense,
Ne le distrayent pas des quelques-uns qu'il panse.
Il verse un cordial, puis prend l'air satisfait...
Comme si, dans ce mal, ça comptait, ce qu'il fait !
Et je le reconnais : c'est un être vulgaire,
Un homme, justement, que moi je n'aime guère
Parce qu'il appartient aux médiocres esprits
De qui tout ce que j'aime, ou presque, est incompris.
Sa raison est pesante, et son style comme elle.
D'où vient que ce bonhomme à mon rêve se mêle ?
C'est un simple. Toujours, j'en ai fait peu de cas.
On ne peut le ranger parmi les délicats.
Ironiques, souvent nous l'avons pris pour cible.
Il n'a pas l'âme tendre et pas le nerf sensible.
Il ne s'émeut de rien, oh ! maladivement.
Sa banale pitié n'éprouve en ce moment
Aucun des raffinés et douloureux scrupules
De la mienne. Il n'est pas l'homme des crépuscules,
Des nuances, n'a pas souffert quand je souffrais.
A deux ou trois blessés il tend son linge frais.
Ça lui suffit. Pas de regret, d'intime lutte.
Il peut agir tranquille et posé, cette brute !

Le jour vient. Plus un cri. Tous les mourants sont morts.
J'erre, et je sens en moi comme un vague remords :
Et, voyant trois soldats debout dans l'aube rose,
Je trouve qu'après tout il a fait quelque chose,
Cet homme ; et tous les morts cessent de me hanter
Lorsque j'entends les trois qui survivent chanter !
Lui, grave, les regarde.
Il a, dans ses yeux gris et doux, du bonheur presque
En regardant les trois qu'il a, seul, pu sauver.

Et ce rêve, depuis m'a fait beaucoup rêver.

1894. Edmond Rostand.

LA CARRIÈRE DE *L'AIGLON*

L'actualité de mars 1900 était chargée : la guerre des Boers, la grève de Carmaux, la proche inauguration de l'Exposition Universelle, l'incendie de la Comédie-Française, rien de tout cela n'empêcha pourtant *L'Aiglon* de faire la *une* des journaux pendant plusieurs semaines. Événement théâtral et mondain, mais aussi politique. Avant la création, le ton est polémique ; les milieux nationalistes se réjouissent d'une célébration de la France, la gauche s'en émeut. Ainsi, deux jours avant la première *Le Gaulois* s'enchante : « [L'auteur] n'a pas cédé aux sollicitations de l'imitation étrangère, il est resté des nôtres, et c'est à ce double titre qu'il convient de saluer le prochain triomphateur à la fois un véritable artiste et un vrai Français » (« Bloc-notes parisien », 13 mars 1900).

L'Aurore, au contraire, le jour de l'événement, en dénonce le poids politique : « Même si l'auteur n'est pas un ratapoil, un admirateur de la force brutale, un sectateur de la guerre, il fournit un élément à la propagande césarienne. L'éclat de son talent profite à l'exécrable légende » (Urbain Gohier, 15 mars 1900).

On a vu comment Rostand tint à se démarquer des interprétations politiques par le biais du quatrain-préface (suggéré par Jaurès). Ce débat fut d'ailleurs vite oublié au profit de l'aspect proprement théâtral. Peu de premières furent autant attendues ; le 10 mars, le chroniqueur du « Courrier de Paris » de *L'Illustration* évoque le « prix fabuleux » auquel se cotent les places.

Le spectacle avait été monté avec un grand soin : les décors réalisés à Vienne et à Paris, d'après les photos prises par Rostand lui-même ; pour les uniformes, nombreux, conseils avaient été pris auprès d'un orfèvre en la matière, le peintre militaire Édouard Detaille. Fait exceptionnel, la musique avait été choisie par l'auteur lui-même, qui sélectionna des pages de Schubert, Lanner et Strauss. Détail poignant, amplement rapporté dans la presse (voir *Le Gaulois* du 7 mars), Sarah Bernhardt avait sacrifié sa chevelure, aucune perruque ne la satisfaisant, elle jouait avec ses « vrais cheveux » coupés « à l'Aiglon ».

La soirée fut d'abord son triomphe, personnel et incontesté. Son aisance dans le travesti, la beauté et l'émotion de la voix firent l'unanimité. Lucien Guitry, dans un rôle, Flambeau, écrit pour Coquelin, très différent de son répertoire habituel, ne parut pas toujours à l'aise (en outre il trouvait le rôle trop court et mal payé !). Marie Legault, créatrice de la Roxane de *Cyrano* était Marie-Louise, tandis qu'en Camerata figurait Blanche Dufrêne qui, plus tard joua l'Aiglon. La mise en scène avait été réglée par Rostand et Sarah.

Deux témoignages privés rendent bien compte de la difficulté à juger la pièce. Dans son *Journal*, Jules Renard écrit : « Un prodige, un peu long, de virtuosité. C'est écrasant de beauté et un peu, aussi, d'ennui. On admire sans émotion. Inouï et banal. Une pièce où les gens bâilleront d'admiration. On est comme devant une belle chute d'eau : bientôt, on veut s'en aller. » Et termine sur une rosserie délicate : « Il n'y a que Rostand qui puisse faire mieux » (*Journal*, Bibliothèque de la Pléiade, p. 574).

Reynaldo Hahn vit *L'Aiglon* un peu plus tard, en juin, et en parle à un correspondant : « Vu *L'Aiglon* hier soir. Sarah *sublime* et en voilà assez sur elle, car ce serait idiot d'essayer de la décrire [...] La pièce pas ennuyeuse, avec des longueurs; trop de brillant et d' " esprit ". Marie Legault *atroce,* Calmettes médiocre. Guitry bien — mais le rôle est d'un *louchon*[1] ! Jolie mise en scène et mort de Sarah *ADMIRABLE.* » (à un correspondant non identifié, publiée in *Correspondance* de Marcel Proust, éd. par Ph. Kolb, Plon, t. II, 1976, pp. 398-399).

Les réserves exprimées par Jules Renard et Reynaldo Hahn se retrouvent généralisées dans la critique. On y relève une assez remarquable unanimité, au-delà des problèmes politiques posés avant la première. Reviennent les mêmes constatations : triomphe pour Sarah, mais seulement succès pour Rostand. La pièce est mal construite, il ne s'y passe rien, ni intrigue, ni évolution psychologique. Rostand cède trop, dit-on, à la facilité, au brillant, au verbiage. On l'exhorte souvent à plus de simplicité.

Le secret de l'accueil aigre et amer fait à *L'Aiglon* tient à ce qu'il est d'abord une autocritique, un retour sur l'excès de louanges qui accabla *Cyrano*. Il y eut un seul « éreintement » caractérisé dans la

1. Louchon : pour Marcel Proust et ses amis, ce mot, inventé par eux, désigne tout ce qui manque de finesse et de tact.

presse quotidienne, celui, très violent, d'Émile Faguet dans son feuilleton du *Journal des débats*. Il s'en prend surtout à la longueur et à l'abus des tirades dans ce « drame en six actes et trente monologues » et retrouve la métaphore aquatique de Jules Renard : « cette marée implacable de phrases poussant des phrases, qui monte vers moi, qui va m'engloutir... » Voici son analyse de la tirade du « petit chapeau », à l'acte III : « Metternich survient, rôdant en espion. Il trouve sur une table un " petit chapeau " de l'Empereur. Apostrophe de deux cents vers à ce petit chapeau. Comme c'est bien du Metternich ! Et quel orateur singulier que ce Metternich ! Ce petit chapeau est un astre ; ce petit chapeau est un coquillage de mer dans lequel on entend gronder le murmure de l'océan populaire ; ce petit chapeau est un chapeau d'escamoteur qui escamote les couronnes. Que n'est pas ce petit chapeau ? Et cela continue, et cela recommence... » (*Journal des débats*, 19 mars 1900).

Dans *Le Temps*, Gustave Larroumet insiste sur l'influence hugolienne : « En développant ce thème [napoléonien], l'auteur de *L'Aiglon* ne craint pas de reprendre la plupart des morceaux lyriques sur lesquels Victor Hugo avait déjà posé sa griffe léonine. Il mène cette terrible gageure avec un bonheur et un succès dignes d'un tel courage. Il a l'esprit et l'émotion, le souffle et la souplesse, une prodigieuse richesse d'invention verbale. Il est tantôt un clown banvillesque, agile comme la flamme en son maillot bariolé et pailleté, tantôt le héros aux armes solides et brillantes qui rapproche de nous l'héroïsme épique des *Burgraves*. » Larroumet constate que c'est « un tour de force » et ajoute : « L'excès même de cette force a quelque chose d'inquiétant. Ce mélange d'inspiration vigoureuse et de virtuosité légère donne dans l'excès. Telles situations et tels sentiments sont trop sérieux pour que l'esprit n'y soit pas déplacé » (*Le Temps*, 19 mars 1900).

L'un des lieux communs les plus usés de la critique à propos de *L'Aiglon* est la comparaison avec *Hamlet*. Dans la *Revue des Deux Mondes*, René Doumic la réfute. Ancien professeur de Rostand, il corrige la copie avec mauvaise grâce — et ne donne pas la moyenne : « Hésitant au premier acte, le prince hésite encore au cinquième. Ces alternatives d'enthousiasme et d'abattement, d'élan et d'irrésolution, ce mouvement de va-et-vient est d'une monotonie fatigante. Il ne suffit pas d'être un prince qui hésite pour être, à quelque titre que ce soit, comparable au prince Hamlet. »

Il reproche surtout à Rostand de ne pas se tenir à une ligne simple : « Apparemment, M. Rostand ne demanderait pas mieux que d'aller droit devant lui, menant son drame d'une allure rapide et décidée. Mais à peine s'est-il mis en route, il voit venir à lui toutes sortes d'idées de détail dont il ne repousse aucune. » (*Revue des Deux Mondes*, 1er avril 1900).

Les revues plus littéraires et proches de l'avant-garde sont naturellement tout aussi tièdes, Rostand leur ayant toujours été suspect. Dans la *Revue blanche,* Romain Coolus (auteur, pour Sarah, d'une *Lysiane*) insiste lui aussi sur le défaut de mouvement : « La raison de l'inaction du petit duc est uniquement et uniment *son manque de confiance en lui-même;* état psychologique pour ainsi dire *blanc,* stationnaire, incapable de progression et dont, si ingénieusement qu'il en renouvelle l'aveu désespéré, il ne pourra que nous entretenir jusqu'à la lassitude. » Il retient pourtant la scène de la psyché « qui contient en soi tout ce qu'il y avait d'émotion dramatique dans le sujet » (*Revue blanche,* 1er avril 1900).

Enfin, dans le *Mercure de France,* la critique est assurée par A. F. Herold, l'un des très rares à avoir éreinté *Cyrano* à la création. Moins violent pour *L'Aiglon,* il retient quelques belles scènes — dont, lui aussi, celle de la psyché; et continue : « Ces deux scènes font honneur à qui les a imaginées. Il est dommage que le terne de leur exécution ne réponde pas au brillant de leur conception. Il y a, d'ailleurs, dans *L'Aiglon,* maintes scènes heureusement inventées, joyeuses ou mélancoliques. Il y en a d'autres d'un goût douteux, et qui, dans un drame qui tend à être épique, rappellent les plus médiocres opérettes. M. Rostand ne choisit pas dans ce qu'il trouve; il met à la suite les unes des autres les scènes qu'il imagine, sans toujours se soucier que leur succession soit logique. Aussi, a-t-on souvent peine à suivre l'intrigue de *L'Aiglon.* Sans cesse on est dérouté. On ne comprend pas les motifs d'agir ou de parler comme ils font qu'ont les héros. On voit des personnages surgir on ne sait d'où. Il est des épisodes dont on ne peut deviner l'utilité; certains morceaux semblent n'avoir pour raison que de permettre à Mme Sarah Bernhardt de reproduire des accents trouvés pour *Hamlet. L'Aiglon* n'est pas une pièce composée et, malgré la constante ingéniosité dont fait preuve M. Rostand, le spectacle en fatigue » (*Mercure de France,* avril 1900).

Les représentations.

La critique fut donc, dans l'ensemble, négative, tiède; forcée aussi de reconnaître que le spectacle, porté par Sarah Bernhardt, passait la rampe, quels que fussent les défauts de la pièce. Le succès public fut, lui, immense et immédiat. En cette année de l'Exposition, *L'Aiglon* fut la soirée obligée. On le joua sans interruption, jusqu'au 30 octobre, soit deux cent trente-quatre fois, Sarah partant ensuite aux États-Unis. Dès le 29 avril 1900, une tournée emporta *L'Aiglon* à travers la France et la Belgique, pour cent soixante-dix représentations (commençant par Marseille, ville natale de l'auteur), avec Jane Grumbach en duc de Reichstadt.

A son retour d'Amérique, Sarah reprit les représentations à son théâtre. Le 14 juillet 1901, Coquelin reprit le rôle de Flambeau. L'année suivante, Édouard de Max, grand tragédien et créateur de la pièce de Pouvillon, alterna avec Sarah Bernhardt dans le rôle titre. Dès lors fut posée la question (le rôle convient-il à un homme ?) périodiquement reposée, sans qu'elle soit jamais résolue. Jusqu'au début des années vingt, des reprises eurent lieu régulièrement au théâtre Sarah-Bernhardt avec, à partir de la guerre, de nouvelles et brillantes titulaires du rôle : Mary Marquet (janvier 1917), puis Simone, dans une reprise préparée par Rostand qui mourut, le 2 décembre 1918, quelques jours avant la première, et enfin Véra Sergine. Toutes trois joueront régulièrement le rôle par la suite. De 1922 à 1929, *L'Aiglon* passe à la Porte Saint-Martin avec Jeanne Provost, avant de revenir au lieu de sa création.

Nous ne pouvons détailler toutes les reprises de l'entre-deux-guerres, nombreuses et régulières. La date la plus importante dans les années trente est sans doute la prise de rôle de Jean Weber. Déjà héros d'un film tiré de la pièce (voir plus bas), il joua *L'Aiglon* à partir de 1932, en Belgique, puis dans les provinces françaises ; il y remporta de grands succès et s'imposa comme interprète majeur du rôle. Mais son appartenance à la Comédie-Française l'empêcha de le jouer à Paris, sinon beaucoup plus tard : en 1950, au théâtre Sarah-Bernhardt, dans une production où s'était illustrée Marguerite Jamois.

L'œuvre est demeurée populaire, mais n'a plus guère eu depuis de représentation marquante : le discrédit où semble tombée la convention du travesti héroïque y est sans doute pour beaucoup, en même temps que les exigences coûteuses du grand spectacle. Lorsque les droits sont tombés dans le domaine public, *Cyrano* a connu une fortune nouvelle, mais non pas *L'Aiglon.* On peut espérer qu'il n'y a là rien de définitif.

A l'étranger.

New York et Londres virent Sarah jouer *L'Aiglon* dès 1900-1901. Les États-Unis furent spécialement accueillants à la pièce, puisqu'elle y fut traduite dès 1900 (par Louis N. Parker) et publiée la même année et que la grande Maud Adams, créatrice d'un autre travesti célèbre, Peter Pan, joua très tôt le rôle du duc de Reichstadt. En Italie, *L'Aquilotto* est joué par Alda Borelli en 1914, au moment de l'affaire de Fiume, ce qui fit craindre des manifestations contre l'Autriche.

Il n'est pas étonnant de constater que l'œuvre fut plus longue à s'implanter dans les pays germaniques, pour d'évidentes raisons politiques. Dans la traduction du poète expressionniste Klabund, *L'Aiglon* est enfin joué en 1925 à Berlin, interprété par un homme, Lothar Müthel. L'année suivante, la création en fut annoncée pour le printemps au Burgtheater de Vienne ; des polémiques la firent repousser jusqu'en décembre : *der junge Aar* fut joué par Ida Roland, non sans manifestations. Si la censure obtint ce qu'elle demandait, la coupure de toutes les allusions anti-autrichiennes, la soirée dut être singulièrement brève.

Adaptations.

L'un des pionniers du cinéma français, Émile Chautard, réalisa dès 1913, un *Aiglon* interprété par J. Guilhène. En 1931, le metteur en scène russe Vladimir Tourjansky tourna simultanément (comme ce fut un temps l'usage) deux versions de *L'Aiglon*, l'une en allemand, avec Walter Edlhofer, l'autre, française, avec Jean Weber.

Sur la suggestion du directeur de l'Opéra de Monte-Carlo, Raoul Gunsbourg, les compositeurs Jacques Ibert et Arthur Honegger écrivirent un opéra sur *L'Aiglon*. L'œuvre fut créée à Monte-Carlo le 11 mars 1937, le rôle titre, travesti, interprété par Fanny Heldy avec la basse Vanni-Marcoux en Flambeau. Cet *Aiglon* fut reprit à Paris le 1er septembre suivant. Parmi les titulaires du rôle, depuis, se sont imposées Geori Boué et Michèle Herbé. Les représentations prévues à Naples en janvier 1939 furent *in extremis* interdites par Mussolini.

A titre de curiosité, on peut mentionner la version radiophonique diffusée par le poste Paris-P.T.T. en janvier 1939, où Maurice Rostand était le duc de Reichstadt.

Parodies.

Le succès de la pièce entraîna en 1900 un grand nombre de parodies, surtout dans les revues de fin d'année. Quelques titres, qui sont comme une synthèse de l'esprit français : *Aiglons-nous les uns les autres* (de Kok et Thinsy) ; *L'Aigle-Dindon* (de Joullot, Croisier et Cellier) ; *Napoléglon* (de Blount et Tréblon) ; *Le Petit Moucheron* (Sérard).

Le livre de John Grand-Carteret, *L'Aiglon en images* publié en 1901 donne d'intéressants exemples de la « mode Aiglon » qui déferla sur la France en 1900 à la suite de la pièce de Rostand : dès avril, un nouvel hebdomadaire bonapartiste, dirigé par Émile Mariotte, paraissait sous le titre de *L'Aiglon*. Mais c'était surtout une liste d'accessoires divers : ceinture Aiglon, abat-jour Aiglon, papier à lettres Aiglon, etc. La collection présentée par Flambeau au deuxième acte envahissait le monde réel.

NOTE SUR LE TEXTE

Attendue au printemps de 1900, à la suite de la création, la publication de *L'Aiglon* fut retardée jusqu'à la fin de l'année. Le texte sortit aux éditions Fasquelle au mois de décembre 1900.

En 1910, dans l'édition illustrée de ses œuvres complètes chez P. Lafitte, Rostand donna un texte revu. Sont corrigées diverses faiblesses stylistiques, essentiellement dans les indications scéniques; ainsi, au début de l'acte II (p. 87), *vieilles laques anciennes,* guère heureux, devient *laques anciens*. La ponctuation est souvent modifiée.

Cette édition Lafitte, dont nous publions le texte, contient cependant un certain nombre d'erreurs légères ou de coquilles que nous avons corrigées (par exemple, deux orthographes alternant pour certains noms propres : *Sala* et *Salla, Meyendorf* et *Meyendorff*). En revanche, nous avons conservé le *Schœnbrünn,* avec son tréma abusif, hypergermanisme présent tout au long de la pièce. Enfin, nous avons corrigé, sur les éditions antérieures, trois vers devenus faux dans notre édition, où on lisait :

p. 218 : *C'était là qu'en attendant qu'il sortît de sa chambre.*
p. 234 : *Je le vois fabriquer de l'or en Égypte.*
p. 286 : *Et les gros sourcils, postiches ! Des merveilles !*

NOTES

Page 25.

1. *Heine :* comme l'indiquent les points de suspension, Rostand tronque doublement la citation du poète allemand, ce qui en modifie notablement le sens. Heine écrivait exactement : « On ne peut se figurer l'impression produite dans les classes inférieures du peuple français par la mort du jeune Napoléon. Le bulletin que *Le Temps* publiait depuis six semaines sur la lente agonie du jeune prince, et qui était réimprimé et vendu dans les rues de Paris pour un sou, avait commencé à exciter dans tous les carrefours la plus profonde tristesse. J'ai même vu de jeunes républicains pleurer; mais les vieux ne paraissaient pas fort touchés » (*De la France,* « Lettres de Normandie », in *Gesamtausgabe,* Hoffmann und Campe, Hamburg, t. 12/1, 1980, p. 387).

Page 27.

2. Le maréchal Gérard (1773-1852) était le grand-père de Rosemonde, la femme de Rostand.

3. *enfant :* C'est Jean Jaurès qui aurait suggéré à Rostand de prévenir, par un tel avertissement, la « récupération » politique tentée par certains lors de la création de *L'Aiglon.*

Page 29.

4. *Personnages :* ils sont historiques dans la presque totalité, à l'exception de Flambeau et de Thérèse et Tiburce. Nous ne commentons que les principaux.

5. *Franz, duc de Reichstadt :* voir la notice.

6. *Flambeau :* il y a dans ce personnage imaginaire tous les traits du classique grognard de la légende napoléonienne. La plupart des pièces antérieures sur *L'Aiglon* présentaient déjà un héros de ce

type, conspirant pour délivrer le fils de son empereur. Rostand s'inspire directement des *Cahiers du capitaine Coignet,* parus en 1885, sur deux points précis : l'anecdote du plumet (p. 161) et les états de service de Flambeau (p. 159), ainsi que l'a montré D. Page. Celle-ci mentionne également un texte apocryphe de 1850, *Histoire du Roi de Rome, duc de Reichstadt,* de J.-M. Chopin, comme une source possible.

La verve et le langage argotique de Flambeau tranchent évidemment sur le décor glacé de Schönbrunn, et Rostand joue de ce contraste. Lucien Guitry créa sans grand enthousiasme ce rôle court et très différent de son répertoire habituel, plus « élégant » ; il avait été en fait écrit pour Coquelin, qui le joua plus tard, et l'on y retrouve effectivement des échos de Cyrano.

7. *Metternich.* Le chancelier de l'Empire (1773-1859) fut-il « la honte de l'Autriche » selon les mots du prince de Dietrichstein (Bourgoing, p. 326) ou le « dandy de génie » que voyait Barbey d'Aurevilly, dans ses *Memoranda ?* Rostand choisit la première hypothèse et le présente comme un méchant de mélodrame, digne dans sa vilenie réactionnaire du Scarpia de la *Tosca* de Sardou, dont il a aussi (voir le dernier vers) les accents de sadisme triomphant. — Pareil portrait rend évidemment mal compte de la personnalité de Metternich qui tenta de reconstruire l'Europe et le monde après le passage dévastateur de Napoléon.

8. *Franz :* l'empereur François II (François Ier, lorsqu'il devint en 1804 empereur d'Autriche après la disparition du Saint-Empire germanique) lutta en vain contre la Révolution puis contre Napoléon. Neveu de Marie-Antoinette et père de Marie-Louise, il eut des rapports complexes avec la France. Rostand s'attache surtout à décrire son caractère bonhomme et familier, tant avec son petit-fils qu'avec ses sujets (début de l'acte III).

9. *Marmont :* Auguste de Marmont (1774-1852), maréchal de France, duc de Raguse, fut l'un des grands soldats de Napoléon jusqu'en 1814. Sa trahison finale accéléra la chute de l'empereur. Dans ses mémoires, Prokesch raconte les rencontres de Marmont avec l'Aiglon.

10. *Gentz :* Friedrich von Gentz (1764-1832) fut l'un des conseillers de Metternich. Vieux viveur réputé pour sa gourmandise, comme le montre Rostand, il fut l'amant de Fanny Elssler. Il mourut le 3 juin 1832, trois mois avant le duc de Reichstadt.

11. *Prokesch-Osten :* le comte Antoine de Prokesch-Osten (1795-1876) fut le seul ami de l'Aiglon et ses mémoires, *Mes relations avec le duc de Reichstadt,* sont la source principale en ce qui concerne la personne privée du duc. Rostand lui a beaucoup emprunté.

Dans une revue militaire autrichienne, Prokesch avait publié un article réfutant les accusations portées contre Napoléon par les stratèges officiels de l'armée. L'Aiglon lut cet article et, le jour où

Prokesch lui fut présenté, l'en remercia vivement. Commença alors une vive amitié, dont tout indique le prix que lui attacha le duc. De tous ceux qu'il connut, Prokesch fut le seul être choisi par l'Aiglon, et que ne lui avait pas imposé Metternich. Ce dernier tenta souvent de séparer les deux jeunes gens en envoyant Prokesch en mission diplomatique : ainsi se trouvait-il à Rome lors de la mort de son ami. Il finit sa carrière général et publia nombre d'ouvrages sur l'Orient ou l'art antique.

12. *Dietrichstein :* le manichéisme de son drame conduit Rostand à calomnier le précepteur de son héros. Le comte de Dietrichstein n'avait rien de l'être borné, épouvanté que la pièce nous montre. Libéral (il s'opposa souvent à Metternich), extrêmement cultivé, il soutint Beethoven et Schubert (qui lui dédia *Le Roi des Aulnes*). Parfois tendus, ses rapports avec l'Aiglon ne furent pas dépourvus de confiance ni d'affection.

13. *Bombelles :* ce diplomate n'est guère connu que pour avoir fini, à Parme, troisième et dernier époux de Marie-Louise.

14. *le docteur :* s'il ne porte aucun nom, c'est qu'il est un composé de deux personnages distincts : le médecin qui soigna Marie-Louise à Baden qui apparaît à l'acte I, et dont Rostand rencontra le fils en 1898 (voir l'interview du *Gaulois,* 7 mars 1900) ; et le docteur Malfatti qui, à la cour, soigna le duc de Reichstadt jusqu'à sa mort : il paraît à l'acte V.

15. *Sedlinsky :* le comte de Sedlinsky (1778-1855) fut directeur de la police et de la censure. Nerval le rencontra à Vienne et eut avec lui d'excellents rapports (voir la lettre de Nerval à Mallac du 10 janvier 1840).

16. *Thalberg :* Sigismund Thalberg (1812-1871), compositeur autant que virtuose, héros du piano romantique, fut l'un des grands rivaux de Liszt. Il était le fils naturel du comte de Dietrichstein.

Page 30.

17. *Le vicomte d'Otrante :* le fils de Fouché, Athanase, se fit naturaliser suédois et fut, auprès de Metternich, en 1830, l'émissaire de Joseph Bonaparte.

18. *Marie-Louise :* la fille de François II, née en 1791, fut mariée, sans bien sûr être consultée, à l'Ogre Napoléon ; mal-aimée à la cour de France, elle fit ce qu'on lui demandait : un héritier. Après 1815, elle tâcha d'oublier son encombrant époux ; Metternich la poussa dans les bras du général Neipperg qui, selon les mots de Chateaubriand, déposa « ses œufs dans le nid de l'Aigle ». Marie-Louise éleva ces enfants à Parme, dont on l'avait faite duchesse, pour la consoler. Napoléon mort, elle épousa discrètement Neipperg ; celui-ci mourut en 1829. Le dernier époux fut Bombelles, qu'elle épousa en 1834. Marie-Louise n'est pas un personnage

héroïque, et Rostand s'en amuse assez cruellement. Paul Morand écrit superbement qu'elle « finira ses jours à Parme, comme un très vieux Corrège au fond d'un musée de province ».

19. *Camerata :* fille d'Elisa Bonaparte, l'une des sœurs de Napoléon, Napoléone Bacciocchi naquit en 1806. Elle épousa le comte Camerata-Passionei. C'était une nature mâle et exaltée. Elle séjourna à Vienne du 22 octobre au 22 décembre 1830 et tenta d'approcher son jeune cousin le duc de Reichstadt ; un soir, dans la rue, elle se précipita sur lui pour baiser « la main du fils de [s]on souverain ». Elle lui adressa plusieurs lettres, l'engageant à prendre le pouvoir en France. Elle finit par être expulsée de Vienne sans avoir davantage approché l'Aiglon, qu'elle laissa perplexe. — Le complot décrit dans la pièce est donc invention de Rostand.

20. *L'archiduchesse :* personnage composé à partir de plusieurs princesses qui, à la cour, eurent quelque affection pour l'Aiglon, en particulier, l'archiduchesse Sophie.

21. *Fanny Elssler :* elle fut, avec Marie Taglioni, la plus grande danseuse romantique, créatrice de nombreux ballets. Elle vécut à Vienne jusqu'en 1832, puis fut engagée à l'Opéra de Paris ; l'un des thèmes de la publicité qui la lança fut, à son corps défendant, la supposée passion de l'Aiglon pour elle, — pure légende, même si le jeune homme vint parfois l'applaudir au théâtre de la Kärtnertor. — Alexandre Dumas fait apparaître l'Aiglon et Fanny Elssler (sous le nom de Rosenha Engel) dans *Les Mohicans de Paris* (voir le chap. 67).

22. *1832 :* dans les éditions antérieures figure ici un *nota :*

Il ne faudra pas que le lecteur s'étonne de trouver ici quelques vers que le spectateur n'a pas entendus. Au théâtre, il faut finir à une certaine heure. Alors on coupe un peu, et l'auteur fait semblant de ne pas s'en apercevoir.

Pour tous les détails de mise en scène, s'adresser au théâtre Sarah-Bernhardt.

A la création, les coupures les plus importantes concernèrent la scène entre Marie-Louise et Bombelles (IV, VII) et l'Ode à Wagram (V, II). Cette dernière fut publiée dans *Le Figaro* du 16 mars 1900.

Page 31.

23. Cette petite ville d'eaux se trouve sur la Schwechat, entre les contreforts du Wienerwald, à une vingtaine de kilomètres au sud de Vienne.

Page 38.

24. *Vitrolles.* Le baron de Vitrolles (1774-1854), qui fut ministre et ambassadeur, rencontra Marie-Louise à Parme et rapporte dans

une note diplomatique : « S. M. madame l'archiduchesse paraît maigrie et changée à ceux qui l'ont connue pendant son séjour en France. Avec une taille plus élevée, et peut-être plus de régularité dans les traits, sa physionomie rappelle un peu celle de madame la duchesse de Berry. Elle a paru prendre pour un compliment ce que je lui disais de cette ressemblance » (note au ministre des Affaires étrangères du 11 avril 1829, in *Mémoires et relations politiques*, G. Charpentier, 1884, t. III, p. 505).

25. *monde.* Dans une lettre citée par Welschinger (p. 395), Marie-Louise se préoccupe effectivement de ces débuts : « ... l'entrée dans le monde étant pour un jeune homme un moment bien décisif pour son caractère et son avenir. » Ces débuts eurent lieu le 25 janvier 1831 au bal de Lord Cowley, décrit par Prokesch et mis en scène par Pouvillon.

Page 40.

26. L'anecdote, authentique, est rapportée par Welschinger, pp. 333-334.

27. *Belliard.* Augustin Belliard (1769-1832), qui fut nommé général à Arcole, représenta Louis-Philippe à Vienne sur la fin de sa vie.

Page 45.

28. *Royer-Collard* (1763-1845) fut l'un des grands orateurs politiques de la Restauration; après 1830, il défendit les réformes libérales, d'où la hargne de Metternich.

Page 46.

29. *petit-fils :* Dans une lettre (Welschinger, p. 378) à Apponyi, ambassadeur d'Autriche à Paris, Metternich écrit que si Louis-Philippe ne se tient pas tranquille, « nous ne sommes pas assez anges pour ne pas faire feu de toutes nos batteries » — c'est-à-dire utiliser le duc de Reichstadt contre la France.

Page 49.

30. *Grévedon,* Pierre-Louis, dit Henri (1776-1860), élève de Regnault, fut un portraitiste apprécié qui travailla en Russie, en Suède et en Angleterre. Revenu en France en 1816, il produisit de nombreuses lithographies qui évoquaient la vie sociale de l'époque. D'où le rapprochement avec Achille Devéria.

Page 53.

31. *Grenadiers :* ce très célèbre poème de Heinrich Heine date de 1816 et fut recueilli en 1827 dans le *Buch der Lieder :* lamentation de deux soldats qui, revenant de Russie où ils avaient été prisonniers, apprennent la chute de Napoléon. Cette page fut mise en musique, la même année 1840 par Schumann (op. 49, n° 1) et Wagner (pour ce dernier, sur des paroles françaises).

Page 55.

32. Cette abondance de pièces sur des thèmes napoléoniens est authentique. Voir D. Page, *op. cit.*

Page 61.

33. *Andromaque :* de Racine, l'Aiglon « affectionnait surtout la tragédie d'*Andromaque,* se rappelant combien son père avait redouté pour lui le triste sort d'Astyanax » (Welschinger, p. 410). On sait que le petit Astyanax, fils d'Hector et Andromaque, est un véritable otage aux mains des Grecs. — Rostand cite ici d'abord un dialogue de Pyrrhus et Andromaque (I, IV), puis des vers d'Andromaque s'adressant à Céphise (III, VIII).

Page 63.

34. *divine :* vers 273-275 de la deuxième pièce des *Méditations,* « L'Homme. A Lord Byron ». Lamartine occupa divers postes diplomatiques à Naples et à Florence de 1820 à 1828. Welschinger rapporte (p. 410) que le docteur Malfatti fit lire cette page à l'Aiglon dont la « voix s'altéra et s'émut » à « ce célèbre passage ».

Page 70.

35. *Kotzebue :* August Kotzebue (1761-1819), écrivain et homme politique allemand, fut assassiné par l'étudiant Sand qui l'accusait de vouloir vendre son pays à la Russie.

Page 75.

36. *Helenenthal :* « vallon boisé très riche en beautés naturelles, c'est la promenade la plus fréquentée de Baden » *(Guide Baedeker de l'Autriche-Hongrie).*

Page 79.

37. *Roulière :* vêtement de voyage, selon Bescherelle.

38. *doña Sol :* l'allusion à l'héroïne de *Hernani* rappelle que la création du chef-d'œuvre de Hugo était alors toute récente (25 février 1830) ; c'est l'un des nombreux signes par lesquels le tailleur se révèle Jeune-France.

Page 86.

39. *Penthésilée :* fille de Mars, la reine des Amazones, d'une énergie toute virile, combattit contre Achille qui naturellement triompha d'elle.

Page 87.

40. *maître :* l'anecdote est authentique; mais à cette brève rencontre se limitèrent les rapports de l'Aiglon et sa cousine. Tout ce qui suit — le projet d'évasion — est imaginaire.

Page 88.

41. *Ode à la Colonne :* Hugo écrivit deux poèmes portant ce titre, recueillis l'un dans l'édition de 1828 des *Odes et Ballades,* l'autre dans *Les Chants du crépuscule* (1835). Logiquement, il s'agit ici du premier, écrit en 1827 (et publié le 9 février dans le *Journal des Débats*) à propos d'un incident diplomatique : à une réception de l'ambassade d'Autriche à Paris, quatre maréchaux d'Empire furent annoncés par leur nom (Macdonald, Oudinot, Soult et Mortier) au lieu de leur titre (ducs de Tarente, Reggio, Dalmatie et Trévise). Les libéraux s'emparèrent de l'incident.

42. *cravates :* l'un des points les plus sensibles de l'élégance 1830. « Vers 1830, un *Art de la toilette* dénombre soixante-douze manières de nouer sa cravate » (Roger Kempf, *Dandies,* Seuil, 1977, p. 179).

Page 89.

43. *basiléophage :* littéralement « mangeur de rois »; ce mot, qui fut inventé par Pétrus Borel en ses *Rhapsodies* (1832), renvoie à l'univers des « petits romantiques ».

Page 105.

44. *bivouac :* cette rencontre des deux empereurs est le sujet d'une lithographie célèbre de Raffet.

Page 109.

45. *folle :* on sait comment au dernier acte de *Macbeth* la forêt de Birnam se met en marche, signe annoncé au héros de sa mort imminente.

Page 114.

46. *Sala :* l'une des résidences d'été de Marie-Louise à Parme.

Page 119.

47. *Schönbrunn :* le château de Schönbrunn, dans la banlieue de Vienne, construit sur les plans du grand architecte baroque, Fischer

von Erlach, de 1696 à 1749, était la résidence de la famille impériale.

En 1898 et 1899, Rostand se rendit sur ces lieux où vécut le duc de Reichstadt ; il y prit une série de photographies pour préparer la pièce.

Page 123.

48. *militaire :* il s'agit d'une erreur de Rostand, le duc n'ayant jamais obtenu d'avoir une maison militaire ; Hartmann et Foresti lui étaient attachés comme précepteurs.

Page 127.

49. *mais... :* cette phrase est rapportée par Barthélemy dans les notes du *Fils de l'Homme* (voir ci-dessous n. 52) transcrivant son entretien avec Dietrichstein :

— *Il paraît, d'après cela, monsieur le comte, que le fils de Napoléon est bien loin d'être aussi libre que nous le supposons en France ?*

Réponse : le prince n'est pas prisonnier *mais... il se trouve dans une position toute particulière.*

(Barthélemy et Méry, *Napoléon en Égypte, Waterloo* et *Le Fils de l'Homme*, Ernest Bourdin, s.d. [1842], p. 323.)

Il est difficile de se prononcer sur l'authenticité de cette phrase malheureuse ; Barthélemy n'est pas un témoin fiable, et Dietrichstein n'avait rien de l'imbécile qu'en fait Rostand.

Page 135.

50. *entourage :* « je n'ai e je ne vois aucun homme de mérite dans mon entourage », confiait effectivement le duc à son ami (Prokesch, p. 14).

Page 138.

51. *Histoire :* la bibliothèque du duc renfermait « plusieurs centaines de volumes. C'étaient des œuvres historiques et des mémoires ayant trait à la guerre et à son père » (Prokesch, p. 26). Bourgoing (pp. 387-388) donne une liste de ces livres. L'épisode du baldaquin est inventé pa· Rostand.

52. *Le Fils de l'Homme :* ayant publié, en 1828, un poème épique, *Napoléon en Égypte*, Méry et Barthélemy en firent parvenir des exemplaires aux membres de la famille impériale. Leur vint l'idée publicitaire d'en offrir un à l'Aiglon. Barthélemy s'en fut à Vienne dans cette intention mais n'obtint pas l'autorisation de voir l'adolescent et ne rencontra que Dietrichstein (voir *supra* n. 49). A

son retour, il publia *Le Fils de l'Homme,* poème sur le destin du jeune duc qu'il dit avoir entrevu dans une loge au théâtre. Le livre valut un procès politique à Barthélemy : il fut condamné. Une réédition en 1835 apporta d'abondantes notes explicatives. Notons que pendant la Restauration, l'Homme désignait clairement Napoléon.

Page 139.

53. *Locuste :* l'empoisonneuse au service d'Agrippine et de Néron est en effet citée dans *Le Fils de l'Homme,* de manière plutôt confuse :

> *S'il est vrai qu'à ta cour, malheureux nourrisson !*
> *La moderne Locuste ait transmis sa leçon,*
> *Cette horrible pâleur, sinistre caractère,*
> *Annonce de ton sang le mal héréditaire,*
> *Et peut-être aujourd'hui, méthodique assassin,*
> *Le cancer politique est déjà dans ton sein.*
> (*op. cit.*, p. 296).

54. *âme :* « J'ai assez connu cette âme, pour comprendre que ses tourments aient dû lui briser le corps » (Prokesch, p. 163).

Page 140.

55. *de moi :* tout ce passage est inspiré par Prokesch, à qui un jour le duc demanda : « Parlez-moi franchement ! Ai-je quelque mérite et suis-je appelé à un grand avenir ? Ou n'y a-t-il rien en moi qui soit digne qu'on s'y arrête ? Que pensez-vous, qu'espérez-vous de mon avenir ? » (cité par Welschinger, p. 341). On voit que Rostand suit parfois Prokesch de très près.

Page 153.

56. *raguser :* ce mot fut en effet utilisé pendant la Restauration, de même que l'expression « un coup de Raguse ».

Page 159.

57. *épinard :* selon Littré, « l'épaulette à graine d'épinard indique un grade supérieur de l'armée française ». La *sardine* désignait, en termes familiers, les galons de brigadier ou sous-officier. Des jeux de mots, du même ordre militaro-alimentaire, se trouvaient déjà dans *Cyrano* (acte IV).

Page 161.

58. *B :* pour *bougre,* que son respect pour le duc interdit à Flambeau de prononcer intégralement.

Page 163.

59. *Colin :* Mathieu von Collin (1779-1824), que l'on dépeint comme « doux et timide », l'un des précepteurs de l'Aiglon, fut aussi professeur d'esthétique à l'université de Cracovie et auteur de plusieurs livrets d'opéra. Sur les jeux de Robinson, voir la note 90.

Page 168.

60. *Népomucène :* ce sont, francisés, les prénoms de Metternich, Klemens Lothar Wenzel Nepomuk. Le procédé rappelle le

Ah ?... Et moi, Cyrano-Savinien-Hercule
De Bergerac,

à l'acte I de *Cyrano* (Folio, p. 75).

Page 170.

61. *le maréchal Maison :* Nicolas Maison (1771-1840) fit les campagnes de la Révolution et de l'Empire. Rallié à Louis XVIII, il marcha contre Napoléon au retour de l'île d'Elbe. Il prit en 1830 parti contre Charles X et fut ambassadeur à Vienne de 1830 à 1833.

Page 174.

62. *de tout :* ces objets témoignant de la ferveur populaire à l'endroit de l'Aiglon sont mentionnés dans Welschinger, p. 314.

Page 175.

63. *poire :* on sait comment la caricature déforma le visage de Louis-Philippe.

Page 181.

64. *mes enfants :* Barthélemy rapporte que « deux fois par semaine, [l'empereur] donnait des audiences publiques de huit ou neuf heures, pendant lesquelles le dernier de ses sujets, un portefaix, un cocher de fiacre, pouvait l'aborder familièrement et lui demander justice » (notes au *Fils de l'Homme, op. cit.*, p. 327).

Page 189.

65. *cheval :* D. Page mentionne un récit anonyme de 1832 où le petit Roi de Rome refuse un poney et réclame « un grand cheval » (*op. cit.*, p. 155).

Page 191.

66. *du roi :* on rapporte en effet que l'empereur dit à son petit-fils : « Si tu apparaissais à Strasbourg, il ne serait bientôt plus question des Orléans » (Bourgoing, p. 279).

Page 196.

67. *Chateaubriand :* il protesta en 1830 contre les Ordonnances de Charles X, ce qui lui valut d'être porté en triomphe par le peuple. Quant à Lamennais, c'est cette même année qu'il fonda son journal, *L'Avenir*, organe du catholicisme libéral.

Page 197.

68. *Pologne :* le 29 novembre 1830 commença le soulèvement de la Pologne contre les Russes, qui dura jusqu'à la capitulation du 8 septembre 1831, suivie d'une répression opérée par les Russes avec leur habituelle sauvagerie. Tous les libéraux d'Europe prirent parti pour le peuple polonais, Metternich étant bien sûr du côté des Russes.

Au vers précédent, Bologne offre une rime riche, et justifiée en outre par les événements. En février 1831, émeutes et tentatives de coups d'Etat se succédèrent à Bologne et dans toute la Romagne ; il fut alors question de donner au duc de Reichstadt le trône d'Italie. De toute cette agitation, Metternich rendait la France responsable.

Page 203.

69. *consulaire :* on rapporte qu'un soir Sarah Bernhardt se trompa et dit :

Ne frappez pas la table avec violence.

La rime était compromise ; mais en ce péril extrême Sarah, superbe, improvisa :

Vous avez fait tomber le glaive d'ordonnance.

70. *seize ans :* dans tout ce passage, Rostand utilise le testament de Napoléon, qui fut publié dans le *Mémorial de Sainte-Hélène* (que posséda l'Aiglon). Voir l'édition de la Pléiade, t. II, pp. 655 sq.

Page 222.

71. *Mameluck :* le mameluck Roustan, garde de l'Empereur, est une figure traditionnelle de la légende napoléonienne.

72. *Rosa :* trois salles de Schönbrunn portent le nom du peintre baroque Josef Rosa (ou Roos) (1726-1805) et contiennent ses œuvres.

Page 233.

73. *des escadres :* jusqu'à la fin de l'acte Metternich mentionne des figures frappantes de la dynastie Habsbourg, marquées toutes par

la folie ou l'angoisse. Ici, les bûchers de l'Inquisition et les escadres de « l'invincible » Armada (détruite par la tempête en 1588) évoquent la sombre personnalité de Philippe II.

Page 234.

74. *tête coupée :* celle de Marie-Antoinette.

75. *cercueil de verre :* Jeanne la Folle, reine de Castille, conserva à ses côtés pendant des années le cadavre de son époux Philippe le Beau.

76. *recul :* passionné d'art et d'occultisme, l'empereur Rodolphe II (1552-1612) vécut de longues années hors du monde en son palais de Prague. Il attachait une importance particulière au signe du Lion et à ses symboles. Metternich évoque plus bas son goût de l'alchimie.

77. *s'enterrer :* après avoir abdiqué, en 1556, Charles Quint se retira — « s'enterra » — au monastère de Yuste où il mourut deux ans plus tard.

Page 237.

78. *Ruines romaines :* ce décor, sur la pente montant vers la Gloriette, entre la fontaine de Neptune et un obélisque, fut construit en 1778 par Johann Ferdinand von Hohenberg et témoigne d'un goût fort répandu à la fin du XVIIIe siècle.

Page 242.

79. *Hospodars :* titre donné aux souverains de Moldavie et de Valachie sous la domination turque.

80. *elegantiarum :* on pourrait lire ici un calembour *Gentz y a rhum,* selon un modèle courant à la fin du XIXe siècle, par exemple *Quies quam angelum letorum* (Qui est-ce qui a mangé l'omelette au rhum) ; voir Marcel Moré, *Le Très Curieux Jules Verne,* Gallimard, 1960, p. 85.

Page 245.

81. *pecque :* femme sotte et prétentieuse.

82. *une sandwich :* le mot était féminin au XIXe siècle, ainsi que l'atteste Littré.

Page 247.

83. *Odiot :* l'orfèvre qui, avec Thomire, plus loin cité, réalisa le berceau du roi de Rome (voir note 117).

Page 249.

84. *Fanchon la Mielleuse :* Françoise Chemin, dite Fanchon la Vielleuse (1737-?) fut une célèbre chanteuse des foires parisiennes ;

mais la galanterie semble, plus que la vielle, l'avoir nourrie. Elle fut le sujet de nombreux vaudevilles au début du XIXe siècle. En 1891 encore, Louis Varney faisait jouer une opérette intitulée *La Fille de Fanchon la Vielleuse*. — C'est ici une rosserie de Gentz à l'endroit de Thécla, transformant la Vielleuse en Mielleuse.

Page 250.

85. *Capitan Spezzafer :* l'une des figures de la commedia dell'arte.

Page 258.

86. *Liotard :* le tableau est nommé plus bas : il s'agit de *La Belle Chocolatière,* conservée au musée de Dresde, du peintre suisse Jean Étienne Liotard (1702-1789).

Page 260.

87. *marraines :* le duc retrouve ici les accents d'un de ses ancêtres théâtraux, Chérubin, autre rôle travesti et amoureux de sa marraine, la comtesse, dans *Le Mariage de Figaro*. Sarah Bernhardt joua Chérubin en 1873.

Page 267.

88. *Roméo :* c'est à Chateaubriand que l'on doit ce détail qui souligne l'âme romanesque un peu niaise de Marie-Louise; il raconte dans *Le Congrès de Vérone* sa rencontre à Parme avec l'ex-impératrice : « Il n'y avait là de singulier que nous, dînant auprès de Marie-Louise, et les bracelets faits de la pierre du sarcophage de Juliette que portait la veuve de Napoléon » (cité par Welschinger, p. 291).

Page 271.

89. *Joséphine :* répudiée pour n'avoir pas eu d'enfant, Joséphine désira plus tard rencontrer le fils de Marie-Louise; il lui fut, en secret, présenté à Bagatelle.

Page 281.

90. *bonnet à poil :* décrivant sa tenue sur l'île, Robinson Crusoé dit en effet : « la première chose que je fis de ces peaux fut un grand bonnet, avec le poil tourné en dehors... » (Daniel Defoe, *Romans*, Bibliothèque de la Pléiade, t. I, p. 135). Les classiques illustrations de Grandville ont popularisé cette tenue qui peut, si l'on y tient, passer pour l'ancêtre du bonnet à poil des armées napoléoniennes ! Les jeux enfantins inspirés de Robinson sont attestés par les biographes de l'Aiglon.

Page 283.

91. *Nonnes :* ce « dernier succès de l'Opéra » est *Robert le Diable,* de Meyerbeer, sur un livret de Scribe et Delavigne, créé à l'Opéra de Paris le 21 novembre 1831. Il s'agit d'une des œuvres importantes du théâtre romantique. Flambeau en cite ici avec à propos la scène la plus célèbre, l' « évocation des nonnes ». Bertram, le diable, fait à minuit surgir de leurs tombes les nonnes damnées d'un couvent sacrilège, en les appelant :

Nonnes qui reposez sous cette froide pierre,
M'entendez-vous ?

Dans le ballet fantastique qui s'ensuit, le rôle d'Héléna, la supérieure des nonnes damnées, fut parfois dansé par Fanny Elssler, à qui parle ici précisément Flambeau.

Page 286.

92. *Michel et Christine :* ce petit vaudeville créé au Gymnase le 3 février 1821 connut un large succès. Les deux jeunes héros s'aiment, mais leurs timides amours sont troublées par la survenue de Stanislas, brave militaire qui s'éprend de Christine. Tout finira bien. — On sait que Rimbaud, assez mystérieusement, reprit le titre pour un de ses poèmes.

Page 287.

93. *Raffet, Charlet, Vernet* sont trois des artisans de la légende napoléonienne, les deux premiers connus surtout par leurs lithographies et Horace Vernet (« un militaire qui fait de la peinture », selon Baudelaire) par ses tableaux de batailles.

Page 292.

94. *Polonais :* Stanislas se présente ainsi à son entrée : « soldat et polonais, cela suffit... avec ce nom-là on se présente partout et on entre idem » (Scribe et Dupin, *Michel et Christine,* Pollet, 1821, p. 4).

Page 293.

95. *sans murmurer :* citation exacte de *Michel et Christine,* où Stanislas chante (*op. cit.,* p. 35) :

Un vieux soldat sait souffrir et se taire
Sans murmurer.

Page 295.

96. *son vieux colonel :* Stanislas chante :

Du haut des cieux, ta demeure dernière,
Mon colonel, tu dois être content,

après s'être retiré de la compétition amoureuse (*op. cit.*, p. 36). Ces vers étaient fort célèbres : Offenbach les cite en les détournant dans *La Vie parisienne* (II, XVII) dans les couplets de la « veuve du colonel ».

Page 304.

97. *qu'il parte :* une réplique très semblable dans *Cyrano :*

Il faut la remuer car elle s'engourdit...
Ce que c'est que de la laisser inoccupée !
[...] *J'ai des fourmis dans mon épée !*
(éd. Folio, p. 76).

Page 309.

98. *un sujet de tableau :* allusion au tableau de Gautherot, *Napoléon blessé devant Ratisbonne* (1810), aujourd'hui au musée de Versailles. Le chirurgien Desgenettes panse le pied droit de l'empereur, qui a déjà l'autre à l'étrier.

Page 314.

99. *Philippe de Ségur* (1753-1830), grand maître des cérémonies de Napoléon, Ségur vota sa déchéance en 1814, puis essuya une rebuffade de Louis XVIII qu'il vint accueillir à Compiègne. En 1815, il revint vers Napoléon, qui le rétablit dans ses charges. Il fut désormais fidèle jusqu'au bout à l'Empereur et proposa de l'accompagner à Sainte-Hélène, malgré son âge : Napoléon lui en fut très reconnaissant.

Page 315.

100. *la colonne Vendôme :* Dorothy Page (*op. cit.*, p. 162) affirme que le duc aurait effectivement dit ces mots à des visiteurs.

Page 316.

101. *Wagram :* le village auprès duquel se déroula la bataille en juillet 1809 se trouve à une quinzaine de kilomètres au nord-est de Vienne.

Page 320.

102. *leurs oreilles :* cette évocation des petits « tapins » (héros familiers de la légende impériale) est tout à fait proche, peut-être

délibérément, de la manière de François Coppée, au bord même de la parodie — ainsi la prosodie plate et banale de

car ayant su lui plaire,
Ils étaient les chouchous de notre cantinière.

Rimbaud et les « zutistes » s'amusèrent beaucoup à parodier le tour des dizains de Coppée.

Page 322.

103. *Schönbrunn :* ces mots de passe qui vont rythmer toute la scène à chaque entrée de conspirateurs rappellent la grande scène identiquement construite du *Guillaume Tell* de Rossini, d'après Schiller (1829), scène extrêmement fameuse encore à l'époque de Rostand.

Page 326.

104. *chevaux :* ces animaux donnèrent bien des problèmes à Sarah Bernhardt pendant les répétitions.

Page 327.

105. *le roi Joseph :* le frère aîné de Napoléon (1768-1844) qui fut roi de Naples, puis roi d'Espagne.

Page 340.

106. *l'oncle Fesch :* le cardinal Fesch (1763-1839), oncle de Napoléon, bénit aux Tuileries son mariage avec Joséphine; il ondoya également le Roi de Rome.

Page 349.

107. *schabraqué :* la schabraque était le morceau de toile ou de peau de bête que l'on disposait sur les chevaux.

Page 352.

108. *à boire :* avec ces plaintes commence l'utilisation du poème de 1894, *Un rêve* (voir p. 403).

Page 361.

109. *C'est fait :* cette oblation du Fils au Père, aboutissement du personnage rêvé par Rostand, lui donne une coloration christique, déjà esquissée à l'acte II dont tel vers :

Que de ce front, mon Dieu, la couronne s'écarte

(p. 140) n'est pas sans rappeler la prière du Christ au jardin des Oliviers (Matthieu, XXVI, 38). Plusieurs illustrations dans l'édition Lafitte soulignent complaisamment le rapprochement.

Page 364.

110. *régiment :* René Fauchois — qui interpréta le rôle de cet officier — laisse un témoignage intéressant. Sarah se précipitait sur l'officier « avec une telle fougue que nul acteur n'avait pu soutenir le choc ». Fauchois le soutint si bien que Sarah faillit en tomber. « Il est très bien, dit Sarah à Rostand qui, de la salle, suivait la répétition. Monsieur, c'est très bien, vous garderez le rôle, et, si vous le voulez bien, nous allons recommencer votre entrée. Seulement, cette fois, vous direz aussi le texte. » Tout à l'effort de soutenir le choc, Fauchois avait oublié de dire son unique vers (cité par E. Ripert, *Edmond Rostand,* Hachette, 1968, p. 123).

Page 366.

111. *chamarré :* Hartmann avait en réalité quarante-cinq ans à l'époque.

Page 371.

112. *viatique :* cette tradition fut effectivement respectée; le 19 juin 1832, le duc de Reichstadt reçut à son insu le viatique, en présence des princes et princesses de la famille impériale (Welschinger, pp. 441-442). Nulle Thérèse de Lorget ne vint troubler la cérémonie. Le silence, la clochette, les larmes, Rostand ici ne lésine pas sur les effets.

113. *Prokesch :* le seul ami de l'Aiglon était en réalité en mission à Rome où il apprit sa mort. A l'œil impavide de l'historien, la présence de Camerata est encore plus invraisemblable.

Page 375.

114. *jusqu'à sa mort :* citation presque littérale du testament de Napoléon : « Je recommande à mon fils de ne jamais oublier qu'il est né prince français » (*Mémorial de Sainte-Hélène,* Bibliothèque de la Pléiade, t. II, p. 655).

Page 377.

115. *Lawrence :* séjournant à Vienne, le peintre anglais (1769-1830) fit plusieurs portraits du duc de Reichstadt. L'un d'eux hanta Rostand, qui en avait eu une reproduction dans sa chambre d'enfant (voir la Notice).

116. *voiture aux chèvres :* l'une des images qui rendirent populaire le Roi de Rome montrait le petit garçon, dans une voiture conduite

par des chèvres, sur la terrasse des Feuillants (les Tuileries). Une gravure de cette scène se trouve dans *Le Fils de l'Homme.*

Page 378.

117. *Prudhon :* le berceau somptueux, réalisé par Odiot et Thomire d'après les dessins de Prudhon, fut offert au Roi de Rome par la ville de Paris. Le duc en avait fait don au Trésor impérial de Vienne. D'après Welschinger (p. 445), il évoqua ce berceau pendant son agonie : « l'unique monument de mon histoire », et constata ce que Rostand paraphrase plus bas : « Ma tombe et mon berceau seront bien rapprochés l'un de l'autre. »

Le musée Rostand d'Arnaga conserve la photocopie de deux pages de brouillons de cette scène : esquisses fragmentaires mêlées de dessins (montrant l'Aiglon, Napoléon ou, semble-t-il, Rostand lui-même). L'un des intérêts de ces pages est de montrer à quel point tout naît du détail ; ici, c'est l'objet, le berceau, qui entraîne la rêverie. L'art de Rostand passe toujours par la digression.

Voici quelques vers de ces feuillets ; plusieurs reviennent en partie dans la version définitive :

J'ai dormi là, du temps que j'avais des berceuses.
Mais oui j'en avais trois, dont Madame Marchand,
Trois femmes dont la vie était d'être le chant
et le geste
Qui faisait vaciller cette barque —
Pour ne jamais laisser sans rythme mon sommeil
Leurs mains se relayaient sur le bord de vermeil

Près de lui que n'a-t-il une berceuse encore
Qui l'endorme avec grâce, cependant qu'il meurt
Unir la voix berceuse et le geste endormeur...

Et le geste qui donne un mouvement de barque
Dans l'entrebâillement furtif de ces dentelles
Il y avait toujours les yeux de l'une d'elles
Et pour ne pas laisser sans rythme mon sommeil
Leurs mains se relayaient sur ce bord de vermeil

Vaciller la nacelle aux balustres de nacre

(Nous remercions M. Robert Poupel, conservateur du musée d'Arnaga, de nous avoir communiqué ces pages et autorisé à les reproduire.)

Page 380.

118. *Madame Marchand :* l'une des gouvernantes françaises de l'Aiglon, la seule Française qui fut autorisée à demeurer près de lui après 1815.

Page 384.

119. *cortège :* tout ce que lit Hartmann jusqu'à la fin est la mise en vers du passage où Welschinger (pp. 21-23) décrit le baptême du Roi de Rome. Rostand respecte dans le détail noms, titres, fonctions, ornements.

Page 388.

120. *Crypte des Capucins :* la crypte de la Kapuzinerkirche est, avec plus de cent trente tombes, la chapelle funéraire des Habsbourg.

Ces deux sonnets remplacent le septième acte auquel Rostand songea un moment (voir p. 20).

BIBLIOGRAPHIE SOMMAIRE

I. Sur Edmond Rostand et L'Aiglon.

Bernhardt (Sarah). « Pourquoi j'ai joué des rôles d'homme », in *L'Art du théâtre,* Nilsson, 1923.
Dussane (Béatrix). *Dieux des planches,* Flammarion, 1964.
Galdemar (Ange). Interview de Rostand, *Le Gaulois,* 7 mars 1900.
Le Gaulois du dimanche, numéro consacré à *L'Aiglon,* 18 mars 1900.
Gérard (Rosemonde). *Edmond Rostand,* Bibliothèque Charpentier, 1935.
Guitry (Sacha). *Si j'ai bonne mémoire,* Plon, 1934.
Haugmard (Louis). *Edmond Rostand,* Sansot, 1910.
Huret (Jules). « M. Edmond Rostand et la veine », in *Interviews de littérature et d'art,* Thot, 1984.
Lutgen (Odette). *De père en fils, Edmond et Jean Rostand,* Droz, 1965.
Migéo (Marcel). *Les Rostand,* Stock, 1973.
Morand (Paul). *1900,* Les Éditions de France, 1931.
Page (Dorothy). *Edmond Rostand et la légende napoléonienne dans* L'Aiglon, Champion, 1928.
Plasse (M. B.). *La Dramaturgie d'Edmond Rostand,* Thèse, Université de Paris III, 1973.
Renard (Jules). *Journal,* Bibliothèque de la Pléiade.
Rictus (Jehan). *Un « bluff » littéraire : le cas Edmond Rostand,* Sevin et Rey, 1903.
Ripert (Émile). *Edmond Rostand,* Hachette, 1968.
Rostand (Edmond). *L'Aiglon,* P. Lafitte, 1910.
– « Un rêve », *Les Œuvres libres,* I, juillet 1921.
– *Un soir à Hernani,* Fasquelle, 1902.
Skinner (Cornelia O.). *Madame Sarah Bernhardt,* adaptation française de Philippe Jullian, Fayard, 1968.

II. Sur le duc de Reichstadt.

Barthélemy (Auguste). *Le Fils de l'Homme,* Ernest Bourdin, 1842.
Bourgoing (Jean). *Le Fils de Napoléon,* Payot, 1950.
Castelot (André). *L'Aiglon,* Librairie académique Perrin, 1961.
Grand-Carteret (John). *L'Aiglon en images* [...], Fasquelle, 1901.
Morand (Paul). *La Dame blanche des Habsbourg,* Laffont, 1963.
Pouvillon (Émile). *Le Roi de Rome,* Ollendorf, 1898.
Prokesh-Osten (Antoine de). *Mes Relations avec le duc de Reichstadt,* Plon, 1878.
Welschinger (Henri). *Le Roi de Rome,* Plon et Nourrit, 1897.

DU MÊME AUTEUR

Dans la même collection

CYRANO DE BERGERAC. *Édition présentée et établie par Patrick Besnier.*

COLLECTION FOLIO

Dernières parutions

2185.	Alexandre Jardin	*Le Zèbre.*
2186.	Pascal Lainé	*Monsieur, vous oubliez votre cadavre.*
2187.	Malcolm Lowry	*En route vers l'île de Gabriola.*
2188.	Aldo Palazzeschi	*Les sœurs Materassi.*
2189.	Walter S. Tevis	*L'arnaqueur.*
2190.	Pierre Louÿs	*La Femme et le Pantin.*
2191.	Kafka	*Un artiste de la faim* et autres récits (Tous les textes parus du vivant de Kafka, II).
2192.	Jacques Almira	*Le voyage à Naucratis.*
2193.	René Fallet	*Un idiot à Paris.*
2194.	Ismaïl Kadaré	*Le pont aux trois arches.*
2195.	Philippe Le Guillou	*Le dieu noir (Chronique romanesque du pontificat de Miltiade II pape du XIXe siècle).*
2196.	Michel Mohrt	*La maison du père* suivi de *Vers l'Ouest (Souvenirs de jeunesse).*
2197.	Georges Perec	*Un homme qui dort.*
2198.	Guy Rachet	*Le roi David.*
2199.	Don Tracy	*Neiges d'antan.*
2200.	Sempé	*Monsieur Lambert.*
2201.	Philippe Sollers	*Les Folies Françaises.*
2202.	Maurice Barrès	*Un jardin sur l'Oronte.*
2203.	Marcel Proust	*Le Temps retrouvé.*
2204.	Joseph Bialot	*Le salon du prêt-à-saigner.*

2205. Daniel Boulanger — *L'enfant de bohème.*
2206. Noëlle Châtelet — *A contre-sens.*
2207. Witold Gombrowicz — *Trans-Atlantique.*
2208. Witold Gombrowicz — *Bakakaï.*
2209. Eugène Ionesco — *Victimes du devoir.*
2210. Pierre Magnan — *Le tombeau d'Hélios.*
2211. Pascal Quignard — *Carus.*
2212. Gilbert Sinoué — *Avicenne (ou La route d'Ispahan).*
2213. Henri Vincenot — *Le Livre de raison de Glaude Bourguignon.*
2214. Émile Zola — *La Conquête de Plassans.*
2216. Térence — *Théâtre complet.*
2217. Vladimir Nabokov — *La défense Loujine.*
2218. Sylvia Townsend Warner — *Laura Willowes.*
2219. Karen Blixen — *Les voies de la vengeance.*
2220. Alain Bosquet — *Lettre à mon père qui aurait eu cent ans.*
2221. Gisèle Halimi — *Le lait de l'oranger.*
2222. Jean Giono — *La chasse au bonheur.*
2223. Pierre Magnan — *Le commissaire dans la truffière.*
2224. A.D.G. — *La nuit des grands chiens malades.*
2226. Albert Camus — *Lettres à un ami allemand.*
2227. Ann Quin — *Berg.*
2228. Claude Gutman — *La folle rumeur de Smyrne.*
2229. Roger Vrigny — *Le bonhomme d'Ampère.*
2230. Marguerite Yourcenar — *Anna, soror...*
2231. Yukio Mishima — *Chevaux échappés (La mer de la fertilité, II).*
2232. Jorge Amado — *Les chemins de la faim.*
2233. Boileau-Narcejac — *J'ai été un fantôme.*
2234. Dashiell Hammett — *La clé de verre.*
2235. André Gide — *Corydon.*
2236. Frédéric H. Fajardie — *Une charrette pleine d'étoiles.*
2237. Ismaïl Kadaré — *Le dossier H.*
2238. Ingmar Bergman — *Laterna magica.*
2239. Gérard Delteil — *N'oubliez pas l'artiste !*

2240.	John Updike	*Les sorcières d'Eastwick.*
2241.	Catherine Hermary-Vieille	*Le Jardin des Henderson.*
2242.	Junichirô Tanizaki	*Un amour insensé.*
2243.	Catherine Rihoit	*Retour à Cythère.*
2244.	Michel Chaillou	*Jonathamour.*
2245.	Pierrette Fleutiaux	*Histoire de la chauve-souris.*
2246.	Jean de La Fontaine	*Fables.*
2247.	Pierrette Fleutiaux	*Histoire du tableau.*
2248.	Sylvie Germain	*Opéra muet.*
2249.	Michael Ondaatje	*La peau d'un lion.*
2250.	J.-P. Manchette	*Le petit bleu de la côte Ouest.*
2251.	Maurice Denuzière	*L'amour flou.*
2252.	Vladimir Nabokov	*Feu pâle.*
2253.	Patrick Modiano	*Vestiaire de l'enfance.*
2254.	Ghislaine Dunant	*L'impudeur.*
2255.	Christa Wolf	*Trame d'enfance.*
2256.	***	*Les Mille et une Nuits,* tome I.
2257.	***	*Les Mille et une Nuits,* tome II.
2258.	Leslie Kaplan	*Le pont de Brooklyn.*

Impression Bussière à Saint-Amand (Cher),
le 26 mars 1991.
Dépôt légal : mars 1991.
1er dépôt légal dans la collection : septembre 1986.
Numéro d'imprimeur : 998.
ISBN 2-07-037764-4./Imprimé en France.

52405